Un jardín abandonado en el Paraíso

Paula Emmerich

Puede contactar a la autora a través de su blog
http://pemmerichhome.wordpress.com
O correo electrónico pemmerichwrites@outlook.com

Foto de la portada: cortesía de https://pixabay.com/

Esta es una obra de ficción. Todos los personajes son ficticios, cualquier parecido de estos con seres de la realidad es mera coincidencia.

A mi querida sobrina Carolina, mi primera y entusiasta lectora

Capítulo 1:

El hombre de pijama en bicicleta

Madrid, junio de 2010

Romina se levantó tarde. La noche anterior se había quedado leyendo hasta la madrugada el último libro de autoayuda para adelgazar y controlar las emociones negativas, *Las siete claves del buen comer y otros secretos para ser feliz*. En su círculo social y profesional prefería decir que leía a García Márquez o a Vargas Llosa, sin atreverse a revelar su debilidad por las narrativas populares que ofrecen recetas mágicas para obtener todo lo que uno desee: el cuerpo perfecto, el hombre perfecto, la vida perfecta. Era solo un pecadillo y algo que la ayudaba a dormir antes de eventos importantes.

Se recogió el cabello en un moño, tomó las llaves del coche y se apresuró a salir. Eran pasadas las diez y ya se podía sentir el calor del verano en Madrid.

Cuando atravesaba la calle de Miraflores, vio salir de un garaje a un ciclista... en pijama. ¡No era la única que llegaría tarde! En ese minuto de distracción, mientras contemplaba al personaje en pantalones de rayas celestes, un perro cruzó la calle frente a su coche. Romina, en pánico, giró hacia el cordón de la calle, tumbando al hombre en pijama.

Juan Luis se golpeó la cabeza contra el pavimento y empezó a escuchar una voz distorsionada en lenta revolución: «¿Estás bien? Despierta, por favor». Y luego una voz más cristalina: «¿Te encuentras bien?». Juan Luis abrió un ojo a medias. Una mujer guapa lo cacheteaba delicadamente como para despertarlo de su sopor. Era un día de suerte: caerse de la bicicleta por culpa de una chica bonita no era tan terrible. En efecto, haber sido tumbado por una chica bonita constituía, posiblemente, el mejor evento de los últimos meses.

—¿Estás bien? —le preguntó Romina, quien empezó a sospechar que el individuo en pijama estaba más golpeado por la resaca de la bebida del día anterior que por la caída de la bicicleta. Su aliento y su aspecto lo delataban—. Déjame llevarte a la clínica, alguien tiene que verte.

—No te preocupes, estoy bien; fue solo una caída.

Juan Luis se levantó mareado y, cuando intentó subirse a la bicicleta, se desplomó.

—Bien, al hospital —ordenó ella.

—Mi bicicleta… —murmuró él, no queriendo desprenderse de su más valiosa posesión.

Romina lo subió al auto y le hizo un gesto a la vecina que había corrido detrás del perro para que se ocupe de la bicicleta.

Ni Romina ni Juan Luis intercambiaron palabras en el coche. Romina estaba preocupada por el trabajo; no iba a llegar a la reunión de las diez y media en la que se discutiría el destino de su proyecto inmobiliario. Juan Luis estaba muy mareado como para conversar.

Romina lo dejó en la clínica más cercana, le dio una tarjeta con sus datos y salió disparada a la oficina. A fin de cuentas, si seguía consciente era porque se encontraba bien. «Solo se cayó de la bicicleta y el pobre tipo está con tal resaca que en la clínica lo van a tratar por intoxicación, no por un accidente de tránsito», se convenció Romina.

*

La reunión de Romina terminó bien, pero ella se encontraba agitada. Era posible que el banco extendiera el préstamo para terminar el proyecto inmobiliario que se había iniciado en el 2008, pero que aún no se terminaba por problemas de financiamiento. Romina argumentó firmemente que, si el inmueble no se edificaba, al banco le iba a costar más demolerlo y que se tirarían millones que ya se habían invertido. No era posible empezar de nuevo en un par de años, un edificio a medio terminar se deterioraba con rapidez.

Romina era, sin duda alguna, una excelente arquitecta, pero estaba cansada; la crisis había hecho estragos económicos y emocionales en todos. Había días en los que quería escapar, a cualquier lado. Por eso se escondía en el mundo mágico de los libros de psicología popular en busca de recetas para ser feliz.

Se detuvo a pensar en sus tribulaciones cuando se acordó del accidente de la mañana. Se dio cuenta de que no sabía nada del tipo en pijama, ni siquiera su nombre de pila, y le vino a la memoria el accidente de un conocido que se cayó de un balcón y murió a las pocas horas, habiendo reído y comido como si nada minutos antes de su muerte. ¿Y si el hombre del pijama estaba muerto? Por un segundo, Romina pensó lo peor. ¿Por qué siempre esperaba una catástrofe? El hombre estaba con resaca, se pudo haber caído de la bicicleta una cuadra después. ¿Qué persona normal sale en pijama a andar en bicicleta? ¡Y en pantuflas! En fin, seguro que no era nada.

Por si acaso, al final del día, Romina decidió pasar a ver al hombre del pijama. Al menos sabía dónde vivía, en esa casa preciosa de tejas azules y paredes blancas que cortaba la monotonía de la cuadra de ladrillos rojos. ¡Cómo quería diseñar casas en lugar de bloques de departamentos y, si era posible, en el campo! Una casa tiene forma, arcos, grandes ventanas, un jardín o, como mínimo, un patio. En estos tiempos modernos había que apilarse en celdas, en bloques de departamentos, unos encima de otros, unos al lado de otros, escuchando cada sonido, cada movimiento ajeno. La falta de aire y de espacio nos estaban volviendo locos.

Aparcó el coche al frente de la casa de tejas azules y tocó el timbre. Una mujer encinta abrió la puerta. Romina, entrecortada, explicó que en la mañana había atropellado a un individuo que había salido de esa casa y que lo había dejado en la clínica. Por un momento, la mujer de la puerta pensó en su marido, del que no había sabido nada más ese día desde su partida al trabajo. Cuando Romina mencionó a un hombre en bicicleta y en pijama, la mujer embarazada exhaló aliviada.

—Ah, Juan Luis… Lo he escuchado llegar hace unas horas, en bicicleta y en pijama. ¿Quieres hablar con él?

Romina estaba cansada. Como era tarde y, sabiendo que el hombre en pijama —Juan Luis— no había muerto de una contusión, decidió irse a casa. Pasaría cualquier otro día.

Al llegar a su departamento, decidió abrir una botella de vino. Tenía mucho que celebrar: una reunión prometedora, un accidente sin mayores consecuencias y un sueño por el que vivir. Tal vez no podía diseñar casas hoy, pero en algún momento diseñaría la casa de sus sueños, en el campo o junto al mar.

Esa noche cayó dormida.

***

Unos días después, Romina recibió en su oficina un sobre manila. Cuando lo abrió, no podía creer lo que leía. Estaba siendo demandada por el hombre del pijama, por daños y perjuicios. Se incluía una factura de mil euros por escaneos y diagnósticos hechos en la clínica. «¡Qué injusticia! ¡Si fue un accidente! Ese bendito perro colándose entre las ruedas del coche y… ¡ese individuo en pijama, borracho, en bicicleta!». Su corazón estaba más acelerado que nunca. «¿Mil euros? ¿Qué le hicieron y con el permiso de quién? ¿Quién era responsable por la factura? ¿Y daños y perjuicios? ¡¿Qué quiere este hombre?!».

Romina se disculpó en el trabajo y fue a enfrentar a Juan Luis. Cuando llegó a la casa de tejas azules, estaba tan furiosa que la mujer embarazada la dirigió al garaje lo más rápido posible. Ahí se encontraba Juan Luis, como un perro muerto de hambre, tirado sobre un colchón con el periódico entre las manos. El lugar, aunque ordenado y limpio, era lúgubre y gris. No había luz natural, solo colgaba una bombilla del techo. Estaba rodeado por contenedores de plástico con herramientas, cajas de cartón llenas de cosas que nadie usa y por lo que parecían ser sus posesiones: un bolso, unas camisas colgadas de un alambre y una pila de libros.

Juan Luis se levantó de inmediato. Quiso explicarse, pero Romina no podía contener su cólera.

—Te di una tarjeta para que me llamaras. Te pude haber abandonado en la calle, pero te dejé en buenas manos. Sin duda alguna, estabas con resaca producto de la noche anterior. El perro salió de no sé dónde. ¡Fue un accidente! ¿Qué estás reclamando? —Romina no paraba de gritar—. Yo soy una persona responsable que tiene un trabajo. ¿Tú quién eres? ¿Estás buscando una oportunidad para hacer dinero?

—Espera un momento —Juan Luis pudo balbucear, finalmente—. Tú me volcaste de la bicicleta, me dejaste en una clínica privada y me diste una tarjeta. El lugar asumió que tú correrías con los gastos. Trataron de llamarte… En tu oficina contestaron que habías ordenado tajantemente evitar interrupciones. Yo me desmayé y, cuando abrí los ojos, ya estaba metido en un escáner. Perdona, pero no tengo seguro médico. Como te habrás dado cuenta, no estoy de vacaciones en Madrid, estoy desempleado. Si no fuera por este amigo que me da un colchón donde dormir, estaría en la calle.

Por un momento Romina sintió algo de pena, aunque también percibía que este individuo estaba tomando ventaja de la situación, especialmente por su falta de dinero.

—Lo único que quiero es que pagues la factura de la clínica, nada más. Te lo juro —dijo Juan Luis, conteniendo su necesidad de rogar.

Desde que perdió su trabajo, todo había sido humillante. Tuvo que dejar su departamento y vivir de la beneficencia de amigos. Su familia, que vivía en Málaga, no sabía nada. Juan Luis evitaba recibirlos en Madrid, diciéndoles que estaba ocupadísimo o que estaba fuera por negocios. No había visto ni a su madre ni a su hermano menor en seis meses. Vivía en el garaje de su amigo Martín con un colchón, un pequeño congelador y una pila de libros. Usaba el baño de visitas de la planta baja. Clara, la esposa de Martín, ya se estaba impacientando, en especial porque el genio se le había trastornado con la turbulencia de las náuseas y la ansiedad que le generaba el futuro de su maternidad. Aunque Juan Luis trataba de no molestar, terminaba borracho con frecuencia, una situación que a Clara, naturalmente, le desagradaba.

Y, ahora, lo último que le faltaba era una cuenta de mil euros. Su amigo Martín, que era abogado, le recomendó escribir esa demanda para acelerar el asunto; sin embargo, la táctica tuvo un efecto inesperado.

—Bueno, vamos a ver qué dice mi abogado acerca de esto —concluyó Romina.

***

Los días pasaron con cartas enviadas por los dos lados. Aunque las cláusulas del seguro del auto permitían pagar la factura de la clínica, la compañía de seguros se propuso hacer lo imposible por no pagar y dejar a Juan Luis con la deuda, culpándolo debido a su estado de ebriedad. Los abogados de Romina habían iniciado una contrademanda.

El proceso era agotador y Romina sufría las consecuencias emocionalmente. Las demandas contra ella ahora sumaban cinco mil euros porque Juan Luis necesitaba un escaneo adicional y había perdido la oportunidad de ir a entrevistas de trabajo a raíz del accidente.

El día de la audiencia civil, Romina lucía demacrada. Los representantes de la compañía de seguros estaban con ella y ya le habían dicho que no se preocupara, que ellos estaban en lo correcto. Sin embargo, cuando Romina empezó a contar su parte frente al magistrado, no pudo contener su angustia y estuvo a punto de llorar. No era tanto el impacto del dinero como el proceso en sí, tan abrumador, y la realización de que el mundo era un lugar injusto. ¿Por qué la gente era tan abusiva? Ella solo quería hacer lo correcto. Fue un accidente y, en lugar de dejar al hombre caído en el pavimento, lo llevó a la clínica para un chequeo. ¿Para qué? Para ser demandada por daños y perjuicios.

Juan Luis explicó su parte. La pérdida de consciencia en la clínica llevó al personal a realizar un escaneo y otros exámenes. No lo dejaron marcharse hasta pasadas varias horas para ver si volvía a desmayarse. Él no quería realizar los exámenes porque no tenía cómo pagarlos. Nunca quiso tomar ventaja de la situación, pero ese día su mente no estaba clara. Hizo una pausa y, mirando a Romina, dijo con firmeza que estaba preparado para retirar las demandas si ella pagaba la factura de la clínica, que esa siempre había sido su intención, pero que Romina no quería escuchar y que, en su rabia y desconfianza, quiso dejarlo con una deuda que no le era posible pagar. Si él tuviera un empleo, pagaría sus cuentas. Sin embargo, la vida le había jugado una mala mano y se encontraba sin trabajo a raíz de la recesión. Y confesó que el día del accidente se había levantado con dolor de cabeza porque había bebido la noche anterior en un intento por apaciguar su angustia.

Esto era inesperado. Juan Luis había puesto en bandeja de plata el argumento de la aseguradora. Sin mayor esfuerzo, la compañía de seguros podía demostrar que fue la falta de coordinación de Juan Luis lo que ocasionó su caída y que los exámenes en la clínica fueron llevados a cabo por mareos y desmayos producto de su intoxicación. Cuando el representante de la compañía de seguros se levantó para hablar, el juez lo detuvo con un gesto y, sin permitir a nadie objetar, sentenció:

—Es penoso ver que tanta agitación y dinero son invertidos en disputar lo que pudo resolverse con una simple conversación y un apretón de manos. Romina, puedo ver tu desconfianza y tu enojo y, aunque tienes razones para sospechar del mundo, hay gente que no merece tu ira. Tú optaste por no escuchar, juzgando instantáneamente las intenciones de un hombre y presumiendo que estaba sacando provecho de la situación. Juan Luis, puedo ver que eres un hombre decente pero borracho y que es posible que los problemas y accidentes que te ocurren en estos momentos sean precipitados por tu falta de discernimiento y orden en la vida.

El juez tomó un sorbo de agua y, a la vista estupefacta de los presentes, agregó:

—Mi sentencia consiste en que la compañía de seguros pague la factura de la clínica en concordancia con la póliza del seguro del auto. Además, ordeno que Juan Luis y Romina completen veinticinco semanas de servicio comunitario, con un mínimo de una hora semanal. En caso de que no se cumpla con esta sentencia, estarán obligados en conjunto a pagar una multa de dos mil euros por daños y perjuicios ocasionados a esta sala civil, por pérdida de tiempo y uso innecesario de recursos.

Y, mirando las caras boquiabiertas de Romina y de Juan Luis, concluyó:

—La comunidad necesita gente con vidas ordenadas y personas dispuestas a brindar una mano a los menos favorecidos. Estos tiempos de recesión y abandono pueden llevar a una persona sana a la desesperación, mas la desconfianza y la ira pueden crear miseria para la comunidad entera...

Capítulo 2:

Bienvenidos al Paraíso

Romina esperaba en la recepción del centro comunitario cuando Juan Luis se apareció luciendo un traje gris arrugado. Era un sábado pasadas las nueve de la mañana. Juan Luis notó los ojos cansados de Romina, aunque la luz del sol que se filtraba por la ventana le daba a su rostro un aura especial. Su piel blanca pálida contrastaba con el negro intenso de sus ojos y con su cabello oscuro. Lo que a Juan Luis le llamaba más la atención eran esas cejas negras, perfectas e inalteradas, y sus pestañas densas. Con ese moño desordenado, Romina le recordaba a su maestra de primer grado, por la que tuvo un enamoramiento precoz, aunque también le recordaba a la profesora de inglés del último año de secundaria, igualmente antipática y estática. «Eres una institutriz frustrada», pensó Juan Luis, mirándola de reojo. Romina pudo sentir su auscultación y le devolvió el gesto con un aire aniquilador. «Borracho inconsecuente», pensó ella.

—No me sorprende en nada que llegues tarde —dijo Romina con ironía—. ¿Estuvo buena la fiesta anoche?

—Buenos días a ti también —le cortó Juan Luis el sarcasmo.

Romina y Juan Luis tenían que cumplir sus sentencias en conjunto. Ambos serían observados: el buen comportamiento y el respeto mutuo serían condiciones necesarias para completar la sanción satisfactoriamente. La sentencia, había explicado el juez, era una oportunidad para crecer como ciudadanos responsables, y eso no se lograba acumulando horas, sino viviendo un periodo largo y mesurado de reflexión y cooperación. Les esperaban cerca de seis meses de tortuoso intercambio social.

Como Romina trabajaba largas jornadas durante la semana, solo les quedaba el fin de semana disponible. Ella estaba dispuesta a pagar mil euros para evitar pasar sus fines de semana en tal agonía. Sin embargo, Juan Luis no tenía un céntimo y Romina no iba a asumir la parte del «borracho inconsecuente». Además, cualquier decisión que tomaran con respecto a la sentencia y al servicio que prestarían a la comunidad tenía que ser conjunta y amigable, pero, a esas alturas, mantener una conversación entre los dos era mucho pedir. Así se encontraban, sin gran ánimo, esperando en una recepción para descubrir cómo iban a pasar sus fines de semana durante los siguientes seis meses.

Después de una pausa larga de mutua indiferencia, Romina se atrevió a retomar la conversación.

—¿Tienes alguna actividad de beneficencia en mente? —preguntó sin mayor interés.

—No sé, ¿qué tal algo deportivo? Creo que podría ofrecer entrenamiento de fútbol a niños.

—¿Sí? ¿Y yo qué hago? ¿De porrista? Lo lamento, pero no soy del tipo deportivo. Jamás pensé que tú lo fueras tampoco, considerando tu inclinación por la bebida.

—Te recuerdo que el objetivo de esto es tratar de tener una relación amigable... Así que termina ya con las insinuaciones. Además, aunque he estado bebiendo, eso terminó el día que me tumbaste de la bicicleta. Casi sufro una contusión fatal. El juez tiene razón, tengo que poner mi vida en orden. Tú tienes suerte de tener empleo y bien pagado. Estar de paro es una maldición. Los días y las noches pasan con una lentitud infernal y nada logra distraerte. No tienes dinero para salir, y tampoco quieres ver a nadie porque te sientes avergonzado. No hay planes, no hay futuro. Y ahí está la botella de cualquier cosa y empiezas a tomar. La bebida detiene tus pensamientos, poco a poco te adormeces y te olvidas de esos días largos, monótonos...

Juan Luis habló con tanta franqueza que Romina sintió algo de simpatía. Reflexionando sobre su propia vida, vio sus días llenos de actividades, objetivos y metas; imparables. Se sintió culpable porque, aunque era afortunada de mantener el trabajo, en el fondo deseaba estar desempleada así sea por un corto tiempo. Tanto estrés, tanta carrera, ¿para qué? Necesitaba unas vacaciones prolongadas. Quizá el servicio comunitario la ayudaría a desenchufarse de su vida frenética, aunque la idea de pasar sus sábados con Juan Luis no la excitaba mucho. Era, al fin y al cabo, un borracho desempleado.

—Bien —dijo Romina en tono de aceptación—. Ambos tenemos cosas que resolver. Yo no tengo una vida perfecta tampoco. Sí, tengo trabajo, pero ando siempre arrastrándome, cansada... Me paso los fines de semana o trabajando o durmiendo; los pocos días que salgo con amigos, nada especial sucede en mi vida. Yo también tengo días largos e inconsecuentes.

—Quizá nada especial tiene que pasar. Tener un trabajo y un grupo de amigos sería suficiente para mí —reflexionó Juan Luis.

En ese momento, un trabajador social los llamó desde una oficina. Romina y Juan Luis se encontraban con una calma disposición.

El empleado los invitó a hablar sobre sus inclinaciones e intereses. Juan Luis sugirió trabajar con niños, hacer mantenimiento o algo físico al aire libre, como la jardinería. Romina planteó realizar alguna actividad creativa. Sin embargo, las opciones disponibles eran menos excitantes: visitar a los enfermos, ayudar a los ancianos o realizar trabajo administrativo. Barrer las calles de Madrid también estaba en la lista.

—De ninguna manera voy a pararme en las calles de Madrid con un overol de criminal y una escoba. ¡Por Dios, que tengo clientes que me pueden ver! —reaccionó Romina de inmediato.

Juan Luis empezó a reírse al verla tan irritada.

—Por favor, calma señores —dijo el oficial—. No hay ninguna obligación de ponerse nada especial. Esto es muy simple. De esta lista de opciones, ustedes escogen un lugar; asisten cada semana y prestan la ayuda que sea necesaria. Un supervisor asignado a su caso va a llevar un control de asistencia y de buen comportamiento. Al final de los seis meses, ustedes son liberados, o sea, dispensados.

Lamentablemente, trabajar con niños no era posible dado los problemas de Juan Luis con la bebida. Trabajos administrativos, tampoco, porque Juan Luis no toleraba estar encerrado en una oficina. Como Romina detestaba los hospitales y cualquier asunto relacionado con los enfermos, lo único factible era proveer el poco glamoroso servicio de visitar a los ancianos.

—Por favor, hospitales no. El olor a lejía y los pisos de azulejos blancos me enferman. ¿Podemos visitar abuelos, por favor?

—Yo no sobreviviría en una oficina archivando papeles, así que estoy de acuerdo —concluyó Juan Luis.

***

Romina se levantó tarde y de mal humor, no había podido dormir. Empezó el día con una ducha fría, se había olvidado de poner el calentador la noche anterior. Tampoco pudo tomar su café de la mañana, la lata de la dichosa droga negra estaba vacía. Lo último que quería era levantarse temprano un sábado y encontrarse con Juan Luis en quién sabe qué lugar decrépito.

Se puso unos *jeans*, un jersey viejo y zapatillas. Como el ascensor se demoraba, se precipitó por las escaleras de su edificio. Tenía que llegar a tiempo a su primer día de servicio comunitario o Juan Luis le haría la vida imposible. Ni siquiera tuvo tiempo de cepillarse los dientes.

El Paraíso era un hogar de ancianos al margen del parque Dehesa de la Villa que en realidad se llamaba Residencia de Personas de la Tercera Edad del Barrio de Valdezarza. El lugar era tan patético que la comunidad lo conocía como «el Paraíso», en penoso sarcasmo. Romina pensaba que el apodo era absolutamente inapropiado, porque les recordaría a los viejitos del fin, día tras otro. ¿Y si ni siquiera terminaban en el paraíso? Romina pensaba que el sobrenombre era de mal gusto.

Cuando estacionaba su auto cerca de la residencia, vio llegar a Juan Luis en su bicicleta. Lucía atlético con una gorra deportiva. Se encontraron en la puerta y se saludaron sin mayor entusiasmo. Al rato, la administradora del lugar, la señora Parker, una mujer de pequeña estatura con el cabello bien cortito y gris, les abrió la puerta y los recibió con una gran sonrisa.

—Bienvenidos, bienvenidos —dijo la encargada de la residencia—. Tú debes ser Romina y tú, Juan Luis. Encantada.

La señora Parker había estado manejando el lugar por siglos. Había empezado a los veintitanto, cuando era la hermana Ann. Al principio, el sitio fue manejado por la Iglesia Católica.

Debido a los limitados recursos, el municipio terminó involucrándose, aunque con pocas mejoras en la calidad del servicio. Los residentes, una treintena a la fecha, pagaban una mensualidad para cubrir los servicios básicos. La señora Parker hacía milagros con el presupuesto y se apoyaba lo más que podía en las entidades de caridad, los servicios públicos y las donaciones.

El personal permanente del lugar consistía tan solo en ella y el señor Aureliano, el cocinero. Las muchachas de la limpieza iban una vez por semana y se ocupaban principalmente de las habitaciones de los ancianos. Un servicio de salud a domicilio los atendía si era necesario, pero cuando los residentes necesitaban atención médica especializada o constante, tenían que ser transferidos a otro tipo de residencia. La señora Parker se ocupaba de ellos como podía, a pesar de los escasos recursos. Se alegraba de que, por lo menos, la gran mayoría gozaba de buena salud y de que el ascensor viejo aún funcionaba. Por esos motivos, ella dependía de la asistencia voluntaria y estaba más que agradecida con la ayuda de Romina y de Juan Luis. La Iglesia Católica, aunque seguía envuelta, no brindaba apoyo constante.

El padre Antonio los saludó con una sonrisa y también les agradeció la ayuda. Era un hombre guapo, con el cabello blanco y mechas doradas. El sacerdote visitaba la residencia regularmente para hablar con los ancianos; «que más que viejos estaban solos», había dicho el padre. Las hermanas de un convento cercano también iban a hacerles compañía de vez en cuando. Aparte de unas tardes de rosario, juegos prohibidos de cartas y unas sesiones de bingo, los ancianos no tenían mayor entretenimiento que aparatos de televisión en sus cuartos.

El padre Antonio se despidió de la señora Parker con una afable sonrisa y se marchó. Romina moría de ganas de curiosear en la vida de la señora Parker, quien en algún momento había sido la hermana Ann. Se preguntaba por qué habría dejado los hábitos y si estaría enamorada en secreto del guapísimo padre Antonio. Sus pensamientos fantaseaban con una historia de amor imposible cuando la administradora la llamó para seguir mostrándoles el lugar.

El primer y segundo piso eran para las señoras, el tercero era mixto y el cuarto era un «club de caballeros», explicó la señora Parker, risueña.

—¡Hasta póker juegan los bandidos! Ese Aureliano es tan mala influencia...

Al parecer, el cocinero los entretenía con juegos de azar que, sospechosamente, él siempre ganaba. La señora Parker tenía prohibido que apostaran dinero, aunque nada se podía hacer en contra de ello; hacer redadas sorpresas no era lo suyo.

La gran mayoría de los residentes eran viudos; algunos, solteros o divorciados.

El lugar era lúgubre, había olor a humedad, la decoración lucía desgastada y los sillones estaban raídos.

Juan Luis pudo ver a través de las ventanas un espacio abierto. ¿Sería el jardín? Cuando se acercó un poco más, observó el estado del lugar: un jardín abandonado, muerto.

—No tengo para un jardinero y en el verano se seca todo por falta de riego —se excusó la señora Parker.

Romina, con su ojo de arquitecta, pensó que si se ponía una puerta doble, amplia y de vidrio en el medio, se podía iluminar el lugar y extender el espacio en un patio que se podría utilizar en días de sol. Sin embargo, esas transformaciones eran costosas y la señora Parker no tendría ni para cambiar los focos de luz.

Luego fueron a la cocina y conocieron a Aureliano, quien murmuró «buenos días» sin prestarles ninguna atención.

Finalizado el *tour*, la señora Parker les explicó que podían ayudar al señor Aureliano o desempolvar las áreas comunes, que no se limpiaban con frecuencia. Juan Luis ofreció encargarse del jardín, y Romina decidió limpiar la sala principal para evitar pasar su mañana con Juan Luis o el áspero de Aureliano. Las tareas podían cambiar cada semana, aunque «sería bueno que ayudaran con el desayuno el siguiente sábado», les había sugerido la señora Parker.

A Romina no le hacía ninguna gracia limpiar. Ella nunca limpiaba. Tenía una muchacha que iba a su casa dos veces por semana y que incluso le planchaba la ropa. «Oh, Dios», pensó ella. Equipada con franelas, una botella de agua con vinagre blanco y un plumero, se dispuso, sin mucha voluntad, a limpiar las ventanas.

Se compadeció de su suerte y, amargada, dejó sus pensamientos bullir en frustración. No tenía por qué estar allí y pasar su fin de semana limpiando ventanas por culpa del sinvergüenza de Juan Luis. Estaba en esas cavilaciones cuando, sin querer, golpeó una mesita y un cenicero de metal cayó al piso.

—¡¿Quién fuma en este lugar decrépito, por Dios santo?! —dijo ella.

—Pues yo —respondió un señor alto y esbelto que vestía una camisa blanca impecable.

—Perdón, no quise ofender, solo fue una expresión, tengo un mal día, pensé que estaría prohibido —se excusó Romina, pero en el fondo no podía entender que se permitiera fumar en una casa de ancianos, salvo que fuera la forma de deshacerse de sus residentes patéticos.

«¡Qué lugar más horroroso!», se dijo así misma.

—Sí, está prohibido. Yo salgo al patio, pero me dejo el cenicero en todas partes —explicó él.

El hombre, de unos setenta y tantos, se presentó como Ignacio. Romina no tuvo más remedio que decir su nombre y le explicó que era una voluntaria. Ignacio preguntó un poco más, le daba curiosidad saber de dónde era, en qué trabajaba, qué hacía los fines de semana cuando no ayudaba a la beneficencia. Él, a su vez, le contó de su vida, que se había casado alguna vez, pero se divorció. Luego mencionó que perdió los negocios y que, cuando fracasó su última aventura comercial, se encontró solo. El Paraíso le había dado resguardo y compañía desde entonces. Romina pensó que era un hombre afable a pesar de su mala suerte. Quizá tanta pérdida le había proporcionado algo de sabiduría.

—Me pasé la vida tratando de alcanzar y proteger lo que yo creía que me hacía feliz. Terminé pobre. Hoy estoy mejor, con una vida más simple y sin expectativas —dijo él con sinceridad—. Por eso fumo, ya nada me preocupa.

«Una vida sin expectativas...», pensó Romina. ¿Cómo se sentiría ella si no tuviera nada que alcanzar, si no deseara ser una profesional exitosa o encontrar al hombre de su vida? Si parara de desear enteramente...

Por un segundo entendió, sintiendo un extraño pero agradable vacío. Sin embargo, el sentimiento se desvaneció en un santiamén. Ella necesitaba ser alguien, alcanzar algo. ¿Cómo iba a pagar sus cuentas, si no? Profundo, aunque inútil.

Siguieron conversando. Romina limpiaba las ventanas e Ignacio le relataba algo; ella empezó a disfrutar de su compañía. Lo que él decía le sonaba extraño, aunque era interesante. Así se pasó la hora y, cuando se dio cuenta, su tarea ya estaba terminada. Las ventanas lucían transparentes.

Miró por el cristal y vio a Juan Luis aún trabajando, parecía satisfecho, al igual que ella. El jardín estaba limpio, sin yuyos, y las pocas plantas que sobrevivían habían sido regadas. Para Juan Luis, el calor del día y el aire fresco fueron renovadores. Su rostro estaba radiante. Fuera del garaje hediondo se sintió útil.

Capítulo 3:

No soy tu madre ni tu novia

El siguiente sábado, Romina se levantó temprano y de mejor humor. Había tenido una semana bastante ocupada, aunque estaba más tranquila y positiva. Se había puesto a pensar en eso de no tener nada que alcanzar. Era cierto que, si el trabajo no fuera necesario, estaría menos estresada; que, si encontrar al hombre ideal no fuera tan apremiante, disfrutaría mejor de la vida, y que, si perder peso no fuera tan importante para la sociedad, ¡disfrutaría más de su cena! La vida imponía toda clase de demandas y generaba infinitas expectativas, y ella ya se estaba cansando de los estándares imposibles.

Se cuestionó la necesidad de trabajar tantas horas. ¿Eran doce horas en realidad necesarias? ¿Necesitaba llegar a la cima de su profesión? ¿Para qué? ¿Para construir cajas de zapatos en lugar de hogares? Además, en cualquier momento podía ser despedida. ¿Tenía alguna opción fuera del sistema económico moderno?

Tuvo tiempo de desayunar, lo que era inusual para ella. Con una taza de café intenso y una tostada con mantequilla, miró por la ventana y se sintió excepcionalmente serena. El viento leve movía las ramas de los árboles con suavidad mientras las aves se posaban momentáneamente y volvían a partir. El aroma del café era tonificante y el sabor de aquella tostada cremosa, una delicia. Su vida era buena, a fin de cuentas.

Cuando Romina llegó al Paraíso, la señora Parker le pidió que ayudara a Aureliano en la cocina. Al cocinero no le gustaba que lo molestaran, así que solo le pidió a Romina que se encargara de los carritos del desayuno, de esa forma se la sacaba de encima. Le mostró dónde encontrar los termos, el azúcar, los sacos de té y el café en polvo, y le ordenó que sirviera las tazas a los residentes, quienes esperaban en el comedor desde temprano para su primera comida del día.

Los ancianos la hicieron sentir bienvenida, contentos de ver una cara nueva y fresca. Novedad era algo que deseaban con ansiedad. Algunos se presentaron, con nombre y apellido, indagando de dónde era y qué hacía, si tenía marido, novio, hijos o, por último, mascotas. Otros solo sonrieron. Ignacio no estaba ahí, seguro que estaba en el jardín fumándose el primer cigarrillo del día; el segundo era después del almuerzo y el tercero, después de la cena, aunque a veces intercambiaba el último por una copita de licor.

Cuando el desayuno estaba por terminar, Juan Luis se apareció, con el rostro alienado. Se disculpó con la señora Parker diciéndole que tuvo un problema con la bicicleta y que tuvo que ir a pie. Romina estaba furiosa, a ese paso no iban a cumplir con la sentencia.

—Ah, conque la bicicleta tuvo un problema… ¿Qué? ¿Se le murió la batería? —preguntó Romina con sorna y lo llamó con un gesto a la cocina—. Tenemos que lavar los platos, así que apúrate, que no voy a pasar más de una hora en este lugar.

—Perdón por la demora, no es para tanto —dijo él en voz baja, ensombrecido.

Juan Luis enmudeció, pero estaba distraído y en el medio del lavado rompió una taza.

—¿Qué te pasa, hombre, que no puedes lavar una taza? —gritó ella—. Llegas tarde, estás desencajado, rompes la vajilla, ¿no puedes hacer nada bien?

Aureliano se rio a carcajadas.

—Así es como me trataba mi querida mujer. Me da gusto saber que las parejas modernas no han perdido las buenas costumbres —se burló el cocinero.

—No somos pareja —lo corrigió Romina, ofuscada.

—Bueno, se comportan como una, ¡qué les puedo decir!

Aureliano había tenido un matrimonio tortuoso, se contaba en la residencia. Su mujer lo había dejado por un hombre más joven y Aureliano nunca se recuperó de la traición. Sospechaba de cada mujer y detestaba a los hombres jóvenes y guapos. Aureliano encontró en Romina y en Juan Luis el perfecto blanco para proyectar sus rencores.

—Tienes razón; en lugar de la mujer, pareces la madre —dijo Aureliano y los dejó mudos, mientras que él se iba feliz y coleando a comprar algo de verdura para el almuerzo.

Romina estaba profundamente mortificada.

—Mira, Juan Luis, tu vida me importa un comino, pero aquí tenemos un arreglo. Primero, llegas temprano —le dijo subiendo el tono de voz—. Segundo, me importa menos si me tengo que comportar como tu madre, tu tía o tu abuela para que terminemos esta sentencia. ¿Entiendes?

Romina no sabía qué le mortificaba más, que los hubieran dado de novios, que la hubieran llamado la madre, que la trataran de vieja mandona o haber perdido el control otra vez. Quizá era todo ello. Estaba furiosa. La tranquilidad de la mañana, con el café y la tostada, con los pajaritos revoloteando entre las ramas, fue arruinada en un segundo.

A Juan Luis la escena de la cocina lo dejó descuadrado, quién era ella para gritarle así. Cualquiera rompe una taza. «¡Qué genio!», se dijo a sí mismo.

Pensando en los seis meses que les esperaban juntos, Juan Luis se tranquilizó y quiso hacer las paces.

—Mira, de verdad lo siento. He tenido varias dificultades esta semana y no he estado durmiendo bien. Falté a una entrevista y estoy a punto de que me boten del garaje —le dijo con un tono más neutral.

Romina pudo sentir su pesadumbre. Su aflicción era evidente y ella había sido inflexible y tirana. Era cierto, era una vieja mandona. Pensó que debía de ser terrible estar desempleado, con la amenaza de acabar en la calle en cualquier momento. Ahora se sentía culpable.

—Perdona, no he querido gritarte, no tengo ningún derecho —admitió ella, avergonzada—. ¿Quieres que te deje en la casa?

Juan Luis accedió y dejaron la residencia.

Estuvieron callados un buen rato. Romina no pudo contener la curiosidad y quiso indagar.

—¿Cómo faltas así a una entrevista? ¿No te parece un poco estúpido si te falta el trabajo? —le dijo con un aire de superioridad.

—Por favor, para los insultos —respondió él un tanto enojado—. No era el trabajo adecuado para mí.

Romina lo miró poco convencida.

—Nadie se pierde una entrevista de trabajo, vas igual y luego consideras los méritos de la oferta. ¿Has estado bebiendo? ¿Por eso no te presentaste? —preguntó más seria.

Juan Luis no contestó y la ignoró mirando por la ventana. Su rostro y sus ojos avergonzados sugerían que era probable. Ella lo volvió a presionar.

—No me quieres contar lo de la entrevista, está bien; pero ¿por qué llegaste tarde? Seguro me puedes contar una mejor historia que la excusa ridícula de la bicicleta, ¿verdad? —insistió con sospecha— ¿Por qué mientes así?

Juan Luis se quedó callado. Bajando los ojos, suspiró afligido:

—Me quedé sin bicicleta. La vendí por treinta euros.

***

Para Juan Luis, la siguiente semana fue otra de monotonía y de pocos resultados. A veces se levantaba a buscar el diario para leer los clasificados. Sin importarle su aspecto, salía a la calle y compraba el periódico y un poco de pan. Había otros días que no podía ni moverse. La resaca y el desánimo lo encadenaban al colchón. Se pasaba los días pretendiendo encontrar trabajo. Se decía a sí mismo que no había nada y que, si el veinte por ciento de la gente no encontraba empleo, ¿cómo podría hacerlo él?

La situación en la casa de Martín era insostenible. Clara estaba más irritada que nunca. Las náuseas la dejaban enferma todo el día y la maternidad la llenaba de miedo. Su angustia principal era no saber qué hacer con un niño. Sus pensamientos se intensificaban en un remolino de ansiedad, y la soledad del día no ayudaba. Martín trabajaba hasta tarde y ella se quedaba sola, sin más que hacer que doblar la ropa, lavar los platos y preparar algo de comer para su marido.

Y Juan Luis, en el garaje, como una fuerza invisible pero permanente. Cuando usaba el baño de visitas, su presencia se magnificaba. Juan Luis no entendía por qué su existencia era tan perturbadora para Clara. Le había ofrecido ayudarla en las tareas que necesitara, pero ella siempre estaba de mal humor. Juan Luis no se percataba de que su apariencia y su olor a alcohol eran desagradables, que él dormía durante el día cuando

Clara necesitaba ayuda y que se podía escuchar el hierro del garaje en la madrugada cuando a él se le ocurría salir de parranda.

Las discusiones de Clara y Martin se habían hecho más frecuentes y las voces acaloradas de los dos llegaban hasta el garaje.

—No quiero a Juan Luis aquí cuando el niño llegue a nuestras vidas. Así de simple. Me prometiste que esto iba a ser por unas semanas y ha terminado durando meses.

—Clara, por favor, Juan Luis no tiene trabajo. ¿Qué quieres, que lo tire a la calle?

—No, que le digas que se busque otro hueco para dormir —dijo ella.

—¿Cuál es tu problema con Juan Luis, si está en el garaje? ¿En qué te molesta?

—No sé, por Dios, me molesta su olor, su cara, su falta de estabilidad. ¿Cómo podemos tener a un vago en nuestra casa, bebiendo y bebiendo?

Juan Luis tomó el poco licor que le quedaba en la botella y dejó atrás el eco de las recriminaciones. Su vida había sido complicada, mas ¿caer tan bajo? Clara tenía razón, era prácticamente un vago. El próximo paso era terminar en la calle y esa imagen lo llenó de terror: el frío de la noche, otros vagos robándole lo poco que tenía, el hambre... Al menos en el garaje Clara le pasaba algo de comida. No era una mala mujer, solo estaba pasando por un mal embarazo.

Juan Luis no pudo contener las lágrimas, cayeron lentamente sobre sus mejillas y sus labios. «Por Dios, rodeando los treinta y soy un fracaso», sollozó. Olvidó cómo había empezado su caída. ¿Fueron las malas influencias? ¿El aburrimiento de los estudios? ¿La separación de los padres? Tenía que haber algo o alguien a quien culpar. ¿Cómo había pasado de ser un hombre exitoso en el mundo bursátil a un fracasado? ¿Habría sido culpa de aquel incidente nefasto? Si solo había sido un error, una pérdida temporal de juicio, un acto desesperado. No se merecía un final así.

¿Sería culpa de su padre? ¿Borracho como él? Su padrastro, por el contrario, había sido un hombre decente. Amó a su madre y a Matías, su medio hermano. Siempre trató bien a Juan Luis, con respeto, aunque la relación fue distante, incompleta. Juan Luis se había sentido en su casa como hoy en el garaje: una presencia invisible que siempre estaba de más.

¿Habrían sido las malas compañías? ¿Salir de parranda cada noche con cada mango que ganaba? Manuel y Pepe aún lo seguían buscando. Golpeaban la puerta del garaje y hacían un jolgorio, lo que irritaba a Clara, quien no podía dormir por la incomodidad de su panza.

Si no fuera por su gran amigo Martin, Juan Luis no sabría qué hacer, aunque ya se les estaba acabando la paciencia.

—¡Está bien! Ya te escuché —dijo Martin alterado—. Mañana hablo con Juan Luis.

***

Juan Luis se levantó temprano para evitar a Martín. Además, no quería llegar tarde a su servicio comunitario, no fuera que la lunática de Romina diera por terminada la sentencia y lo obligara a pagar la multa de mil euros. Había que manejar la situación con delicadeza. No era tan malo tener una ocupación fija por semana, sin el licor ni el olor a metal oxidado del garaje. Se enrumbó a pie por las calles desiertas.

El Paraíso estaba bastante silencioso. Era temprano y los residentes, aunque algunos despiertos desde las cinco o seis, reposaban en sus habitaciones esperando el desayuno, el primer gran evento del día. El almuerzo y la cena eran los otros eventos importantes. No había nada más que hacer. Jugar a las cartas y ver televisión eran solo pasatiempos. Todo era en realidad un pasatiempo. Por eso la presencia de Romina y de Juan Luis era tan deseada, una novedad.

Aureliano les dejó una nota con indicaciones. Había ido por verduras frescas. Juan Luis respiró aliviado, el cocinero emitía vibraciones tóxicas. Leyó la nota y empezó a preparar el desayuno. Cuando Romina llegó, lo saludó con una cortesía inusual. Se pasaron las tazas, los platos, el café… con un ritmo robótico pero cordial. Ninguno sentía grandes ganas de charlar.

¿Qué le iba contar Juan Luis? ¿Que su semana había sido una de inmovilización y que estaba al borde de ser expulsado? ¿Qué le iba contar Romina? ¿Que su semana fue irrelevante, una de trabajo y más trabajo? ¿Que se la pasó cada noche viendo la televisión con un plato de comida recalentada en el microondas? Mejor callar lo que no es motivo de celebración. La vida ordinaria y aburrida no es tema de conversación.

En el comedor, Ignacio saludó a Romina con una gran sonrisa. Quizá le recordaba a una mujer que conoció en el pasado; tal vez, simplemente, apreciaba la belleza de la juventud.

—Estás muy guapa el día de hoy, Romina —la piropeó el anciano.

Ella no se sentía nada especial, al contrario, había dormido mal. Los paquetes de comida ultrasalada y grasosa le habían dado malestar y su cutis era una zona de guerra.

—Ella siempre está bonita —dijo Juan Luis con un ligero tono de sarcasmo.

Ella sonrió por cortesía. Que Ignacio, de setenta y tantos, y el vago de Juan Luis le dieran un cumplido no era motivo para sentirse orgullosa. Se recriminó de inmediato: «Por Dios, Romina, que nada te da alegría». Ignacio insistió con un poco de humor:

—No sé, Juan Luis, yo que tú, la invito a cenar antes de que alguno de los caballeros aquí dé el primer paso.

Los ojos de Juan Luis se endurecieron. Repartió el resto del pan en silencio. La realidad era penosa, no tanto por el desempleo, sino por lo que otra gente le hacía sentir. Los éxitos de otros, sus recién nacidos... Incluso la idea de una pareja que va a cenar le hacía recordar que no tenía un centavo y que hasta los más simples de los placeres no estaban a su alcance. Juan Luis no dijo otra palabra.

Lavando los platos en silencio, Romina también se sentía rara. Había una gran distancia entre los dos, eran de distintos planetas. Para Juan Luis, Romina tenía una gran vida por delante, era una profesional exitosa, con empleo y departamento propio. Y él, sin futuro y sin rumbo. Romina no veía lo que Juan Luis y otras personas percibían desde afuera; al contrario, ella sentía que su mundo perfecto podía estallar en cualquier momento.

—Vamos, que te llevo a tu casa —dijo Romina.

—Garaje —corrigió Juan Luis.

—Como quieras... Estás muy callado hoy.

—No tengo mucho que contar. Ninguna oferta de trabajo en el horizonte ni dinero para llevarte a cenar.

—Bueno, ya que no tienes ningún plan, vamos, soy yo la que te invito a comer, que no he desayunado y me la he pasado comiendo paquetes de comida recalentados en el microondas. Quiero algo más saludable —se sorprendió Romina a sí misma.

¿Por qué lo invitaba? Se sentía terrible, lucía terrible, no tenían nada en común. ¿Caridad? ¿Pena?

«Romina, una vez más, deja de juzgarte y de juzgar», se reprendió.

*

El Salón del Pollo era un lugar barato y escondido. «Perfecto», pensó ella. No quería toparse con alguien conocido.

«Esto no es una cita, es un refrigerio de colegas después del trabajo», se dijo Romina.

Un sándwich de pollo y ensalada para Romina; escalope y papas fritas para Juan Luis.

Romina le confesó que su mundo no era tan brillante como parecía; que, detrás de esa faceta de éxito, había bastante ansiedad; que comía sola cada noche; que sus amigas estaban casadas...

—El síndrome de la chica moderna —dijo Juan Luis—, éxito a las expensas de un marido.

—¡Oh, no! Yo soy de las mujeres que no sienten ni vocación de madre ni de esposa. Y no creo en encontrar al hombre perfecto. Mi problema es que los hombres me aburren. No es que sea lesbiana, es que todos son irresponsables, solo quieren acostarse contigo. Los buenos ya están casados y solo quedan los inmaduros.

—Como yo…

—¿Qué crees tú? Sin trabajo, sin dinero, pierdes entrevistas. ¿Sabes qué es lo que más me molestó cuando me dijeron que parecía tu madre? Que es verdad. Es que ese es mi problema con los hombres. Soy demasiado responsable para el hombre promedio y termino siendo la madre. Se te quitan las ganas de estar en pareja. ¿Entiendes lo que te digo? La mujer independiente quiere un hombre que piense por sí mismo, que esté a la par, no por debajo ni por encima. ¿Me entiendes?

Juan Luis comprendía a la perfección, pocos estaban a la altura de Romina. Asintió con sinceridad. Él mismo, borracho y desempleado, jamás conseguiría atraer a una mujer así.

—Mi problema no es que no tenga a un hombre a mi costado, sino que siempre estoy cansada, sin tiempo para nada. ¿Para qué quiero a un tipo? ¿Para que le diga qué tiene que hacer, que prospere en el trabajo, que ahorre…?

—¿Y qué quieres hacer con tu tiempo libre?

—Pues no sé. Ejercicio, leer un buen libro, descansar y recrearme. Hoy siento que uso mis fines de semana, cuando no estoy trabajando, para recargar energías y continuar el lunes. Eso es mi vida: ir a trabajar, dormir e ir a trabajar. El fin de semana no es recreación y descanso. Es estar en coma, porque no hay energías para nada.

—¿Y por qué no trabajas menos? ¿No puedes conseguir un trabajo menos demandante?

—No sé, el cliché de la cinta de correr es cierto. No puedes parar, corres tanto que ni siquiera se te ocurre bajarte de la máquina. Y, en estos tiempos, tendría que estar loca para dejar mi trabajo. No es tan fácil encontrar un buen empleo y que encima sea menos demandante —explicó Romina.

—A veces son las demandas que te mantienen adicta. A la gente como tú se la llama adicta al trabajo, perfeccionista —dijo Juan Luis, y luego agregó en tono de broma—: Aparentemente, yo no tengo ese problema...

—Sí, pues, soy perfeccionista. Todo tiene que estar perfecto. Si la presentación o la maqueta no están perfectas, no duermo. Y con la crisis duermo menos. Los proyectos se nos están acabando, ya no hay financiamiento para nada. Cuando terminen las construcciones que tenemos en mano, yo no sé qué va a pasar.

—Yo creo que deberías ir un día a la oficina y cometer un error, controlado pero a propósito, ya verás que el mundo no se te cae encima —propuso Juan Luis medio en broma, medio en serio.

—Mira tú... Quién iba a pensar que eras bueno para dar terapia.

—Tómalo como mi forma de pagar mi parte del almuerzo, escuchando tus ansiedades...

Fue una buena tarde. Romina siguió hablando en el coche de su sueño de diseñar casas en lugar de bloques de departamentos, de vivir al lado del mar, de caminar en la playa, de tener tiempo para leer, de poder dormir mejor, de dejar de preocuparse por el futuro.

Cuando dejó a Juan Luis en el garaje, se dio cuenta de que había hablado sin parar, que prácticamente le había confesado sus pensamientos y sentimientos más personales. El no tener que impresionar a alguien era una ventaja. El hablar con un extraño tenía los mismos efectos. Juan Luis era las dos cosas: un extraño y una persona a la que ella no tenía ningún interés en impresionar.

Juan Luis se recostó en su colchón. Romina no era la chica perfecta que él pensaba, aunque era una adulta responsable. Cerró los ojos. Había sido bueno apoyar a los ancianos. Pensar que también fue de ayuda para Romina también lo hizo sonreír.

Capítulo 4:
El jardín abandonado

La semana había transcurrido sin mayores eventos. En el trabajo Romina se encontraba un poco distraída; las visitas al Paraíso habían removido algo en su interior. Empezó a cuestionarse a sí misma. ¿Qué quería en realidad?

En la reunión con la inmobiliaria BECA, uno de los socios de la empresa, su jefe le dio varias miradas de desaprobación; su atención estaba en otro lado. Cuando miraba la maqueta de su proyecto, que el banco había acordado financiar a pesar de la crisis, sus pupilas se dilataron. ¡Qué feo era aquello! El jardín alrededor de las viviendas era una simple práctica de publicidad. Había que adornar el diseño con árboles y jardines que nunca serían construidos.

—Yo sé que estamos a punto de retomar la construcción, pero quisiera proponer un cambio —dijo ella abruptamente.

—Romina, estamos a unas semanas de reanudar el proyecto —interrumpió su jefe, el señor Medina.

—Esto no va a requerir un gran cambio de diseño. Propongo reducir el bloque que está al centro. Solo construimos una torre, no dos. Eso crearía un espacio que se podría utilizar para un jardín y un área de juegos en el medio de los bloques. Estimo que solo reduciríamos nuestros ingresos en un diez por ciento y crearíamos algo más atractivo... —Romina estaba acelerada—. Incluso los precios de los departamentos con vista al jardín podrían compensar la reducción del número de departamentos…

—Romina, ¿me permites un momento? —la invitó su jefe al corredor con un gesto.

A través del vidrio y persianas de la oficina, se podía ver la ofuscación del jefe y la cara perpleja de Romina. Los representantes de la inmobiliaria BECA estaban consternados, la situación económica no permitía reducir los ingresos.

En fin, solo un intento fallido de cambiar el sistema. Después de la reunión, Romina se quedó en su oficina rehaciendo el diseño. La inmobiliaria y el banco querían agregar más departamentos de un solo ambiente para aumentar los ingresos, reduciendo a la mitad los departamentos más grandes, contrariamente a lo que ella deseaba.

Al rato se apareció Max, un colega de trabajo.

—¿Te quedas hasta tarde? ¿Quieres que te traiga algo de comer? —preguntó él.

—No te preocupes, estoy bien. Tengo la mitad del sándwich del almuerzo —dijo ella, ensombrecida.

—Yo creo que tu idea era simple, lo que la gente necesita. Sin embargo, estos tipos no ven más allá de los ingresos del trimestre. En estos tiempos austeros, solo nos queda hacer lo que digan los que controlan el financiamiento. Buenas noches, Romina.

—Buenas noches, Max.

Max y Romina habían salido alguna vez. Alto, delgado, con barba, de nariz recta y anteojos de barniz metálico, Max era un hombre interesante, aunque Romina veía en él al cura del pueblo: era un hombre muy serio. La rutina en la oficina nunca los condujo a nada concreto y ambos se quedaron primero con las ganas y luego con la desilusión. Quizá empezaron muy deprisa o, tal vez, la rutina del trabajo terminó por aburrirlos. A lo mejor, no tenían nada más en común que las paredes de esa oficina. O era posible que, al tener demasiadas similitudes, la falta de novedad les arruinó el amor. Pero eran colegas cordiales. Max siempre ofrecía llevarle un café y conversaban acerca del trabajo, siempre trabajo. Cuando Max se animaba a invitarla a algo más, Romina cambiaba de tema, no quería complicaciones, aunque en el fondo le gustaba tenerlo cerca, su persistente presencia. Max era su admirador perenne y ella disfrutaba de la atención de un hombre galante, inteligente y serio. Sin embargo, cuando lo veía, siempre veía en Max al capellán de un convento.

La última luz del corredor se apagó. Quedaron prendidas solo las lámparas sobre el tablero de Romina, quien, con un apretón en el estómago, empezó a achicar los departamentos.

***

El sábado en la mañana, Romina estaba agotada. Se vistió, bebió un poco de café y salió al Paraíso. Cuando llegó a la residencia, el desayuno ya estaba servido y Juan Luis trabajaba en el jardín.

—Mi turno de llegar tarde. Lo siento, he tenido una semana poco agradable. ¿En qué te ayudo? —dijo Romina, desganada.

—Puedes enjuagar con agua estos potes de plástico, por favor. Voy a plantar estas semillas.

Aunque el jardín era de buen tamaño, no estaba bien utilizado y le faltaba vida; era una mezcla de cemento y terrenal abandonado. La tierra estaba reseca, anémica. Lo único que se mantenía en pie eran dos manzanos medianos, aunque parecían estar enfermos. Aparte de dos bancas de cemento, grises y polvorientas, no había dónde sentarse. El muro alto de ladrillos desgastados que rodeaba el jardín se asemejaba al borde de una prisión. No había conexión con la sala principal o el comedor. Solo una puerta minúscula, al final de la cocina, daba acceso al jardín. Esto no permitía a los residentes salir en un día de sol para dar unos pasos al aire libre. Era un lugar patético.

—Si pusiéramos una puerta de vidrio doble justo aquí, los residentes podrían movilizarse hacia el jardín con facilidad —propuso Romina—. Yo levantaría este camino de losas rotas y extendería la sala en un patio, con unas mesas pequeñas, creando un área para comer afuera. Los abuelitos podrían tomar su taza de café al sol. Habría que hacer algo con este terrenal muerto, o sembrar gras o poner gravilla. Un diseño de caminos y muchas flores. ¡Esa choza en el fondo es deprimente! Se podría reparar y pintar; abriría un espacio para la contemplación. ¿Y qué se puede hacer con esa pared tan desagradable?

—Mi muy estimada arquitecta, ¿podría usted empezar a lavar los tarros? Lo único que podemos hacer hoy es plantar estas semillas que encontré en la choza y podar los manzanos, a ver si crecen con más fuerza.

Los planes de Romina eran grandiosos, aunque para ello se necesitaba dinero. Crear una puerta, extender el patio, comprar sillas, reparar la caseta…Y un canal de agua que alimentaría una pequeña cascada, la última adición a su gran diseño.

—¿Por qué siempre se necesita dinero? —dijo Romina, desilusionada; sabía bien que su visión nunca sería realizada.

—No se necesita tanto dinero. Tú lo diseñas y yo lo construyo. Podemos hacer una pequeña colecta para comprar plantas y materiales, pero aquí tienes tu obra de mano gratis. Por lo pronto, deja de estar parada ahí… A poner el hombro, muchacha, que no tengo tiempo que perder.

Luego de podar los manzanos, Juan Luis mezcló tabaco que le dio Ignacio, vinagre, agua y jabón, y roció los troncos de los árboles.

—Están enfermos, desnutridos —dijo él.

—¿Y cómo sabes tú tanto de jardinería? —preguntó ella, asombrada ante su actividad tan natural en el jardín.

—Me gusta estar al aire libre moviendo el cuerpo. Disfruto ensuciándome las manos en la tierra —le dijo Juan Luis con una pasión envidiable—. Cuando estaba en el colegio, me ganaba unos centavos limpiando y podando los jardines de los vecinos, plantando flores y cuidando los frutales. Como me pagaban miserias, decidí seguir el camino de los tiempos modernos: ir a la universidad y ponerme traje y corbata. Adiós días de sol y de aire puro.

—A mí también me gusta la jardinería, aunque hoy me dedico solo a poner cemento en mis construcciones. No hay espacio para la naturaleza, ni siquiera para un cactus.

Sin pensarlo, pasaron más de dos horas limpiado el terrenal, plantando semillas y podando los árboles. «Algo va a crecer de estas semillas abandonadas», decía Juan Luis. La resolana del sol y el ejercicio físico los llenó de energía. Romina olvidó su cansancio y Juan Luis olvidó su deseo de tomar un trago.

Ella limpió la choza por dentro y sacudió las telas de araña y el polvo.

—Mira lo que encontré en la choza —dijo Romina.

En sus manos tenía dos pequeñas palomas de yeso que estaban unidas con un ramo de olivo. Sacudido el polvo y fregada con un trapo húmedo, la pequeña escultura brilló como mármol blanco. Las palomas tenían sus cabezas inclinadas, rozaban sus picos y ambas sostenían un ramo.

—¡Qué lindas! El símbolo de paz, de esperanza... Me imagino que representan la historia del diluvio. Una paloma trae una rama de olivo fresca que le indica a Noé que la inundación ha terminado y que están aproximándose a tierra, la promesa de paz.

—No es un ramo de olivo, es una ramita de pino —explicó la señora Parker, quien les había traído tazones de té y pedazos de pastel—. Son tortolitas que están construyendo un nido. Estas aves aparean de por vida y comparten las tareas domésticas, desde la construcción del nido hasta el cuidado de los pichones.

Un aire de tristeza se podía sentir en el aire, como si las palomas representaran algo perdido para la hermana Ann o, como se llamaba hoy, la señora Parker. Quizá había sido el regalo de algún galán de su juventud, un amor prohibido que precipitó la ruptura de su vocación de monja.

—Es algo muy bello. Tenemos que encontrarles un espacio en este jardín —dijo Romina, que se conmovió con el tono de voz de la señora Parker.

Luego de mirar alrededor, Romina se desalentó y dejó las palomas en la caja de madera donde las encontró.

Aunque siempre rechazaba la idea con desprecio, algo de romanticismo guardaba en su corazón. ¿Encontraría ella un compañero en la vida, alguien con quien compartir los gozos y los quehaceres cotidianos, alguien con quien tener hijos y construir un hogar?

«¡Qué tonta y melodramática soy!», se dijo a sí misma. «Las tórtolas son tórtolas, están programadas para vivir en armonía. Los humanos viven en constante conflicto. Para otro día el tema de las palomas».

Romina y Juan Luis se sentaron en una de las bancas de cemento y tomaron su merienda al sol.

Juan Luis parecía ensimismado. Aunque pretendió no escuchar la historia de las palomas, le chocó el que, a su edad, no estaba preparado para formar un hogar, ni siquiera tenía un techo propio. ¿Él, manteniendo una familia? Si no podía mantener un trabajo... Su mejor amigo, casado, exitoso y en vísperas de ser padre. Él tan solo sobrevivía. Y pronto debía encontrarse otro lugar donde dormir. Había quedado con Martín que él tenía que mudarse una vez que Clara diera a luz. ¿A dónde iba a ir?

—Estás muy callado hoy. ¿Cómo va tu búsqueda de trabajo? —preguntó Romina, notando su preocupación.

—Nada en el horizonte. ¿Y cómo va tu proyecto? —contestó Juan Luis, evitando el tema y devorando el pastel de manzana.

Ser atendido con una taza de té y un pastel casero era divino. Además, las cejas de Romina y su cabello negro eran el perfecto cuadro para reposar después de unas horas de trabajo físico.

—Nada del otro mundo. Intenté cambiar las reglas de juego y casi me invitan a unirme contigo a la fila de desempleados. ¡Qué miopes y egoístas son las corporaciones del mundo moderno! Solo quería un cambio pequeño, nada más, la aceptación de menores ingresos hoy por una reputación mejor a largo plazo... ¡Qué va! Están enceguecidos. ¡A estos tipos no les importa nada!

—¡Diablos! ¿Por qué no dejas tu puesto y te dedicas a la política persiguiendo a esos delincuentes corporativos para que paguen más impuestos?

—No es chiste, Juan Luis, los problemas del mundo son serios.

—Perdona, no puedo con mis propios problemas y ¿voy a ocuparme de los del mundo? Claro que entiendo cómo funciona esto. Yo trabajaba para una empresa de análisis bursátil. ¿Adivina qué hacía? Valuaba las acciones de tus bastardos corporativos.

—¿Y qué pasó? —preguntó Romina, aprovechando la oportunidad para curiosear en la vida de Juan Luis, quien titubeó antes de contestar.

—Pues nada, que me patearon como se patea una lata oxidada en una pila de basura. Los mercados están muertos, ¿quién necesita un analista de bolsa? ¿Acaso no entiendes? —dijo él enfadado y de mala manera.

—Lo siento. Ya sé que es terrible ser despedido —dijo Romina, un tanto enojada por el maltrato innecesario.

Ella prefirió dar por terminada la conversación, no era su problema. Ni era la terapista, ni la madre, ni la novia. ¡Qué terrible idea, la novia! No, no era la novia, y no tenía ningún interés en ocuparse de los problemas de Juan Luis, que ella también tenía bastante con los suyos y los del mundo.

—¿Te dejo en casa, digo, en el garaje? —preguntó secamente.

—No, prefiero caminar, a ver si me despejo.

Romina lo dejó bastante afectado, mirando la pared de ladrillos como si estuviera en una prisión. Aunque estaba ofuscada por la reacción de Juan Luis, sentía pena por él. Definitivamente, era un buen tipo y trabajaba con esmero. Había pasado dos horas limpiando el moho del cemento por nada a cambio. Podría pretender barrer el patio y asolarse como una lagartija por una hora, pero prefería poner el hombro. Querer adornar el patio con flores para los ancianos demostraba que tenía buen corazón. El pobre había tenido una mala mano en el juego de la vida y el desempleo era algo que él no podía controlar. ¿Qué iba a hacer, aceptar un trabajo que no existía? Ella empezó a sentirse un poco culpable. Quizá debió haber mostrado un poco más de compasión por él.

De vuelta en el garaje, Juan Luis tomó el periódico y empezó a leer clasificados de empleo. Había pocas opciones o nada adecuado. La botella de licor junto al colchón tuvo más atracción que cualquier promesa de felicidad en el futuro. Al fin y al cabo, nadie lo iba a contratar, ¿para qué el esfuerzo?

***

Al día siguiente, Juan Luis se levantó con resaca. Eran pasadas las doce. Mirando la botella de licor vacía que había rodado hacia la puerta del garaje, se acordó de que no había comido nada la noche anterior. Clara no le había dejado ni pan duro.

La casa se sentía solitaria. Quizá los Villa habían ido a misa, salido a visitar a los futuros abuelos o a pasear como hacen las parejas ordinarias los domingos. Se enrumbó hacia la cocina en busca de comida. Desde la puerta de la cocina, vio el armario del bar en la sala principal. Titubeó por un momento, pero estaba determinado a no tomar. Se hizo una taza de café y encontró algo de pan. El jugo fresco de naranja en el refrigerador era una terrible tentación. Se moría de sed, pero sabía que Clara iba a poner el grito en el cielo si la jarra de naranja desaparecía. Se contuvo y bebió agua hasta calmar su sed. Untó el pan con mantequilla; de seguro a Clara no le iba a importar que tomara un poco de grasa y pan duro.

El café y la hidratación en su organismo despejaron su mente. Limpió la cocina, sacó la basura y regó las plantas del jardín. Si tan solo se llevara mejor con Clara, él podría hacer las tareas del hogar. Remangarse la camisa no era su problema. Era el mantenerse sentado frente a un computador, el que le digan qué hacer. ¿El no tener confianza en sí mismo?

Estaba desesperado por una ducha. La última vez que tomó un baño había sido el jueves, cuando Clara salió de compras. ¿Demorarían en volver? No había cosa más terrible para Clara que saber que Juan Luis estaba en el baño de visitas. ¡Cómo deseaba usar gel de ducha y una toalla limpia! El trapo que Clara le había dado estaba impregnado de humedad y sudor. Tomó un poco de detergente de la cocina, lavó su toalla y la colgó en el tendedero del jardín.

Era una casa bonita, espaciosa, bien distribuida, con un jardín pequeño pero agradable. Juan Luis pocas veces se enrumbaba adentro, solo usaba el baño de visitas. Ese domingo se sentía menos constreñido. Finalmente, en unos meses lo echarían a la calle, que lo botasen ahora no le iba a cambiar el destino.

El bar de licores era una fuerza magnética inmanejable. Aunque Juan Luis sabía que cada paso hacia al armario de vidrio reducía el control sobre sus sentidos, estaba seguro de que solo quería echar un vistazo. Acercándose al bar, una fuerza incontrolable lo impulsó a abrir el anaquel. Saciar su deseo de tomar un trago terminó por vencerlo, pero el bar estaba cerrado con llave. «Gracias, Clara, gracias. Eres una buena mujer», dijo Juan Luis con sincero agradecimiento. Dio un paso hacia atrás, se dirigió a la cocina y bebió más agua con desesperación.

Una toalla limpia y un poco de jabón era lo que necesitaba en ese momento. Su deseo de tomar una ducha lo llevó al segundo piso en busca de toallas y algo de champú. Ansiaba oler el aroma a limpio, sentir la espuma blanca y calentar su piel con una ducha tibia. En un armario encontró una pila de toallas y jabones de lavanda. Al costado, una puerta se abría hacia una habitación de colores pastel.

Era el cuarto del bebé que llegaría a las vidas de Martín y Clara. Martín le había pedido ser el padrino unos meses atrás. Poco a poco la invitación quedó en el olvido. Martín no le había vuelto a mencionar el tema. Era obvio que Juan Luis no era material para padrino, ni siquiera para tío. Ese niño y esa familia podrían llegar a su vida, pero él andaba ausente. Era un vago sin rumbo.

Juan Luis escuchó la puerta de un coche. Tenía tan solo unos momentos para escapar. Dejó la toalla sobre la cuna y se quedó con un jabón de lavanda. Bajó las escaleras y, corriendo a través de la cocina, alcanzó la puerta del garaje antes de que Clara y

Martín entraran por la puerta principal. Se quedó sin aire. Sosteniendo con ambas manos el pequeño jabón de lavanda, respiró profundo y olió su suave perfume, el único placer del día.

Capítulo 5:
En busca de un libro

Nada había cambiado para Romina en la semana. Cada hora invertida en el proyecto ahondaba más su sensación de vacío. Cada vez que miraba la maqueta, le parecía más fea. Y ella era la creadora de aquello. Otra semana inconsecuente: el refrigerador vacío, el teléfono sin actividad importante y su casa, un verdadero caos. Era como si nada en su departamento tuviera un lugar de pertenencia, todo yacía en un gran desorden: libros, ropa, papeles, llaves, paraguas, zapatos... La muchacha de limpieza aseaba alrededor del desorden; movía un par de zapatos junto a otro y apilaba los libros, solo para encontrarlo todo desparramado la siguiente semana.

En lugar de ir al Paraíso, Romina quería quedarse en casa y no hacer nada, deambular en pijama con un tazón de cereal e hipnotizarse con la tele, cambiando de canal en canal. Sin embargo, tenía que vestirse y pretender que la beneficencia le daba satisfacción personal. Sí, las primeras semanas fueron una novedad y la hicieron sentir bien, pero el efecto ya se había desvanecido. No, no le daba gozo el dar a los demás, al contrario, sentía frustración. ¿Por qué era que el dar no le generaba ninguna felicidad como a la gente normal, la que trabaja con amor en hospitales o con huérfanos, o como a los misioneros que exponen sus vidas en los lugares más recónditos de la tierra? Era un verdadero fracaso en el arte de dar. Quizá era una verdadera egoísta, sin amor ni nada que dar a los demás.

—Al diablo con el mundo —se dijo a sí misma—, que yo tengo bastante con mis propios problemas.

Se vistió. Dejó su bata y sus pantuflas tirados en el medio de la sala y la botella de leche fuera del refrigerador.

Una vez en el Paraíso, se sintió irritada y cansada. Para su sorpresa, Juan Luis había llegado temprano y había avanzado con el desayuno. Después de un saludo poco efusivo, Romina se dispuso a desempolvar la sala. Algo de soledad y de movimiento físico la calmarían. Además, quería estar lejos de Aureliano, quien siempre estaba de mal humor.

Tomó su equipo de limpieza y fue a la sala principal. Allí estaba Ignacio, con un libro y una taza de café, evitando a los demás residentes, quienes en sopor matutino avanzaban hacia el comedor. Romina lo saludó con cortesía. Como quería estar sola, empezó a limpiar en el otro extremo de la sala. Ignacio la miró con atención, notando su estado de ánimo agitado.

—Creo que hoy no estás para limpiar. ¿Por qué no te sientas y me haces conversación? A fin de cuentas, lo que necesitamos los ancianos es un poco de atención, que la soledad mata más que la intoxicación del polvo —le dijo, invitándola a sentarse junto a él.

—No eres un anciano. Eres un señor mayor muy elegante.

Pasaron la hora conversando. El libro que leía Ignacio era uno de Stephen King. Él leía por placer, cuanto más complicada la historia y la intensidad del suspenso, mejor, por eso le gustaban los *thrillers*. Romina ocupaba su mente con recetas mágicas de autoayuda, que no le daban ni placer ni verdadero consejo. Eran una distracción. No le importaba perder el tiempo con fantasías pasajeras. Se llenaba de expectativa esperando revelar el secreto que le permitiera encontrar la felicidad automática. Sin embargo, ella sabía que no había secreto alguno, la felicidad era una tarea ardua. Lo peor era que se sentía culpable por no leer cosas más serias. Se llenaba la boca diciendo que le importaba el mundo, pero vivía en una distracción constante. Empleo y distracción. En ese tema no era tan diferente de Juan Luis, quien, con su fórmula de desempleo y distracción a través de la bebida, vivía tan inconscientemente como ella.

—Un libro es una cita íntima con un personaje. Puede ser un asesino o un héroe. Tú terminas conociéndolo personalmente: sus pensamientos, sus miedos y sus gozos. Cuando lees una historia que te cautiva, estás dentro del ser de alguien. Es una compañía formidable y un gran entretenimiento. Te invito a que tomes un buen libro, te sientes cómodamente en un sillón o en una banca al sol y leas despacio. Disfruta de la historia, imagina las escenas poniendo tus sentidos en alerta, escucha la música de las palabras. Siente con profundidad. Deja de buscar respuestas a tus problemas: simplemente lee.

Romina se quedó pensante. En eso, miró el reloj y advirtió que era tarde. Tomó la taza de café vacía y le agradeció a Ignacio por la charla, se encontraba más tranquila.

Juan Luis lavaba las tazas en la cocina y Romina se unió al trajín con buena disposición. Era como si un gran peso se hubiera levantado de sus hombros. Quizá no estaba lista para resolver su turbulencia interior. Sentarse al sol con un buen libro no era una mala idea. «Simplemente lee», las palabras de Ignacio se quedaron en su mente.

—¿Tienes algo que hacer más tarde? —le preguntó Romina a Juan Luis—. Te invito a hacer una excursión cultural.

Juan Luis la miró extrañado. El otro sábado lo invitó a comer. «¿Ahora a pasear por museos? ¿Que esta chica no tiene ningún círculo social? ¿Qué quiere? ¿Liberar sus pensamientos y ansiedades otra vez gratis?», se preguntaba a sí mismo.

Accedió sin darle más vuelta —no tenía nada que hacer después—; algo de distracción con una muchacha bonita no le iba a hacer daño.

—¿A dónde vamos? —preguntó él, animado.

—¡A encontrar un buen libro!

Madrid es un paraíso para lectores y escritores. Es la tierra de Cervantes, de García Lorca, de Antonio Machado…, aunque Romina tenía algo diferente en mente. Quería expandir sus horizontes más allá de España: a Rusia, con una narración épica como *La guerra y la paz*; a la India, con la biografía inspiradora de Gandhi; o quizá la de Mandela. Buscaría también los títulos de Ken Follet que Ignacio tanto le había recomendado. Y, por qué no, los de suspenso, los clásicos de Agatha Christie o los modernos de John le Carré. Había un universo de historias para cualquier gusto. Romina se sentía energizada, tenía un proyecto en mano: el simple placer de sentarse a leer un buen libro.

A pesar de la recesión, las calles estaban inundadas de gente que buscaba ofertas o algo que consumir para olvidarse —qué ironía— de los tiempos económicos difíciles. Sin embargo, era evidente que las librerías sufrían: estaban medio vacías y el movimiento en las cajas registradoras era paupérrimo.

Juan Luis y Romina pasearon por los corredores de estantes con delicadeza, tomando este u otro libro, y comentando en murmullo, sin querer perturbar a otros lectores solitarios. Había tantos títulos, tantas portadas misteriosas...

—Fíjate, esta es la biografía de una mujer que crece en la calle y que pasa su adolescencia como prostituta hasta que queda embarazada; tiene y cría a un hijo, y construye un imperio de negocios valuado en cien millones de dólares. ¿Suficientemente inspirador? —preguntó Juan Luis.

—Acuérdate de que los libros de fracasos no terminan publicándose. Por esta mujer hay cientos de miles de mujeres que nunca salieron de las calles, contrajeron el SIDA, cayeron en drogas o fueron estranguladas por su propio alcahuete.

—Justamente por eso el libro es un *bestseller,* porque te preguntarás cómo es que esta mujer, a pesar de las circunstancias, alcanzó tanto éxito.

—Puras estadísticas, mi querido amigo. Una mujer de cien mil mujeres es solo la estadística que confirma la norma. La suerte, las oportunidades, los genes, la actitud mental… no son más que loterías.

—¡Joder! A que vamos a pasar la noche aquí. ¿Qué te parece este otro libro? La historia de una expedición al Everest que fracasó; una docena de alpinistas muertos. Hoy en día se siguen preguntando cuáles fueron las causas de tan trágico accidente: ¿falta de experiencia u organización, confianza excesiva en las propias capacidades…? Sin final feliz.

—Podría ser. Es más realista. Los proyectos fracasan, la gente comete errores y la vida no tiene un final feliz, nos morimos todos.

—¿Por qué no lees algún libro de tu niñez a ver si la esperanza por la raza humana te vuelve a la piel? *Matar a un ruiseñor*, *Las aventuras de Tom Sawyer… El Principito* podría abrirte el corazón. Cada uno tiene una rosa en algún planeta lejano que nos espera con ansias, y hay amigos y zorros que amansar. Tú no eres de muchos amigos, ¿no? No te das el tiempo para conocer a la gente.

—¿Sí? ¿Y dónde está tu rosa, mi querido zorro? No veo que tú tengas mucha esperanza por la raza humana tampoco. No tienes ni siquiera confianza en ti.

Se quedaron en silencio por algunos minutos. Era cierto que Juan Luis estaba desesperado y desesperanzado, mas no era ni el lugar ni el momento para discutir esas realidades. Habían logrado pasar un buen rato revisando libros sin caer ni en la furia de Romina ni en la apatía de Juan Luis, y ella lo había estropeado todo al lanzar reproches innecesarios.

—Lo siento, perdona —añadió ella, nerviosa—; no he querido refregar en tu cara tus circunstancias. Es que no sé expresarme bien, fue un juego de palabras. Sé que eventualmente vas a salir del pozo y vas a encontrar tu rosa, ¡qué más!, un jardín de rosas.

—Lee el libro. No queremos un jardín de rosas. Queremos una sola rosa, la rosa que hemos cuidado, la que hemos regado, con la que hemos pasado el tiempo. Ni tú ni yo tenemos nada que cuidar.

Dejaron la librería sin comprar nada. Se disponían a decirse adiós y a marcharse cada cual por su lado cuando Juan Luis vio la cara afligida de Romina. Sintió que había exagerado.

—Ahora es mi turno, lo siento —dijo Juan Luis respirando hondo y, después de que se suavizara el rostro de Romina, agregó:— Te voy a llevar a un lugar especial.

—A que tienes hambre —añadió ella—. Permíteme comprarte un churro y un chocolate para hacer las paces.

Después de la merienda, Juan Luis la llevó a un lugar que para él siempre sería especial, a la biblioteca municipal del barrio de San Blas, al este de la ciudad. Había crecido y vivido en ese barrio hasta la separación de sus padres. Un día, sin ningún planeamiento o preámbulos, su madre puso ropa y pan en un bolso, tomó a Juan Luis de un brazo y, despidiéndose de Madrid para siempre, volvió a su pueblo natal de Málaga. Juan Luis dejó atrás a su padre, al colegio y a esa biblioteca que le había dado refugio en los momentos más confusos de su niñez.

Hoy era una biblioteca imponente. En aquel entonces era pequeña e irrelevante, con solo un par de pisos y un área de lectura. Cuando la biblioteca estaba cerrada, Juan Luis se sentaba debajo de los cipreses en el parque del costado.

Él solía escaparse del colegio. Solo quería tranquilidad y prefería la biblioteca a las iglesias, las cuales tenían en él un efecto perturbador. La biblioteca era su santuario. Con un cómic se sentaba al final de una mesa y gozaba del silencio, de los movimientos lentos y respetuosos de los visitantes. La señora de la recepción siempre había sido muy buena con él. Nunca llamó al colegio para notificar la presencia del niño porque entendía que lo que él necesitaba en esos momentos era estar allí. Pudo meterse en problemas con las autoridades, pero sabía que el último lugar en que el colegio lo buscaría sería en una biblioteca. Ella solía decir: «¡Qué bueno eres, Juan Luis!», y le daba alguna golosina.

«Qué bueno eres», recordó Juan Luis. ¿Qué habría visto la señora Carmen en él para darle esas palabras de bendición cuando más lo necesitaba? Quizá él, en el fondo, era de buena esencia. Y alguien lo había notado. ¿Dónde andaría la señora Carmen, su rosa?

Juan Luis y Romina volvieron a sonreír y entraron a la biblioteca, hoy moderna y monumental, a hojear los libros de la sala de lectura de la planta baja, que incluía textos de la literatura clásica e historietas para niños.

—¿Has encontrado algo? —preguntó él luego de espiarla por los espacios abiertos que dejaban los libros en los estantes.

—¿Qué te parece la vida de *Siddhartha*, de Hermann Hesse?

—Sé que tienes una crisis existencial, pero ¿por qué no empiezas con algo más ligero?

Juan Luis caminó por el área de niños y tomó unas copias de unos cómics que él leía de chico, y agregó:

—Te explico: Súper Tom es un muchacho con poderes especiales. Puede volar al lugar que quiera. Vive en un pueblo donde los grandes se achican cada vez que se enojan, así que Súper Tom se la pasa haciendo diabluras para reducir de tamaño a su madre, a su tía, al cartero, al bodeguero…

Caminaron por el paseo de los cipreses conversando de libros y de la infancia. Era refrescante pensar en la niñez. Tan solo con acordarse de las travesuras, de los amigos inseparables y de las meriendas, el cuerpo se les llenó de vida.

Capítulo 6:

Una rosa inesperada

Juan Luis decidió controlar su adicción a la bebida. Dejaría el trago para las ocasiones especiales: cuando lograra obtener una entrevista de trabajo, cuando al fin le ofrecieran uno y cuando naciera el bebé de los Villa. Quería ser el padrino. Si tan solo pudiera ~~lograr~~ convencerlos, en especial a Clara, de que él sería una buena influencia para el bebé…

Se levantó temprano, antes de que se despertara Clara. Se preparó un café instantáneo en la cocina, comió un poco de pan y salió a comprar el periódico. Se sentía vigorizado. La amistad con Romina era algo que evolucionaba positivamente. Aunque intercambiaban palabras duras —usualmente cargadas de verdad—, también encontraban temas de plácida conversación y motivos para reír. No había pretensiones ni de él ni de ella. Ver su cara bonita los fines de semana empezó a entusiasmarlo.

Salió a pie a recorrer las calles aledañas para descubrir posibilidades de trabajo temporal en casas, oficinas o negocios pequeños. Quería comprarse una camisa nueva y una corbata para lucir impecable en una entrevista y, de ser posible, comprar otra bicicleta o un escúter para recorrer las calles con mayor facilidad. Explorar cientos de cuadras a pie no era la forma más eficiente, y el cemento ya le estaba ganando la batalla a sus zapatillas.

Era tarde y los camiones de frutas y verduras ya habían terminado sus rondas de reparto. Tenía que levantarse en la madrugada si quería ofrecer ayuda en la descarga de cajones.

Las construcciones estaban paradas y las que aún avanzaban eran acosadas por hombres de origen africano que ofrecían, como él, desmontar materiales o mezclar las bolsas de cemento por un centavo. Los mozos, los lavaplatos y los cocineros de los cafés y restaurantes llegaban a sus trabajos ensombrecidos, sabiendo que el día sería pesado. Hacían turnos largos porque los dueños no querían agregar personal a la planilla.

Fue un día sin suerte.

Sin la bicicleta era poco lo que se podía cubrir. La bicicleta también era una herramienta de trabajo, ya que le permitía ofrecer servicios de distribución de pan, *pizza* o revistas.

Al pasar por la licorería de la esquina, se le hizo agua la boca. Un poco de ron compensaría el sabor desagradable de una mañana sin suerte. Se quedó con las ganas, los pocos euros que tenía le alcanzaban tan solo para comprarse pan para unos días.

*

Su búsqueda de trabajo durante la semana había sido un absoluto fracaso. No había nada. ¿Cuántas semanas transcurrirían así, sin salir del pozo? Al final del viernes, Juan Luis se sintió desalentado.

Pasadas las diez de la noche, se dispuso a dormir con un deseo insaciable de tomar un trago, pero su botella estaba vacía. Cuando oyó a Manuel y a Pepe golpear la puerta del garaje en excitada conversación, le volvió la vida al cuerpo. Algo de distracción no le vendría mal, y un trago, después de una semana de decepción, era un justo consuelo.

—Bajen la voz, muchachos —dijo Juan Luis mientras levantaba la puerta del garaje medio en risa—, que este es un hogar decente.

—Chulo, que la noche no se ha hecho para dormir, sino para disfrutar —dijo Pepe, un hombre regordete con cara de chaval.

Manuel, de silueta más esbelta y piernas ligeras, dio unos pasos de salsa mientras tocaba el portón como si fuera una marimba.

—¡Vamos a bailar! —propuso Manuel.

—Shhh… —los calló Juan Luis—, que Clara me mata.

Se dirigieron al centro para visitar bares. Para Juan Luis la salida era una bendición después del fracaso de la semana. Manuel y Pepe siempre pagaban la cuenta diciéndole: «Hoy por ti, mañana por mí». Pedían tapas, que Juan Luis engullía como si fuera una fiesta de Navidad, y cervezas. Los pedazos de pan tostado con salsa de tomate o aceite de oliva, y los montaditos de pescado, pollo o pulpo eran un divino manjar para el que se pasaba la semana comiendo pan duro o arroz recalentado. La cerveza dorada y burbujeante completaba el banquete en un refrescante elixir.

Él solo comía y bebía, mientras que Manuel y Pepe ligaban a chicas. Pepe ya conversaba con una y Manuel desplegaba su encanto en la pista de baile. A Juan Luis le aterraba la pregunta: «¿Y tú qué haces?». Estaba cansado de inventar trabajos y posiciones de importancia. La mentira se hacía más difícil con cada pregunta. «¿Y dónde queda tu firma?». «¿No queda el estudio Linares al otro lado de la estación?», preguntaba alguna cuando las direcciones de Juan Luis no cuadraban con la realidad del centro. La última vez había dicho que era un escritor y, cuando le preguntaron si había publicado algo, dijo que sí, pero que él usaba seudónimo. «¿No quieres que tu nombre salga a la luz?». Así continuaban las preguntas, que naturalmente intentaban entender una situación que no encajaba.

«Trabajar con seudónimo tiene muchas ventajas. Ahora estoy escribiendo piezas cortas de suspenso. La gente empieza a creerte y te asocia con un estilo. Si quisiera escribir obras de amor, entonces cambio mi seudónimo y la gente empieza a creer que eres un trovador».

El otro problema era que a veces se topaba con las mismas chicas y no recordaba qué mentira les había asignado. ¿Abogado? ¿Hombre de negocios? ¿Artista? Por eso, cuando una muchacha de cabello ondulado y ojos pardos se sentó junto a él en la barra, Juan Luis miró hacia otro lado, luciendo poco interesado. La muchacha igual sonrió y pidió una cerveza. Estaba a punto de dirigirle la palabra, de echarle un «¿Vienes aquí con frecuencia?», cuando Juan Luis la cortó ásperamente.

—Mira, guapa, estoy desempleado, no tengo un céntimo. ¿Por qué no vas a conversar con alguien más interesante?

La muchacha no se inmutó, lo miró parcamente por un segundo y luego le extendió la mano y se presentó.

—Rosa, desempleada, en busca de trabajo o marido con empleo, lo que llegue primero. Ahora que sabemos que no vas a ser ni mi empleador ni mi marido, por qué no olvidamos nuestras penas con un vaso de cerveza.

Conversar con alguien sin pretensiones era un verdadero placer. Además, era más fácil congeniar con alguien que estaba en tus propios zapatos y, más aún, si encontraba humor en penosas circunstancias.

—¿Cómo puedes reírte así? Es trágico, Rosa, muy trágico. ¿Con qué beneficencia has venido esta noche? ¿Ves a esos tipos ahí? Son mis buenos amigos Manuel y Pepe. Me sacan a pasear como si llevaran al nono a tomar el sol en una silla de ruedas. Pero, en este caso, ¡a tomar un trago!

—He venido sola. Pensé encontrar aquí a unos amigos, pero desde que perdí el trabajo como que me evitan. Al parecer, traigo mala suerte a los que aún lo conservan.

Su situación no era tan deplorable como la de Juan Luis. Vivía con los padres y eso era de gran ayuda, aunque no veía la hora de tener su propio piso, de ahorrar dinero, salir de vacaciones... Ni Rosa ni Juan Luis habían salido de vacaciones en los últimos años. Incluso ir a la costa un día a chapucear en el mar, a comer pescado frito y a bailar hasta el amanecer era un placer costoso.

Tener empleo significaba llevar una vida ordenada, con una estructura, un círculo social, un camino por el que avanzar y un cheque a fin de mes, que no solo pagaba las cuentas, sino que te daba la confianza para seguir avanzando. Llegaría a fin de mes, siempre y cuando cumplieras al pie de la letra con lo que el jefe ordenara. Una relación condicional, pero por último consistente, de orden y de estabilidad.

Ya eran más de las dos y Juan Luis estaba borracho. Los vasos de cerveza no terminaban de pasar, ofrecidos por los generosos Manuel y Pepe, quienes estaban aún más ebrios. Rosa se unió a la fiesta del corcho libre riendo de cualquier cosa. Al fin y al cabo, qué más daba. «¡Hoy es una fiesta, mañana un funeral!», decía ella.

Al momento de partir, Rosa se acercó disimuladamente a Juan Luis y le robó un beso.

***

Al día siguiente, Juan Luis llegó tarde al Paraíso. Romina estaba de buen humor conversando con Ignacio y la señora Parker. Al verlo, notaron su cara descuadrada y su olor a alcohol.

La señora Parker lo miró enfadada. No era forma de atender a los residentes, quienes esperaban caras frescas y sonrisas. Finalmente, cualquiera podía servir el té, pero la compañía alegre de gente joven era algo que los residentes del Paraíso ansiaban toda la semana.

Lo enviaron a trabajar al jardín. Con un dolor de cabeza inaguantable, se puso a cortar unas ramas extendidas. Romina pidió permiso para escaparse de la cocina y fue a buscarlo. Lo miró con ojos inquisidores y le recriminó:

—No te haces ni me haces ningún favor saliendo de parranda la noche anterior. ¿Y cómo has financiado tu salida? ¿Con la beneficencia de los que llamas tus amigos? Si fueran tus amigos no te darían trago, te darían referencias para encontrar trabajo, te visitarían para saber si estás bien. ¿Y qué has hecho durante la semana? ¿Postrarte en tu colchón junto a una botella de alcohol?

Juan Luis empezó a irritarse. Romina no entendía que un poco de gratificación y de distracción eran necesarias; que la atención de Manuel y Pepe era justo lo que él necesitaba para evitar caer en una total depresión; que la salida al bar y la conversación con una mujer guapa, y ese beso robado, habían servido de antídoto a una mala semana. Nada se había resuelto, pero había reído y, mal o bien, se sentía un poco más inspirado para afrontar otra semana.

—Tú no entiendes, Romina. Todo para ti es responsabilidad y obligación. ¿Qué has hecho tú ayer? ¿Quedarte en casa? ¿Mirar la tele mientras el mundo se viste y va a bailar? Sal de tu hueco, Romina, que vas a terminar vieja y amargada. La vida es una fiesta, no un funeral.

El corazón de Romina se estrechó dentro de su pecho. Sí, otra semana intrascendente, otro viernes de apatía, otro pote de comida manufacturada. Al menos ella no vivía negando su realidad, sabía que era miserable. Tomar alcohol para evitar la realidad puede ser una estrategia efectiva en moderadas dosis, mas una vida ahogada en una botella no es una estrategia, es suicidio. Sin embargo, Juan Luis también tenía razón, ¿qué sentido tenía la vida si solo era trabajar y dormir, dormir y trabajar?

Romina lo dejó por unos momentos, quería reponerse. Juan Luis apretó los labios, se sentía algo culpable. No tenía por qué tratarla así.

Romina regresó a la media hora y le extendió una taza de café y un trozo de pastel. Juan Luis la miró arrepentido.

—Perdona —dijo él—. Sé que solo quieres ayudarme. Y no vas a terminar sola y amargada. Una muchacha tan guapa como tú seguro que tiene mil galanes. Solo búscate uno que no parrandee —añadió en broma.

—No necesito galanes. Solo quiero un trabajo que me dé satisfacción.

—Los trabajos no dan satisfacción. Son trabajos. Lo que te da satisfacción es cómo haces tu trabajo. ¡Tú te estresas! Por eso no sientes satisfacción. Ya te he dicho que vayas a tu oficina y le borres una columna a unos de tus proyectos. Cuando tu jefe te grite: «Pero, Romina, ¡que le falta una columna a este piso!», se la pones. Nada va a pasar, te lo aseguro. Ahora, eso sí, acuérdate de que le borraste la columna, porque quizá ni tu jefe ni nadie se dan cuenta y, entonces, catástrofe, se cae el piso, mejor dicho, el bloque de departamentos sobre familias y residentes inocentes... Mejor borra una puerta.

—Te estás burlando.

Se sentaron en la banca debajo de uno de los manzanos y conversaron mientras compartían el pedazo de pastel. Juan Luis le contó que los clasificados estaban en blanco; que había recorrido calles a pie buscando alguna oportunidad de trabajo cada día de la semana, pero que era un proceso lento y tortuoso; que sus zapatos ya no daban más, y que, a parte de la juerga del viernes, no había bebido en la semana. Juan Luis no le contó que había conocido a Rosa. Aún sentía el sabor de sus labios, era un secreto.

Romina escuchaba y aprobaba con atención. Esos esfuerzos eran prometedores.

—Pues tengo algo que te puede ayudar. Vamos, te llevo en el coche.

Se detuvieron en su departamento. Romina lo condujo hacia el estacionamiento en el sótano y abrió la puerta de un depósito.

—Detrás de esas cajas, ¿la ves?

Había una bicicleta color violeta con la figurilla de Candy en el manubrio, un dibujito animado japonés que Romina amaba cuando era niña. Había que lubricarla e inflar las ruedas, pero para dar vueltas por las calles detectando oportunidades de trabajo era perfecta. No era tan pequeña y Juan Luis se acomodaba bien.

Romina se sonrió con nostalgia, no la había usado en años.

—Me la dio mi papá cuando tenía unos trece años —contó ella, a quien se le llenaba el corazón de melancolía siempre que recordaba a su padre—. Vas a tener que cuidar esto como un gran tesoro. Si me entero de que has vendido esta bicicleta por cuatro pesetas, te encuentres donde te encuentres, te trozo en pedacitos.

—¿Puedo sacarle la calcomanía? —rogó Juan Luis.

—No, Candy se queda en el manubrio.

Capítulo 7:
Una tarde de bingo y una noche en un bar

El siguiente sábado, Romina y Juan Luis visitaron el Paraíso en la tarde. Como había una sesión de bingo, la señora Parker les pidió que ayudaran anunciando los números.

Los residentes esperaban con ansias su juego mensual. Sentados de a tres o cuatro, acomodaban sus cartones sobre las mesas. Era un juego de azar gentil, un proceso lento en el que las expectativas de ganar y la desilusión de perder oscilaban con cada número.

«A esa edad nos conformamos con tan poco», pensaba Juan Luis. A los veinte, nada nos da satisfacción, andamos detrás de drogas, queremos altas velocidades, juegos de video violentos o sexo excesivo. A los ochenta, una tarde con unas fichas y cartones de colores era suficiente para pasar el rato y hasta sentirse excitado.

Juan Luis se preguntaba si el conformismo era el producto de las restricciones que sufre el anciano; a fin de cuentas, las articulaciones artríticas y la mente en declive no daban para un juego frenético de video. Confrontado con una realidad de limitaciones físicas y mentales, tal vez el anciano se conformaba con los delicados movimientos y las excitaciones que ofrecía el bingo. A Juan Luis le aterraba la idea de tener deseos de joven en un cuerpo de viejo. Solo esperaba que la naturaleza fuera más sabia y que el deseo se apagara al ritmo del deterioro del cuerpo y de la mente.

Romina estaba distraída ofreciendo tazas de té y pasteles. Jamás había visto a los residentes tan seriamente ocupados. Para ellos, el juego mensual de bingo era equivalente a un viaje a Las Vegas con una gran bolsa de dinero para gastar en máquinas y ruletas. Era también una oportunidad para interactuar. Si apenas cruzaban palabras, la tarde de bingo era el lugar para contarse lo que había pasado en el mes, que, generalmente, no era mucho.

No todos los residentes estaban presentes en la sesión. Ignacio leía un libro en la sala principal y faltaban varios señores más. Aureliano sabía que algunos detestaban el bingo, por la intensidad del aburrimiento; entonces, los convencía de jugar unas partidas de póquer en el «club de caballeros», en el último piso. La señora Parker lo había declarado prohibido por escrito, pero, como no tenía medios para controlarlos, los dejaba a la merced del azar. Si alguien perdía los calzones, ella no se inmutaba, solo les releía el reglamento.

Romina vio al señor Ramírez y al señor Barrios tomar dulces de la cocina y esconderlos en los bolsillos para luego desaparecer por las escaleras. Seguro que completaban la merienda con alguna botella de licor.

El juego de bingo empezó con los residentes ensimismados en sus cartones. Un total silencio cubrió el ambiente; el primer número se iba a anunciar.

—¡Ocho! —voceó Juan Luis mientras Romina giraba una rueda manual de bingo.

Así pasaron un par de horas, en absoluta apatía, girando una rueda y anunciando números.

Finalizado el bingo, el cansancio de ambos era evidente. ¿Pero si no habían hecho más que cantar números mientras un grupo de ancianos colocaban fichas con tal lentitud que parecía más bien un juego de *Ouija*?

«¡Qué espeluznante visión!», pensó Juan Luis.

Al final del evento, algunos de los residentes dormían en sus sillas y sobre las mesas. El ejercicio mental de cruzar números en una tarde oscura era demasiado para algunos.

Juan Luis, en particular, no disfrutó de la tarde y fue a reclamarle a la señora Parker. Le pidió cubrir tareas físicas en el jardín o trabajar en mantenimiento, que el rol de maestro de ceremonias no le venía bien, que su tiempo estaría mejor invertido barriendo o limpiando vidrios. Romina se sentía cansada, aunque su frustración era un poco menor. Había ocupado su mente recordando lo que había sucedido durante la semana y dilucidando el futuro. Salieron del comedor con desgano y se toparon con Ignacio, quien pudo percibir en sus rostros el estrago de una tarde de hastío.

—El aburrimiento, tan inconsecuente y neutral, puede cansar y, aún más, si lo resistes con todas tus fuerzas. Al aburrimiento hay que domesticarlo —dijo Ignacio, invitándolos con un gesto a sentarse en la sala principal—. A mí no me gusta el bingo, pero solía acompañar a una querida amiga que era adicta. Se vestía y maquillaba para la ocasión. Sabía que sus amigas de la juventud estarían allí y que no dejarían de chismorrear cuando ella llegara en mi compañía. Aprendí a tolerar el aburrimiento. En lugar de desear estar en otro lado, simplemente estaba ahí. Miraba lo que la gente hacía y no hacía. Hasta aprendí a apreciar el canto rítmico de los números. Y ella estaba feliz. Verla contenta era lo que me mantenía ahí.

Juan Luis y Romina charlaron un poco más con Ignacio. Estaban tan desganados que se marcharon lo antes posible.

A la salida, Romina le ofreció a Juan Luis llevarlo a casa, lo que Juan Luis aceptó de inmediato; sus energías habían sido agotadas por completo. Se pusieron a conversar en el auto.

—No era tanto el aburrimiento como la visión de mi futuro —dijo Juan Luis—. Me aterra terminar en un asilo de beneficencia sin mayores deseos que jugar al bingo, que mis facultades físicas y mentales se reduzcan tanto que el único ejercicio que pueda hacer sea poner unas fichas sobre un cartón y que el desafío mental sea hacerlo en la casilla correcta.

—Así es la vida, no tenemos ningún poder de decisión en esta materia. A mí no me aterra tanto la vejez, me preocupa el hoy, que justamente la vida se me está pasando sentada en un escritorio y que, sin darme cuenta, voy a terminar sentada frente a un cartón de bingo. Ir al bingo o estar quietecita en una silla de ruedas no es un problema después de una vida llena de aventuras y experiencias. Dios te recoge, eventualmente, después de una vida bien vivida.

—¿Y qué aventuras quisieras vivir? Vamos, cuéntame, que después de esta tarde necesito que me levantes el ánimo así sea con una fantasía.

—Viajar por el mundo. Si no fuera tan peligroso, me echaría a andar con una mochila y recorrería pueblos y ciudades. Si encontrara algún sitio que me gustara, me quedaría; encontraría algún empleo temporal y conocería el lugar y a su gente. En Paris trabajaría de mesera en algún café junto al Siena. Me enrumbaría por Italia trabajando en alguna pastelería. En la misma España, trabajaría en algún teatro, en vestuario o maquillaje. ¡O podría tomar clases de actuación! Iría a África y viviría en alguna comunidad de misioneros, aprendería chino en Shanghái, viviría en alguna pequeña isla del Pacífico, sería reportera en el Medio Oriente, fotografiaría gente de cada cultura... Hay miles de cosas que quisiera hacer. Sin embargo, me da miedo, todo tiene riesgos. Además, la sociedad te dicta pautas claras: termina la escuela, termina la universidad, encuentra un trabajo, cásate. Y repitiendo el ciclo: asegúrate de que tus hijos terminen la escuela, terminen la universidad, encuentren un trabajo…

—Quizá hay un punto medio —agregó Juan Luis.

—Sí, a ese camino medio se le llama trabajar y salir de vacaciones. Trabajas incansablemente y luego viajas por una semana a algún lugar exótico o novedoso para inyectar una dosis de excitación en tu vida monótona y aburrida —dijo Romina con frustración.

Después de un momento de silencio, contemplando cuán trivial sería su futuro, Romina propuso:

—¿Qué te parece si te invito un churro para inyectar un poco de dulce en nuestra vida insípida?

—Siempre me estás invitando —dijo él, incómodo.

—Hombre, es un churro de chocolate, no una cena en el Four Seasons.

Pararon en el parque, al lado de una carretilla de dulces, y compraron churros rellenos. Se sentaron en las bancas cuando caía el sol.

—Quizá el punto medio es hacer solo esto. Sentarse a degustar un churro en una tarde intrascendente y hablar de viajes y fantasías… —Juan Luis pausó por un momento—. Imagínate sentarte una noche junto a una amiga en un juego de bingo solo para verla contenta y matar de celos a las otras viejas. Si quieres, te acompaño al bingo, Romina, cuando seas un vejestorio —dijo Juan Luis, bromeando.

—Muy divertido —sonrió ella.

Pasados unos minutos en ligera conversación, Romina se puso seria.

—Quizá me puedas acompañar a otro sitio. Hoy es el cumpleaños de alguien del trabajo. No pensaba ir porque me aburre terriblemente ir a bares. No se puede hablar con nadie, porque o están borrachos o el ruido es insoportable. Es en el bar del Trovador, ¿lo conoces? Me puedes acompañar y puedes pretender ser mi amigo íntimo. No romántico, solo íntimo. Y nada de toqueteos. Creo que la gente piensa que soy asexual porque nunca traigo a la oficina chismes de encuentros amorosos.

—Perdona, ¿cómo voy a pretender ser tu pareja íntima si no te puedo echar ni un abrazo? —Juan Luis tenía un buen punto.

—Pues no sé. Saludamos a medio mundo y luego de unos minutos nos despedimos diciendo que tenemos una urgencia y ponemos caras de viciosos.

—La gente no cree lo que escucha, cree lo que ve —añadió Juan Luis.

—Bueno, si quieres, pones tu mano en mi cintura solo por un momento, ¿de acuerdo?

—¿Y no te preocupa que te asocien conmigo, un vago desempleado?

—Nadie te conoce en mi círculo y, además, la gente está tan decadente hoy en día que, si yo recogiera a un vagabundo de la calle para tener sexo casual, de seguro lo celebrarían en la oficina por la hazaña irresponsable. Te recojo a las diez. Eso sí, no quiero que tomes nada. Te compro una soda con una rodaja de limón, nada más. ¿Entendido? —concluyó ella.

A Juan Luis le daba igual, si no tenía nada que hacer, y lo hacía por una amiga.

***

El bar estaba atiborrado de gente. La chica del cumpleaños saludaba a sus invitados y los dirigía hacia unas mesas donde había jarras de sangría y bandejas con pan, chorizo, queso y aceitunas.

—Tenemos un acuerdo. No quiero que tomes nada, distráete con el pan y el chorizo que yo te traigo una soda —le susurró Romina a Juan Luis antes de irse a la barra para pedir un refresco.

Se mezcló con sus colegas, quienes sorprendidos preguntaban quién era el hombre guapo que había ido con ella. Romina aprovechaba a decir que era solo un conocido, alguien con quien pasar el rato sin mayores compromisos, y se escurría entre la gente con un aire misterioso.

Max la vio pasar y le preguntó sin aspavientos si era el novio.

—Oh, no. ¿Juan Luis? Es un primo que está en Madrid de visita, y lo he sacado a que conozca la ciudad de noche —inventó Romina, tropezándose con un taburete por la impresión de encontrar a Max en aquel lugar.

Max, como ella, no era de hacer vida nocturna o frecuentar bares.

—No es lo que he escuchado —dijo él un poco desconcertado con la situación, observando a Juan Luis, quien se devoraba el pan y el chorizo, y miraba la jarra de sangría roja y sus naranjas con obsesión.

Romina no había esperado encontrar a Max. ¡No era a Max a quién quería convencer de su baja reputación!

—Y tú, ¿qué haces aquí? —dijo Romina.

—Pues nada, que he decidido socializar un poco más. Al parecer, tú has decidido lo mismo —dijo él irritado, no solo porque Romina se había aparecido con Juan Luis, sino porque ella nunca estaba dispuesta a salir.

Invitaciones directas o indirectas, Romina no tenía ningún interés en socializar. Entonces, ¿qué hacía ahí? Max se sentía un poco traicionado.

—Perdona, Max, me tengo que ir. Le prometí a Juan Luis llevarlo a la Puerta del Sol —se despidió Romina y se perdió entre la gente.

Alcanzó a Juan Luis y le extendió la soda cuando él se disponía a servirse sangría.

—¿Qué estás bebiendo? Tenemos un acuerdo, Juan. Además, nos vamos. Ahora eres un primo, ¡solo un primo!

Juan Luis estaba confundido.

—Bueno, no sé qué tipo de familiares tienes tú, pero le acabo de decir a esa chica, la de la esquina, la que tiene el cabello en una cola, que tú y yo la pasamos de maravilla. ¡Salud! —Y se tomó el vaso de soda para bajarse el kilo de queso y aceitunas que se había engullido.

—¡Nos vamos ahora! —dijo ella.

Romina estaba alterada. La farsa había sido un fracaso. ¿Qué pensaría Max de ella? Aunque no había nada entre los dos y ella constantemente lo rechazaba, sí le importaba lo que él pensara. Era como si se conocieran de una manera que no debía ser perturbada: eran profesionales serios, intelectuales, seres humanos con sensibilidad; no una sarta de irresponsables que andaban por el mundo de bar en bar gratificando los sentidos. Max era su admirador perenne y Romina lo quería conservar así, como un cupón de regalo que no tenía expiración y que ella podía reclamar cuando quisiera.

Llegando a la puerta, Juan Luis, en mofa, la tomó por la cintura y asumió el rol de primo cariñoso.

—Ay, primita, qué buen trasero que tienes —le susurró al oído cuando se toparon con una muchacha que atravesaba la puerta.

Juan Luis soltó a Romina de inmediato y se sintió desencajado. Era Rosa. Había pensado en ella durante la semana y, aunque tenía su número, nunca se atrevió a darle una llamada. ¿Con qué propósito?

Rosa lo miró sin mayor conmoción.

—Pensé que me ibas a llamar… Veo que te has encontrado una nueva compañía. ¿Te paga tus tragos? —dijo con una dosis de sarcasmo.

Romina y Juan Luis se quedaron sin palabras y se dispusieron a dejar atrás el bar y la confusión que ambos habían creado.

***

El domingo, Juan Luis se sentía raro. Durante el bingo casi se había muerto de aburrimiento; luego, en la noche, se divirtió con una farsa y, al final, se quedó estupefacto cuando se topó con Rosa. La vida pasaba de una emoción a otra en un segundo.

Pasarla bien no era un problema para él, pero el aburrimiento era como estar sentado en una roca incandescente, tenía que levantarse y hacer algo. Sus domingos eran los días más tediosos. La ciudad se levantaba tarde y luego la gente salía a pasear. Él solo daba vueltas en el garaje, dormía y bebía. En realidad, volvía a sus rutinas alcohólicas cuando lo pellizcaban no solo el aburrimiento, sino la frustración o la incertidumbre.

A veces Clara le dejaba comida, a veces no. Aunque Juan Luis había tratado de ser lo más invisible posible durante las últimas semanas, Clara aún seguía de mal humor; por lo que él comía dependiendo del estado emocional de ella. Ese día, Clara le dejó una banana y un huevo duro. Por suerte, la noche anterior se había llenado las tripas con chorizo, queso y aceitunas.

Encontrarse con Rosa tan inesperadamente y en el momento que abrazaba a Romina en una escena de teatro no fue agradable. Había imaginado un encuentro más romántico para los dos, tal vez en el mismo bar donde se habían conocido o durante un día de sol en algún parque. ¿Qué pensaría de él?

Pues de seguro lo que él pensaba de sí mismo: que era inconsistente, poco fiable, un fracasado.

Decidió hacer paces con el aburrimiento. Además, su botella de licor ya se había terminado. Quizá Ignacio tenía razón. Resistir una emoción era como querer apagar el fuego abanicándolo. Al aburrimiento había que amaestrarlo. Si se quedara quieto, las llamas posiblemente empezarían a menguar.

Se sentó en su colchón y decidió escuchar al silencio. Era una sensación rara. Primero, un silencio absoluto. Luego empezó a notar el ruido de Clara y de Martín, quienes se alistaban para salir. Oyó el canto de los pájaros, el movimiento de un coche, el viento que se colaba por debajo de la puerta del garaje. Nunca había sentido el silencio en su esplendor y empezó a escuchar el latido de su corazón. Comprendió que estaba vivo.

Capítulo 8:

Un comercial común y corriente

Romina llegó a su oficina temprano, ansiosa por recuperar su imagen de mujer decente y responsable. ¿Qué se le habría cruzado en la cabeza para invitar al vago de Juan Luis a pasar de amante temporal e irrelevante? ¿Y qué le importaba si pensaban que no le interesaba el sexo? ¿Acaso las ofertas de citas iban a parar súbitamente? Si no quería salir con nadie. Aunque verlo a Max en el bar fue un revelamiento. Sí le importaba lo que Max pensara. Las intenciones de Max de explorar nuevas rutas, y en lugares —para él— inhóspitos, le indicaban que su «cupón de regalo» estaba por expirar.

Se percató de que Max la evitaba. No había ido a verla ni una sola vez a su oficina. Usualmente, pasaba para dejarle algún sobre que recogía de la recepción o le ofrecía café cuando se dirigía a la cocina. Al final del día, se despedía invitándola a cenar en el restaurante de la esquina. Cuando Romina decía que no, él decía «otro día» y apagaba las luces del corredor. Ese lunes, no había rastro de Max.

Romina estaba confundida y no saber qué pasaba con Max le generaba una rara sensación. No lograba concentrarse en el trabajo. Quizá estaba pasando mucho tiempo con Juan Luis, quien era una mala influencia por su vida desordenada y poco estable. Un hombre volátil no podía ser buena compañía.

Después del almuerzo —un sándwich en su oficina— fue invitada a ver el comercial de televisión que la inmobiliaria había preparado para iniciar la venta de departamentos de su proyecto. Era importante que el comercial mostrara con claridad las bondades del inmueble y la calidad y solidez de las empresas detrás de la construcción. La sala estaba repleta de gente. Romina notó a Max sentado en una esquina, aunque él la ignoró por completo. Ella no entendía por qué tanta hostilidad, ni que fueran novios. Se sintió irritada.

El anuncio publicitario empezaba con la escena de unos niños que jugaban en un jardín y continuaba con la ampliación de la imagen hacia los bloques de departamentos. La imagen mostraba potes de flores rojas en el balcón y luego seguía con un ama de casa en la cocina que servía leche y pastel a los niños, ahora cansados. El comercial reposaba en cada ámbito del departamento, describiendo los acabados. El marido llegaba del trabajo y encontraba en el balcón a su mujer, arreglada y atractiva, quien le extendía una copa de vino. La escena se comprimía para proyectar a la distancia la edificación realzada con un aura de luces emanadas de los departamentos.

El anuncio pasaba luego a mencionar quiénes eran los arquitectos y los constructores con la imagen de una mujer guapa y elegante, que vestía un traje oscuro, medias negras y zapatos de tacón de aguja: la mujer retocaba un plano. Ahí se mencionaba a la firma de Romina, Génesis Ingenieros & Arquitectos. El comercial terminaba cuando otra mujer, representando a la inmobiliaria BECA, extendía un contrato a unos clientes, representados por una pareja joven, aspirantes a la vida convencional.

Finalizado el comercial, los presentes sonrieron complacidos por la calidad de la producción, excepto Romina, quien echaba humos de furia. Ella estalló:

—Esto es una vergüenza, ¡una porquería! Además de sexista, es de lo más irreal. Yo, como arquitecta, jamás me visto así. ¿Con zapatos de tacón de cinco pulgadas? Si me pongo a trabajar por horas con esos zapatos, hoy sería una inválida, ¡sin espalda y sin caderas! —Romina espiraba ira e indignación—. ¿Por qué el comercial tiene que enfocar a una mujer desde los zapatos hasta la cintura…? ¡¿Qué tienen que ver las pantis de licra de una mujer con la arquitectura?! ¡Y por Dios! ¡Las amas de casa de los cincuenta ya no existen! Más realista sería ver llegar a una mujer cansada del trabajo que levanta los pies en un sillón cuando el marido llega con potes de comida preparada, china, *thai* o ¡lo que sea! ¿Niños? ¡¿Qué niños?! Si hoy en día ya nadie los tiene o los quiere. Y, además, el jardín es tan pequeño que ¡ni siquiera caben los conejos!¡No hay sitio para jugar en el jardín! ¡Todo es una mentira! ¡¡¡Esas motas verdes alrededor no existen!!!

Los presentes enmudecieron, perplejos. Los de la inmobiliaria BECA y demás empleados se despidieron rápidamente, dejando en la sala tan solo a Romina y a su jefe, el señor Medina. Tal explosión necesitaba ser digerida por todos.

—Romina, no puedes tener estos comportamientos delante de nuestros socios, ¡qué más!, delante de nadie. ¡Qué falta de profesionalismo! ¿Qué, no puedes conversar, no puedes indicar tus desacuerdos con calma y objetividad? Y al final ¿qué te importa? Esto es a lo que la gente aspira, las investigaciones de mercado respaldan el enfoque. El bloque de departamentos está dirigido a las familias, y la familia convencional es a lo que la gente común aún aspira. Incluso una pareja de homosexuales desea esta imagen de familia completa y feliz. Así que no me des clases de liberalismo. Se te invitó a la reunión como una cortesía. No te invito más. ¡Desde el día de hoy te quedas en tu oficina! Cuando haya algo que hacer se te indicará a través de un intermediario. ¡Y espero que te disculpes por escrito con el director de la cuenta ya mismo!

Romina estaba a punto de increpar, pero ¿qué iba a decir? Sin duda alguna, se había pasado de la raya, aunque lo que ella había dicho era cierto, cada crítica u observación era válida. Y no creía de ninguna manera que esa visión era el consenso. La familia y los roles convencionales eran una imagen obsoleta. La sociedad luchaba por mantener los estándares tradicionales en una etapa de cambios radicales: las familias, bajo la amenaza constante del divorcio; la mujer, con la dificultad de balancear sus responsabilidades profesionales y de madre; las parejas y familias no convencionales, peleando por un espacio en esta sociedad... «¡Lo único que quedaba vigente de la sociedad de antaño eran aquellos hombres que no estaban dispuestos a aceptar la igualdad de la mujer ni en el ámbito profesional ni en el hogar!», seguía pensando Romina.

Ahora había sido descendida en la jerarquía del poder y se le prohibía interactuar con socios y clientes. Nada de reuniones internas o externas, se quedaría en su oficina trabajando en planos. Alguien serviría de intermediario, asegurándose de que las instrucciones fueran cumplidas al pie de la letra. Se sentía avergonzada. Por suerte, no la habían despedido; ¿estaría buscando inconscientemente que la echaran? Se preguntaba si la salvó el simple hecho de ser la arquitecta principal, aunque cualquiera podía continuar con su trabajo.

En esos momentos de desolación y humillación, Max se aproximó a su oficina.

—Lo siento mucho, Romina. Entiendo tu punto de vista, aunque creo que le subiste mucho el tono a tu mensaje. ¿Estás bien?

Ella estaba avergonzada, pero a la vez furiosa. Sentía que, en ciertas ocasiones, era necesario poner el grito en el cielo para cambiar las cosas, que con tanta cortesía y consideración solo se mantenía el *statu quo*, que algo tenía que cambiar.

—¿Crees que van a modificar el comercial? —preguntó Romina sin mayor esperanza.

—No sé. El director de la cuenta creo que entendió tus críticas; sin embargo, él vende lo que la gente quiere comprar, no lo que su conciencia le dicta. Medina no quiere cambios.

«Nada sorprendente», pensó Romina.

—¿No quieres ir a cenar más tarde? Creo que necesitas algo de compañía —preguntó Max.

Ella titubeó. Primero la ignoró, luego se compadeció de ella y ahora la invitaba a salir.

—No es una cita —dijo Max, viendo a Romina indecisa—. Es una cena de negocios. Quiero saber cómo nos vamos a llevar ahora que me han asignado el rol de chaperón.

Max sería su intermediario. Romina se alegró por un momento. Alguien que la tratara bien en ese periodo desagradable sería bueno, aunque la relación se podría complicar.

—Bueno, pero no hoy. ¿Lo dejamos para el final de la semana? Tengo bastante trabajo y no me siento bien —dijo Romina, quitándose los zapatos debajo de la mesa para empezar a dibujar sobre unos planos—. No me van a sacar de esta oficina, ¿verdad?

Pensaba que lo más humillante sería regresar al piso abierto donde los estudiantes, practicantes y profesionales sin experiencia daban sus primeros pasos y se esforzaban por ser vistos, ya sea con horas estelares de trabajo o con trajes espectaculares.

—No te preocupes, que después de varios meses de buen comportamiento vas a recuperar tu posición y el incidente va a ser olvidado. Medina te tiene bien considerada, es tu personalidad que lo tiene loco.

—Gracias, Max. ¿Conversamos el viernes? —dijo Romina, y se sumergió en sus papeles.

Él se despidió con un gesto.

Luego apareció Berta, la polaca: administradora, coordinadora, secretaria. Todo trámite, papel, carta o solicitud pasaba por Berta. Era una mujer de porte ancho; muy rubia, aunque probablemente no de nacimiento. Lo de polaca lo llevaba, en realidad, por sus ojos celestes penetrantes, pero ella venía de Murcia.

—¡Maravilloso, mi querida Romina! —irrumpió en su oficina—. Lamento no haber podido brindarte más ayuda; me tomaste de improviso y Medina se ocupó muy bien de despedirnos antes de que lanzáramos una protesta feminista. Tienes razón, guapa, qué descarados. ¿Le viste la cinturilla a la modelo? O sea, ¿yo no represento a la profesional promedio? Por favor, no me hagan reír. Estos hombres tienen los días contados. Un día, el país será gobernado por mujeres, tan solo mujeres, y tomaremos a estos misóginos y los colgaremos de los huevos.

Romina se rio un rato con Berta. Sus historias y exageraciones eran hilarantes, aunque a veces no sabía si se estaba mofando o hablaba en serio. Ahora que la veía a Berta y escuchaba su chacota, pensó que hubiese sido mucho mejor haberse reído a carcajadas durante el comercial, como una loca, y, al final, levantarse como si nada.

***

La cena con Max había empezado con un tono agradable. Romina estaba más tranquila y dispuesta a seguir la primera norma del protocolo corporativo: «No reclamar ni criticar nada, al menos que estés dispuesta a llevar las cosas al siguiente nivel».

—Criticar por criticar, cuando nadie quiere escuchar, no es de ninguna utilidad y solo consigues la enemistad del criticado y sus allegados. ¿De qué sirve decirle al director de la cuenta y a tu jefe que el comercial es una porquería si ya está aprobado? —Max intentaba explicarle la dinámica que ella bien conocía, pero le costaba aceptar.

Ella misma podía escribir un manual de etiqueta corporativa:

—Regla número dos: nunca, pero nunca, muestres tus emociones en una sala llena de hombres y jamás, pero jamás, se te ocurra llorar o levantar la voz. Te van a categorizar de histérica.

—Lamentablemente, tienes razón. Las emociones no son aceptadas en el mundo corporativo; se supone que somos agentes racionales que intercambiamos ideas con objetividad… —agregó Max.

—En especial, las ideas de los de arriba, que son las que debemos apoyar y promover —se relajó Romina, y agregó con humor:— Protocolo número tres: si tu idea tuviera más valor que la de tu jefe, encuentra la manera de agradecerle por la inspiración.

La compañía de Max era cálida. Sin duda alguna, era un buen tipo, algo pegado a las reglas y modelado a la perfección para el mundo corporativo, pero sincero. Evitaba conflictos y situaciones de incomodidad en su círculo profesional.

—El trabajo no tiene por qué ser una batalla constante, Romina —explicó Max—. En tu contrato laboral hay una regla implícita: tienes que llevarte bien con la gente de tu trabajo. Y la manera de hacerlo es no decirles que son incompetentes o idiotas. Haz tu trabajo, sonríele a todo el mundo y adula al jefe; es la fórmula de éxito más utilizada por el profesional promedio. Aunque hay otros métodos más abrasivos, no te los recomiendo.

—Quizá estoy en el lugar equivocado.

—Mirando las opciones, solo te quedaría volverte activista. Pues se necesita mucho enojo y decir las cosas con tal transparencia y carga emocional que no queda otra que escuchar y hacer algo al respecto. Sí, es posible que tus talentos estén en el lugar equivocado. Imagínate escaneando comerciales de televisión para detectar algún elemento de sexismo, y luego la batalla legal y social contra los infractores…

—Mmm…no es una mala opción. Lo consideraré una vez que me boten de este trabajo —dijo Romina.

—Nadie te va a echar. Además, ahora cuentas con mi ayuda de chaperón. Yo te aviso cuando estés a punto de romper el protocolo.

Trabajo, trabajo y más conversación acerca del trabajo. El problema de Max y Romina era que, a pesar de los aparentes puntos en común —bien educados, ambos arquitectos, intelectuales, responsables—, en el fondo no tenían mucho de qué conversar. Romina no se imaginaba sentada en una plaza comiendo churros sin que Max mencionara la palabra oficina o responsabilidad. Quizá era un problema de tiempo y solo necesitaban conocerse un poco más en la intimidad.

Capítulo 9:
Ojos café

Juan Luis no había llegado al Paraíso y Romina se extrañó. La situación de Juan Luis había despegado un poco: se levantaba temprano, daba vueltas en bicicleta buscando algo de trabajo, leía los clasificados y, según él, no bebía. ¿Habría tenido una recaída moral u otra pelea con Clara? ¿Lo habrían sacado del garaje Pepe y Manuel para dar otro *tour* nocturno? ¿Quién era esa muchacha del bar que lo miró con ojos pardos inquietantes? ¿Habría pasado la noche con ella?

La señora Parker estaba un poco disgustada y le recordó a Romina que, si Juan Luis no terminaba su sentencia, ella tampoco. Romina lavó los platos de la cocina bajo los ojos inquisidores de Aureliano. Sin Juan Luis, el lugar era tan lúgubre...

Al terminar sus tareas en el Paraíso, se dirigió a la casa de los Villa. Juan Luis no podía comportarse así. Hubiera bebido lo que hubiera bebido la noche anterior, tenía que levantarse, vestirse y presentarse a tiempo.

Golpeó la puerta del garaje varias veces. Nadie contestó. No quería molestar a los Villa, pero tenía que saber dónde estaba Juan Luis. Clara le abrió la puerta principal y la hizo pasar. Le dijo que Juan Luis estaba con un resfriado y que no sabía nada más porque no quería acercarse dado su embarazo. Martín también tenía prohibido ir al garaje para evitar infecciones. Le habían dejado un poco de comida al pie de la puerta.

—He golpeado el portón del garaje y no me contesta. ¿Estás segura de que está en casa? —preguntó Romina, preocupada.

—Ve tú al garaje si quieres —le dijo Clara poco interesada—. Eso sí, por favor, lávate las manos en ese baño cuando termines.

Romina fue al garaje a través de la cocina y vio la bandeja que le había dejado Clara, sin tocar. Abrió la puerta y encontró a Juan Luis dormido sobre su colchón, cubierto con mantas, ropas y periódicos, como se encuentra a un vagabundo que ha pasado la noche en la calle. ¿Estaría inconsciente por la bebida? ¿Qué habría tomado?

—Juan Luis, despierta, ¿estás bien? —ella lo meció con gentileza.

Romina tomó el vaso de agua que Clara había dejado en la bandeja y se lo ofreció a Juan Luis, quien, con la respiración pesada y agitada, volvía en sí mismo.

—¿Qué tienes?, ¿por qué estás así? ¿Qué has tomado? —agregó Romina.

—No he tomado nada. Solo tengo gripe. Empecé a estornudar y a toser a principios de la semana—. A Juan Luis apenas se le podía oír—. Ayer he tenido fiebre y caí profundamente dormido. ¿Qué hora es?

Cuando se percató de que había faltado al Paraíso, se disculpó, no había sido su intención. Romina se dio cuenta de que era algo más que gripe. Juan Luis estaba desorientado y muy débil. Su cabeza aún se sentía caliente. Tenía los labios resecos y el silbido de su pecho sugería una bronquitis. Le dolía la espalda de tanto toser. Juan Luis bebió el agua y volvió a cerrar los ojos. Tenía frío. Durante la noche había pasado frío, por ello estaba cubierto como si fuera un desmonte de basura. No logró calentarse con nada.

—Juan, Juan… —lo llamó Romina para evitar que volviera a caer dormido—. Vamos al médico, levántate, Juan.

El sopor y el dolor de cabeza no lo dejaban moverse. Romina intentaba levantarlo, pero su peso era inmanejable.

—Juan, por favor, levántate que te llevo al médico. Estás mal...

—¿Vas a pagar la cuenta del hospital esta vez? —le dijo Juan Luis esbozando una leve sonrisa.

—Lo que necesites, Juan —dijo ella con sinceridad ante el estado calamitoso y preocupante de su amigo.

*

En el hospital público, lo atendieron de emergencia. Estaba deshidratado y con una bronquitis al borde de convertirse en una neumonía. Lo internaron con una dosis alta de antibióticos. La enfermera le dijo a Romina que la infección había llegado a los pulmones.

—¿Eres la esposa, la novia…? —preguntó la enfermera, extendiéndole unos formularios que había que llenar.

—No, solo una amiga.

Romina se dispuso a llenar los formularios. No sabía nada del historial de salud de Juan Luis —grupo de sangre, alergias, medicamentos u operaciones previas—. Algo le vino a la mente, sí sabía algo sobre su salud. Consumía alcohol, aunque no drogas; alimentación, muy pobre, pero no era intolerante a nada; ejercicio moderado, caminaba casi todos los días o andaba en bicicleta; estado emocional, bajo, aunque no depresivo... Romina ya conocía una parte de Juan Luis. Apuntó lo que pudo en la ficha y se la devolvió a la enfermera.

Decidió volver a casa a tomar una ducha. Pasaría a verlo en la noche; se aceptaban visitas hasta las nueve. Antes de voltear para su departamento, dejó una nota debajo de la puerta de los Villa. Tal vez a Clara no le importaba, pero Romina sabía que Martín era un buen amigo. Romina también le envió un texto a Max: «Emergencia. Mi primo Juan Luis ha sido internado y no puedo salir esta noche. Perdona por la inconveniencia». Habían quedado en conversar, pero Romina no se sentía con ganas. Quizá debió llamarlo en lugar de enviarle un texto, pero las enfermedades y los hospitales la abrumaban.

A las ocho, Romina fue a ver a Juan Luis, quien seguía inconsciente. Estaba en una unidad de cuidados intensivos y a ella solo la dejaron verlo a distancia.

—Está agotado —dijo la enfermera—. Una vez que los antibióticos le controlen la infección y el suero le reponga las fuerzas, va a estar mejor. No se preocupe, pase mañana.

Al día siguiente, Romina se presentó a las once en punto, cuando comenzaba el horario de visitas. Llevaba un globo con la cara y la sonrisa de una rana que decía: «Sana, sana, colita de rana». También había traído churros en una bolsa de papel.

Juan Luis estaba mejor, pero su pecho y su respiración seguían agitados. Reposaba sobre mullidas almohadas y estaba cubierto con mantas y colchas, las que necesitara. Sin duda, aquella noche habría sido la más placentera que había tenido en largo tiempo. Romina lo miraba con ternura. Se había pasado la noche preocupada. ¿Cómo era posible que una vida tan joven se pudiera perder así como si nada?

Juan Luis abrió los ojos y Romina le ofreció agua.

—¿Te has pasado la noche aquí? —preguntó él sorprendido, pues lo último que recordaba era a Romina llevándolo a emergencias.

El personal del hospital lo inyectó, auscultó y medicó. Antes de caer dormido, o inconsciente, pudo ver la silueta de Romina y creía haberla visto una vez más en la noche, o habría soñado con ella.

—No, me fui a casa —dijo Romina, no quiso contarle que fue una vez más a verlo—. Juan, tienes que comer mejor. No puedes sobrevivir con pan duro y agua. Te has agarrado esto, Dios sabe dónde, porque no tienes defensas. Estás flaco, demacrado. Y el alcohol te está carcomiendo. Tienes que encontrar un trabajo, cualquier cosa...

Juan Luis sabía que Romina tenía razón. Había vivido en el garaje por varios meses sin ningún cambio positivo. Las últimas semanas no habían sido tan decepcionantes, gracias a un espíritu renovado, pero el esfuerzo no lo había conducido a nada. El otoño ya estaba en curso y el invierno esperaba, impaciente, tras la puerta del garaje. Las temperaturas habían empezado a bajar esa semana y el organismo de Juan Luis no había podido resistirlo.

—Romina, tengo que regresar a casa, no hay nada aquí para mí. En Málaga, mi madre me dará un techo. Y yo puedo ayudarla con las tareas de la pensión y cuidar a Matías. Tengo que volver —dijo Juan Luis, desanimado—. He fracasado…

—No has fracasado. La vida es difícil y tu suerte está ausente. Vas a ver que el mundo gira, Juan, y sin darte cuenta vas a toparte con una oportunidad.

Romina no quería que él se fuera, aunque entendía que había llegado la hora de tomar decisiones difíciles. Ella lo tomó de la mano con ternura. Sintiendo su piel aún tibia, producto de la fiebre de la noche anterior, lo vio en su esencia más humana, vulnerable y sincero, y con los ojos café más embriagadores del mundo. El corazón se le agitó.

—Si te vas, te voy a extrañar —admitió ella, mirando sus labios enfermos. Tenía unas ganas increíbles de besarlo.

Juan Luis le apretó la mano. Él también la extrañaría, su cara bonita, su voz y su compañía.

Un poco después llegó su amigo Martín, quien lo saludó desde el pasillo para no exponerse. En el corredor, se disculpó con Romina, como si él fuera responsable de Juan Luis.

—Nada que disculpar, Martín, ustedes no sabían de la seriedad de la gripe y con el embarazo de Clara no se podía hacer nada más. Menos mal que ninguno de los dos se acercó, esta es una infección bastante fea. Yo creo que no deberías estar aquí.

—Es que me siento culpable, no puedo hacer nada por este amigo.

—Ya has hecho bastante ofreciéndole un lugar donde dormir. Si Clara no estuviera embarazada, otra sería la historia. No puedes hacer más. Tu esposa y el bebé están primero.

Fueron a tomar un café. Martín le dijo que Juan Luis tenía que irse después del parto de Clara. Ya lo había acordado con Clara, quien tenía sus prioridades bien definidas: cuando el bebé llegara, Juan Luis se iría. Martín temía por su amigo, pensaba que terminaría en la calle.

—Juan Luis quiere ser padrino de tu bebé —dijo Romina con pena, entendiendo que no era posible.

Martín lo sabía bien y nada lo haría más feliz que ver a su amigo de padrino; sin embargo, bajo esas circunstancias, no era una opción sensata. Martín no entendía en qué momento Juan Luis había perdido el rumbo. Comenzaron juntos los estudios en la facultad, aunque Juan Luis nunca terminó. Como era astuto y rápido con los números, empezó en el negocio bursátil, comprando y vendiendo acciones. Le fue muy bien por un tiempo. Sin embargo, era inconstante, volátil, fácilmente influenciable por eventos externos. Si le iba bien, estaba bien; si le iba mal, entonces bebía. Era un buen hombre, aunque de poco carácter.

Cuando Martín conoció a Clara y se enamoró de ella, Juan Luis hizo lo imposible por hacerse amigo de los conocidos de

Clara para que Martín tuviera más chance de toparse y salir con ella. Juan Luis averiguaba lo que podía y le pasaba información a Martín. Los amigos más cercanos lo llamaban «el infiltrado». Creó tantas oportunidades de encuentro que Martín y Clara empezaron a salir a las pocas semanas.

—Algunos pensaban que era un jugador, que la mentira y la pretensión le eran naturales y que terminaría de timador en las calles. Cuando le pregunté por qué me ayudaba con Clara, me dijo que lo hacía porque yo era su amigo y que a él le gustaban los finales felices. Es un buen tipo. No sé cuándo las cosas empezaron a ir mal. Quizá en la universidad, tal vez con una de las novias... Aunque creo que algo sucedió en su antiguo trabajo. No sé cómo pasó de ser un gurú en el mercado de valores a ser nada. No sé… y no puedo ayudarlo.

—Está pensando en ir a Málaga.

—Pues me sorprende, porque quiere mantener una imagen de perfección frente a la madre y el hermano —dijo Martín, extrañado, mientras se ponía el saco para marcharse—. Bueno, me tengo que ir. Un placer hablar contigo, Romina. Voy a hablar con Clara para que le dé más tiempo a Juan Luis.

Al regresar a la habitación del hospital, Romina le ofreció un churro. Juan Luis tomó un bocado sin mayor apetito.

—Gracias por todo. ¿Cómo voy a pagarte lo que haces por mí? Siento que el mundo me quiere ayudar: tú, Martín y, aunque no lo creas, Manuel y Pepe, pero los decepciono...

—Juan, estás enfermo. Tú no has decidido estar enfermo y preocuparnos, caíste enfermo, nada más.

Pausando un momento, Romina le preguntó sin ningún tono de reproche:

—¿Por qué no me dijiste que no terminaste la universidad? Pensé que eras un profesional desempleado. Sin títulos, necesitas otra estrategia.

La debilidad por Juan Luis se le estaba pasando. Como si, por unos minutos, viera al hombre más cálido y amable del mundo y, por otros, solo a un irresponsable. Sus labios perfectos la confundían, nunca los había notado así hasta ese momento. Sus ojos café tan intensos terminaron por cautivarla.

—Nunca tuvimos oportunidad de hablar de mis títulos académicos, nunca me preguntaste. Es una larga historia. Te la cuento por carta desde Málaga —dijo Juan Luis, desviando la conversación—. ¿Y cómo vas manejando la visita al hospital? Sé que te da náuseas.

Romina, con tanta preocupación, había mantenido su desagrado por los hospitales bajo control.

—No hay nadie que diga: «Oh, cómo me gustan los hospitales, vamos de paseo a emergencias». Es desagradable para todos. Solo que unos pueden sobrellevarlo mejor que otros. —Se le apretó el corazón—. Mi padre estuvo enfermo antes de morir y pasó largas noches en un hospital. Yo lo iba a ver. Los hospitales me hacen recordar su sufrimiento.

Juan Luis la tomó de la mano con delicadeza y pudo sentir que ella se aferraba a la suya. Él le respondió el gesto con intensidad, quedándose así los dos, de la mano, por unos segundos. La miró detenidamente y sus ojos enfebrecidos se posaron en su boca. Romina se desprendió de su mano con suavidad y ambos disimularon sus sentimientos.

***

Fuera de peligro, Juan Luis fue dado de alta a los dos días, con una receta de antibióticos para una semana más. Romina lo dejó en la casa de los Villa a mediodía. Martín había puesto una estufa en el garaje, y la habitación se sentía más acogedora. También había dejado botellas de agua, latas de atún y sardinas, una pequeña tetera eléctrica y sacos de té. Romina completó el almacén con sopas instantáneas y galletas de chocolate.

—Juan Luis, tienes que comer —dijo Romina.

—Gracias, Romina —respondió él con tal sinceridad que ella percibió sus deseos de llorar. Era la primera vez que Juan Luis enfrentaba su realidad con tanta franqueza—. Si no fuera por ti, quizá hoy estaría muerto. ¿Cómo voy a pagarte, mi querida amiga?

Y allí lo dejó ella después de abrazarlo y de besarlo en la mejilla. Romina se fue al trabajo pensando en su boca y en esos ojos café embriagantes.

Capítulo 10:
Fábrica de bizcochos

Clara aceptó darle un poco más de tiempo a Juan Luis. Después de Navidad, en enero, cuando ella diera a luz, volverían a conversar.

Juan Luis, pasados unos días de reflexión, respiró hondo y se dijo a sí mismo que era hora de salir del pozo. Se había acostumbrado a escuchar al silencio y, cuando el aburrimiento, la frustración o las dudas lo acosaban, cerraba los ojos y escuchaba el sonido del viento o de su respiración. La vida no tenía que ser una fiesta constante, no hay cuerpo ni mente que lo tolere. Había entendido que la monotonía y la decepción son fases necesarias para reflexionar o, quizá, solo para reposar y recobrar las fuerzas.

Haciendo las paces con sus ansiedades y recuperado de su bronquitis, Juan Luis se dispuso a buscar trabajo seriamente. Empezó a enviar aplicaciones a todo tipo de empleo: desde asistente de libros contables hasta lavaplatos. También ofrecía sus servicios a establecimientos aledaños. Aceptaría cualquier cosa que lo mantuviese ocupado y sobrio. Una noche con la muerte tal vez había sido suficiente para salir de su bloqueo emocional.

El siguiente sábado, en el Paraíso, Juan Luis se encontraba de buen humor. Había conseguido un trabajo temporal sacando a pasear a los perros de una anciana adinerada. En la semana, había descargado camiones de frutas y había limpiado y fileteado pescado en un restaurante. Aunque era poco lo que ganaba, podía comprar pan y leche, y evitar la beneficencia de Martín y de Romina.

Ella también se sentía contenta. Las cosas en el trabajo estaban bien y la política de no perturbar el *statu quo* estaba funcionando. Entendió que la gente no quería cambios, ni siquiera si eran para alcanzar un mejor estatus. Para los de arriba, los cambios eran una amenaza a su posición de poder; para los de abajo, una fuente de incertidumbre. Así que Romina mantenía el perfil bajo: no alteraba a los de arriba y se llevaba bien con los de abajo. De vez en cuando compartía una cena con Max, quien insistía en que era solo un asunto de trabajo para ayudarla a recuperar su posición en la empresa. Conversaban acerca de lo sucedido en la semana, sobre las frustraciones de Romina y las estrategias para conducirse como buenos agentes corporativos.

Max estaba seguro de que el buen comportamiento de Romina iba a rendir frutos y que pronto recuperaría su jerarquía en la oficina. Aunque ella sentía que traicionaba sus principios, un poco de estabilidad y alegre convivencia con su jefe no le vendría nada mal. El hecho de que Juan Luis hubiera salido de su bronquitis y estuviera dispuesto a luchar también la llenaba de alegría.

Era tal su buena disposición que Romina había tenido tiempo para diseñar el nuevo patio-jardín del Paraíso, que incluía las modificaciones estructurales necesarias para crear una puerta doble de vidrio en el medio de la sala, cubrir un área del terrenal con baldosas, sembrar plantas y flores, extender caminos y agregar canales de agua alrededor. El presupuesto era de cinco mil euros y cubría el costo de plantas, macetas, pintura, parasoles y la reparación de la caseta. Juan Luis redujo el costo a cuatro mil porque ofreció ayudar con la mano de obra.

La señora Parker, el padre Antonio, Juan Luis y Romina se sentaron a discutir cómo recaudar fondos para financiar el proyecto. Ignacio se unió a la charla. Varias ideas interesantes surgieron de la conversación. Como había mucho que hacer, Romina preguntó si los residentes estarían interesados en cooperar con las iniciativas. Por ejemplo, el siguiente juego de bingo podría ser a beneficio del Fondo Jardín del Paraíso, como se llamó al proyecto de recaudación. La señora Parker conversaría con los residentes.

Otra de las ideas era acceder a la buena voluntad de la comunidad, por ejemplo, organizando un maratón a favor de la causa. Romina ofreció auspiciar una venta de tortas y pasteles en su oficina. Se preguntaba si los residentes estarían dispuestos a ayudar en la cocina. La señora Parker tomaba nota de todo lo que se proponía. Romina ofreció preparar afiches para promocionar el proyecto. Se podrían pegar en establecimientos comerciales y en edificios públicos de la comunidad.

Había mucho por hacer. Se dispusieron a empezar por lo más sencillo: el horneado y venta de tortas y bizcochos caseros. El próximo sábado sería el inicio de las actividades de recaudación.

***

Las señoras de la residencia ofrecieron ayudar en la cocina. Aureliano había dicho que él no tenía nada que ver con esa empresa ridícula y que él no iba a mover ni un dedo ni lavar un trasto. Las mujeres tenían que hornear después del almuerzo, a media tarde, que era el momento en que la actividad de la cocina disminuía.

El objetivo era producir bizcochos individuales de vainilla y de chocolate, parecidos a los *muffins* americanos. Romina sugirió algo fácil, considerando la fragilidad de las manos y de memoria de las asistentes de cocina. Las señoras trabajarían en grupos de a tres en turnos de una hora, por un máximo total de cuatro horas.

El día del horneado, la señora Parker le pidió a Aureliano que cocinara algo ligero y que terminara temprano. A regañadientes accedió, a pesar de que se le pedía que trabajara menos.

Otros residentes se ofrecieron a empaquetar los bizcochos, una vez fríos, en papel celofán, con un lazo rojo y la etiqueta que Romina había diseñado: «Producción casera, hecho en el Paraíso», que incluía un dibujo de una rama frondosa y tres manzanas rojas, el emblema del proyecto. Le había pedido el favor a Berta de que imprimiera cientos de etiquetas autoadhesivas en la oficina, lo que Berta hizo encantada y a escondidas de Medina, «así se cobraba por los abusos del jefe».

Era refrescante ver la actividad del Paraíso. Los residentes estaban más que felices de poner sus manos y cuerpos en movimiento. Lo usual era ocupar el día viendo la televisión, entumecidos debajo de una manta. Mezclar un poco de harina, leche, azúcar y huevos, añadir esencia de vainilla o pedazos de chocolate, y llenar las bandejas con la mezcla no era mucho que pedir. Las señoras conversaban animadas en la cocina. Se preguntaban por qué no habían hecho eso antes.

Romina había puesto a Juan Luis a cargo del horno; él ponía y sacaba bandejas. También alcanzaba sacos de harina y lavaba utensilios. Una vez que los bizcochos estaban fríos, se pasaban las bandejas a la sección de empaquetado. Los caballeros hacían un trabajo maravilloso cortando el celofán, agregando un moño y pegando las etiquetas autoadhesivas. Romina supervisaba la producción y ayudaba a los que se cansaban. El inventario de bizcochos empezó a acumularse sobre las mesas del comedor, en cajas y en pequeños carritos de mercado.

La producción y el estado de ánimo de los residentes eran magníficos. El domingo saldrían a vender en la puerta de la iglesia, después de las misas, y pondrían un estand a la entrada del Paraíso.

*

Al día siguiente, los residentes se separaron en distintos grupos. Unos vendían bizcochos en la puerta de la residencia, otros a la salida de la iglesia. Ignacio y Juan Luis caminaron algunas cuadras buscando clientes para invitarlos a pasar por el Paraíso.

Las ventas no estaban mal, pero el tráfico de clientes era limitado. Romina sugirió visitar el área comercial de la zona. Algunos residentes tomaron sillas de plástico portátiles y se marcharon en el auto de Romina con una caja llena de bizcochos. En el área comercial, los ancianos se sentaron a un lado de la puerta principal con la producción y el afiche promocional de Romina, exhibido en un caballete. El oficial a cargo de la seguridad del centro no estaba muy contento de tener a los ancianos vendiendo en la calle. Sin embargo, decidió dejarlos por unas horas; era por una buena causa.

Las ventas empezaron a fluir. A la hora, Romina reponía el inventario o intercambiaba a los vendedores que ya mostraban algunos signos de cansancio. La producción en la cocina había terminado y Juan Luis se dispuso a repartir bizcochos por las casas aledañas. El resto de los residentes se comían los pedazos que no habían pasado los estándares de calidad de Romina. Charlaban animados acerca del éxito de la iniciativa.

Al final del día, Juan Luis y Romina estaban agotados. Restando los costos de los ingredientes, el celofán y los lazos, recaudaron cerca de cien euros; bastante poco por dos días de trabajo. Se necesitarían más horas de producción o incrementar el precio.

Sin embargo, el resultado monetario no era lo que más importaba: los ancianos vieron el beneficio del trabajo físico y de la cooperación. Se sintieron útiles, no obstante las limitaciones y dolencias físicas. Se sintieron acompañados, a pesar de ser olvidados por los parientes. Se sintieron felices... El olor dulce de los bizcochos horneados impregnó el hogar.

Juan Luis empezó a pensar que la vejez no tendría por qué ser tan dolorosa. Si se mantuviera activo y comprometido con alguna causa, toleraría sus males físicos y morales sin mayores dificultades.

Juan Luis y Romina se llevaron varios paquetes de dulces para vender durante la semana y se marcharon en el auto de ella. El aroma del chocolate era exquisito y se dispusieron a compartir un paquete.

—Mmm... Nada mal, especialmente si aún están tibios —dijo Juan Luis después de saborear unos pedazos de chocolate.

Luego de una pausa, Juan Luis le dijo en tono concluyente que ya había descubierto por qué ella tenía tantos problemas en su oficina.

—¿Sabes qué te sucede a ti, Romina? Que eres más que una arquitecta. Tienes visión y quieres hacer más, puedes dirigir a un ejército, pero no te dan el espacio. Peor, te cortan las alas cada vez que quieres despegar con alguna idea: «Quédate en tu oficina, no salgas, que molestas con tus grandes ideas. Me haces sentir mi incompetencia». Yo que tú, abro mi propio estudio de arquitectura. Me puedes contratar como tu mensajero, conserje, lo que necesites.

—Vamos, Juan, que puedes hacer más que eso.

—¿Qué tiene de malo ser asistente de oficina? —reclamó él, frunciendo el ceño.

—No, nada, solo que tus talentos tienen que estar bien utilizados.

—Pues no sé cuáles son mis talentos. A mí solo me gusta estar al aire libre, mover el cuerpo, mantenerme ocupado en un proyecto que se pueda ver cómo evoluciona. Me pones detrás de un computador y me asfixias. Pero no te preocupes, estoy dispuesto a tomar cualquier trabajo, así sea un puesto para ingresar datos en un computador.

—¿Por qué no terminaste la carrera? ¿Qué pasó? —insistió Romina con un tema que nunca se había aclarado.

Juan Luis se quedó callado perdiéndose en sus pensamientos. Ella lo vio apesadumbrado, como cargando remordimientos o secretos. Juan Luis volvió al presente y, sin emoción, le habló sobre el aburrimiento.

—Me imagino que me aburrí de sentarme en clase frente a un profesor y escucharlo hablar, hablar... Insoportablemente aburrido.

—¡Tú y el aburrimiento! Hay momentos en la vida en que no pasa nada, y lo tienes que tolerar. El trabajo es en gran parte un proceso aburrido y repetitivo, interminablemente repetitivo. ¿Crees que ser arquitecto es divertidísimo? Una vez que haces un bosquejo, se acaba tu momento creativo, luego viene la técnica. Las puertas y las ventanas siguen una fórmula, incluyes los detalles con un código preestablecido, sigues las reglas del consejo municipal en cuanto a estilo y alturas, revisas los reglamentos. Yo lo llamo «el barrido»: barres, barres y barres. No puedes ir por la vida persiguiendo a la excitación porque cuanto más la persigues, más escurridiza se hace.

—Sí, lo sé, por eso ahora escucho al silencio, hago paces con el aburrimiento. Me siento tranquilo y pongo mi atención en el más mínimo murmullo, en el viento, en mi respiración.

—¿Y te funciona?

—A veces sí, a veces no. Hay días en que solo quiero tomarme un trago y no escucho nada más que mi desesperación por el alcohol. Hoy, al menos, puedo contenerme.

Pausaron la conversación por un rato. La quietud dentro del coche, el sabor dulce en sus bocas y el aroma del chocolate eran mágicos. Se quedaron callados por unos minutos mientras veían las luces de otros autos pasar en la oscuridad. El silencio era extraño hasta que uno se atrevía a invitarlo a pasar. «Queremos ruido, movimiento, excitación... Queremos que nuestras mentes y energías nos conduzcan a algo. Siempre queremos algo... No queremos estar quietos», pensaba Romina.

Juan Luis interrumpió sus pensamientos:

—¿El barrido, ah? Así que tu trabajo no es tan diferente al de un agente de limpieza. ¿Ves? No hay nada de extraño en querer ser un conserje. A mí me gusta barrer. Es trabajo de verdad, puedes ver lo que barres y mueves tu cuerpo, barres y barres…

Capítulo 11: Organizando la Quizatón y otras iniciativas

El equipo de trabajo conformado por la señora Parker, el padre Antonio, Juan Luis, Romina e Ignacio se había reunido el sábado para organizar la segunda actividad de recaudación. Aunque el horneado de bizcochos entusiasmaba a los residentes, poco se podía recaudar. Por lo tanto, el grupo se dispuso a pensar en algo más productivo.

Una carrera de cinco o diez kilómetros podía ser una opción, aunque la actividad física reduciría la participación de personas de edad y de niños. Había cientos de campañas parecidas que terminaban solo atrayendo a gente joven y atlética, quienes buscaban desafíos cada vez más difíciles. El último evento, un maratón, había sido auspiciado por Nike a beneficio del centro deportivo de la comunidad.

Ignacio sugirió entonces una carrera mental, un *pub quiz*, al estilo de los ingleses, que se podía llevar a cabo en el comedor del Paraíso. Una idea interesante, pero, como indicó Juan Luis, sin querer ofender a ninguno de los presentes, ese tipo de evento probablemente atraería solo a personas de mayor edad. Entonces, a Romina se le ocurrió combinar los dos temas: ¡una Quizatón! Después de intercambiar varias ideas y de tomar notas, la propuesta estaba lista.

Abierto para cualquier edad y capacidad física, consistía solo en dar vueltas, caminando, alrededor de un área pequeña de unos doscientos metros en el parque de la Dehesa. En cada vuelta, los equipos debían responder una pregunta. Por cada respuesta satisfactoria se reducía el tiempo transcurrido en diez minutos y por cada pregunta mal contestada se agregaban diez, de tal forma que era posible ganar la Quizatón, aunque se llegara en último lugar en la competencia física.

La señora Parker haría las gestiones necesarias en la municipalidad para formalizar el uso del parque. Juan Luis e Ignacio organizarían la logística de la carrera. El proceso era simple: al final de cada ronda, el equipo participante tomaba una tarjeta con una pregunta, escribía su número de equipo y su respuesta, e ingresaban la ficha en una caja. El contenido de las cajas sería pasado a los jueces, quienes llevarían la cuenta del tiempo transcurrido y de los minutos ganados o perdidos por equipo. Celadores supervisarían la carrera para evitar trampas y comportamientos deshonestos, como buscar las respuestas en el móvil o copiar la respuesta de algún otro equipo.

Los residentes del Paraíso serían invitados a apoyar la carrera como jueces o supervisores, aunque, si alguno se animaba y se sentía deportivo, estaba más que bienvenido en la competencia. Ignacio estaría a cargo del grupo de residentes que serían responsables de preparar las preguntas y de mantenerlas en completo secreto hasta el día del evento. El equipo ganador obtendría un porcentaje del dinero recaudado en la venta de los boletos de participación.

El grupo de trabajo estaba orgulloso de lo que se había propuesto. Ese tipo de eventos daba a todos la posibilidad de participar y ganar, era una mezcla de ejercicio físico y mental, y requería la formación de equipos, lo que era perfecto para socializar. Solo restaba seleccionar una fecha, gestionar con el ayuntamiento y publicitar el evento. Los residentes saldrían a la calle para invitar a los vecinos y dejar volantes en casas y establecimientos comerciales. La idea era lanzar el proyecto antes de Navidad, ya que, en diciembre, otros eventos de caridad lograban más visibilidad y el tiempo se ponía bastante frío, en especial para los niños y las personas mayores. Se plantearon llevar a cabo la competencia a finales de noviembre. Con cuatro semanas de promoción, era posible llegar a la meta de recaudación.

Romina y Juan Luis, sin dudarlo, iban a participar en la carrera e invitarían a colegas y amigos.

—¿Hacemos equipo juntos o estás con espíritu competitivo? —preguntó Romina.

—Podría convencer a Pepe y a Manuel de participar, aunque creo que no es realista; terminarían desertando el día de la carrera después de una noche de tragos. Martín, si me da su palabra, es posible que participe.

—Bien, ya somos tres. Voy a ver quién se apunta en la oficina —dijo Romina, que pensaba en Max, aunque sería raro tenerlos a los dos en su equipo—. Acuérdate de que para mis colegas eres ahora un primo, no me vayas a traicionar.

—No, primita, no hay problema. ¿A que vas a invitar al alto de barba y anteojos? ¿Max?

—Mira, yo traigo a un participante más y tú ocúpate de traer a Martín, Pepe, Manuel o a quien quieras; es tu problema —lo cortó Romina, incómoda al ver sus sentimientos expuestos.

—No hay ningún problema, primita linda. Pero, de ahora en adelante, nada de coches: caminaremos cada sábado al Paraíso como entrenamiento, que me parece que tú sin el coche no vives.

—¿Caminar al Paraíso cada sábado?

—Bueno, esas son mis condiciones, que un poco de ejercicio no te va a hacer mal. Deberías caminar a tu oficina cada día.

—¡Son cientos de cuadras! —protestó Romina.

Se despidieron de los demás y se marcharon conversando.

***

El siguiente sábado, Romina y Juan Luis decidieron encontrarse en la panadería ubicada entre la casa de ella y el garaje de él. Juan Luis la esperaba en la puerta con un periódico bajo el brazo y una bolsa pequeña de pan que iba a ser su fuente de alimentación durante el fin de semana. Las provisiones que tanto Martín como Romina le habían dejado ya se habían terminado y volvía a sostenerse con lo mínimo. Esperaba con ansias ir al Paraíso porque siempre le ofrecían algo de comer; la semana se hacía larga. Si los días habían sido buenos, Juan Luis compraba latas de sardinas o de atún y leche. Pero con frecuencia lo que juntaba no era suficiente y, aunque Clara le había prolongado la estadía, no quería ni verlo, ni siquiera le dejaba un plátano; quizá lo quería exterminar de esa manera.

Romina, al llegar, se dio cuenta de su hambre, pero sabía cómo se sentía Juan Luis cada vez que se le ofrecía algo: humillado, como se siente el callejero a quien se le tira un céntimo.

—No he tenido tiempo de desayunar, Juan. ¿Me acompañas? No nos vamos a demorar.

Romina entró a la panadería sin esperar respuesta y pidió pasteles y cafés con crema para los dos en la barra.

Romina presentía que la semana no había sido buena. Juan Luis estaba demacrado y bajo de energías. Se comía con gusto las medialunas de mantequilla y azúcar; saboreaba hasta la espuma del café. Ella no dijo nada, sabía bien, y se le hizo un apretón en el estómago al sentir el hambre de su amigo.

Se dispusieron a caminar hacia el Paraíso, lo hicieron en silencio. Las calles, a esa hora temprana, estaban casi vacías. Los negocios estaban cerrados, excepto las panaderías. Como había llovido la noche anterior, el ambiente se sentía fresco. Se estaban acostumbrando a pasar parte del tiempo sin hablar, solo sintiendo la presencia del otro.

Cuando llegaron al Paraíso, Romina y Juan Luis se reunieron con la señora Parker y con Ignacio para intercambiar informes sobre el avance publicitario de la Quizatón. La señora Parker comentó que ya se habían registrado diez equipos. Romina indicó que varios de sus colegas habían mostrado interés. El papeleo con la municipalidad estaba en orden y las pancartas publicitarias ya habían sido distribuidas en puntos comerciales y centros comunitarios.

Los residentes hacían rondas cada día, distribuyendo volantes. «Es increíble verlos tan activos», contaba la señora Parker. Aunque fueran unas pocas cuadras, se les renovaban las fuerzas y el espíritu.

Romina y Juan Luis se unieron al esfuerzo publicitario del día y caminaron hacia el centro. Distribuían volantes por las calles y tomaban datos de personas que mostraban interés.

—Hay que verle el lado positivo a las cosas —dijo Romina—. Si sigo caminando así, seguro que bajo de peso.

La dieta de comidas empaquetadas, sándwiches de mayonesa y queso en su oficina, cafés con crema y churros, hacía estragos en su peso, pensaba ella.

—No estás gorda —dijo Juan Luis de inmediato—. Estás perfecta, aunque algo de ejercicio no te va a hacer mal. Ya te he dicho que camines a tu oficina. Estimo que te vas a demorar unos cuarenta minutos a pie hasta La Castellana. Bien, cincuenta para empezar, aunque estoy seguro de que, una vez que le encuentres el ritmo, vas a caminar más rápido. Hoy te demoras el mismo tiempo por el tráfico y porque tienes que buscar dónde estacionar, sin ninguno de los beneficios.

Caminar cada día sonaba como una tortura para Romina; sería ida y vuelta. Aunque de regreso, Max o alguien más podía acercarla a su casa. Tampoco tenía que caminar cada día. Las mañanas de lluvia o los días fríos podían esperar.

¡Cómo se había acostumbrado a la vida del coche, a la comida empaquetada frente a la televisión y a los dulces para atenuar la frustración! Menos mal que a ella nunca le había dado por beber. En el fondo, empezaba a entender por qué Juan Luis bebía. Cada presión, desilusión o frustración era ahogada en un vaso de licor. Ella, por su lado, optaba por los bollos azucarados. Lo único que le cortaba esa rutina tan destructiva eran las actividades en el Paraíso que, ahora con el proyecto de recaudar fondos, estaban cada vez más interesantes y le permitían desplegar su genio creativo sin restricciones para el beneficio de alguien más. Juan Luis se sentía igual. Después de pasar la semana en agonía, enviando aplicaciones, recorriendo calles y visitando agencias en busca de trabajo, el Paraíso le brindaba una buena distracción.

La meta de recaudar cuatro mil euros había entusiasmado también a los residentes, quienes participaban con energía en cada iniciativa. Las señoras de la residencia querían empezar un pequeño negocio de bizcochos caseros. La señora Parker había hecho las investigaciones del caso y, siempre y cuando la escala del proyecto no llegara a tamaños industriales y los fondos se destinaran al beneficio del hogar, podía seguir adelante. Aunque la municipalidad chequearía que la seguridad y la salud de los residentes no estuvieran comprometidas, con unos cambios en la cocina, la iniciativa era posible. Era imprescindible que alguien con las facultades físicas necesarias estuviera a cargo del horno y de otras tareas pesadas de movimiento.

La señora Parker le ofreció de inmediato el cargo a Juan Luis, quien aceptó encantado. Una fuente adicional de dinero no le venía nada mal, aunque fuera poco. También ofreció repartir bizcochos en bicicleta. Romina propuso revisar el plan de negocios con la señora Flores, quien había emergido como la empresaria a cargo. Ignacio, con su experiencia comercial, también ofreció ayuda.

Aunque era posible que aumentando el precio y logrando obtener clientes permanentes se juntara algo más de dinero, nunca sería una gran fuente de ingresos. Sin embargo, el proyecto había puesto una sonrisa en los rostros de los residentes del Paraíso, lugar, que de ser un decrépito hogar de ancianos, poco a poco se convertía en un centro comunitario dinámico, de eventos sociales y hasta actividades empresariales.

Otra de las iniciativas de los residentes era organizar un *quiz* mensual, invitando a la comunidad a participar por unos euros. Esperaban que se volviera un evento conocido y popular en la zona.

Lo que Juan Luis y Romina habían despertado con la iniciativa de la renovación del jardín ya no se podía dar marcha atrás. El genio del entusiasmo estaba fuera y los residentes, aunque frágiles de cuerpo y mente, se habían lanzado a la actividad como si fuesen chicos jóvenes en una fiesta de baile. Solo querían sentirse útiles. ¿Quién iba a pensar que ese lugar tan lúgubre y decadente se estaba convirtiendo en una casa vibrante y abierta a la comunidad? Tanto Romina como Juan Luis se sentían inspirados.

Capítulo 12:

Desempolvando antigüedades y mal de amores

Siguiendo el consejo de Juan Luis, Romina se propuso caminar a la oficina tres veces por semana, al menos de ida; de vuelta, dependiendo del clima, la hora y de su humor, lo pensaría. Siempre habría alguien que la podría llevar a casa. Ese alguien era, por supuesto, Max, quien había reasumido su rol de galán y estaba alborozado con los frecuentes encuentros con Romina, que eran «para discutir temas estrictamente laborales», aclaraba él.

Romina ya se había acostumbrado a su compañía. Era un buen tipo, decente y responsable, sin duda alguna de otro planeta, considerado y preocupado por el bienestar de Romina, aunque, como decía Berta, la polaca, así empezaban todos.

Lo que a Romina le gustaba de Max era su constante atención, los momentos en que le ofrecía una taza de café, llevarla a casa o acompañarla. Hasta sus consejos profesionales eran brindados con cuidado, evitando las discusiones innecesarias y la furia de Romina.

«Es un hombre maduro», pensaba ella, quien siempre imaginaba a la mujer teniendo que masajear el ego del hombre para que saliera adelante o se sintiera seguro en la relación. Berta insistía en que, una vez hecha la conquista, Max revelaría sus verdaderos colores y Romina podía esperar o noches de zurras o noches en total pavor sin saber dónde estaría su querido Max, quien probablemente andaría de jolgorio con algún otro depravado sinvergüenza.

«¿Max, un hombre depravado? No, ese no es Max», decía Romina y se reía con las ocurrencias de Berta. En primer lugar, Max no les prestaba atención a otras mujeres, era tímido y callado. Se sentía bastante incómodo con los ruidos de bares y fiestas. Solo le prestaba atención a Romina, siempre a Romina, porque ambos habían sido criados a la antigua. Las mujeres modernas lo abrumaban. Romina lo hacía sentir como en casa, como si estuviera en su barrio pateando una pelota de fútbol con los amigos mientras las chicas chismorreaban junto a la puerta de alguna casa abierta.

Romina se sentía igual; Max era el novio que su padre hubiera querido para ella. Pero, si era cómodo para los dos, ¿por qué las cosas no despegaban? ¿Por qué el romance no había explotado en una mágica ebullición química? ¿Por qué las endorfinas no los tomaban presos? Quizá todo resultaba muy familiar con Max, el elemento de novedad y excitación había languidecido sin haber florecido nunca. Su madre diría que se trataba de una relación sobria.

Comprometida con su meta de ejercicio, Romina inició su caminata hacia la oficina más temprano que lo usual. Aunque prefería caminar junto a un mar azul o cruzando un campo de trigo dorado, sin la intoxicación de los gases exhalados por los autos y sin el ruido de máquinas o bocinas, podía ver la atracción de una mañana de ejercicio. Alejándose de las calles principales y aventurándose por las aledañas, evitaba lo peor de la rutina urbana: un despertar de locos. Todos agitados, de arriba abajo, probablemente sin desayuno, con las corbatas a medio atar, o corriendo detrás del bus que, sin excepción, dejaba a alguno atrás, malhumorado…

Las calles paralelas de la zona residencial desplegaban un espectáculo algo más agradable: una anciana regaba las plantas en su balcón, los niños medio dormidos subían al transporte amarillo de la escuela, los repartidores ambulantes vendían pan humeante... Era una buena mañana.

Cuando llegó a su oficina, se cambió las zapatillas por zapatos de vestir y subió al segundo piso con un aire relajado y triunfal: había completado su primera caminata en cientos de años. Animada, ya se estaba imaginando entrenar para un maratón y, por qué no, para un triatlón. En fin, era lindo fantasear.

Max, al notar su buen humor, le preguntó a qué se debía su alegre disposición.

—No es que no suelas tener buen humor —corrigió Max de inmediato.

Romina solo le dijo que se había propuesto hacer ejercicio y que las endorfinas estaban teniendo el efecto normalmente esperado. Max, aprovechando que ella estaba bajo sustancias químicas positivas, se adelantó a comentarle sobre los últimos rumores corporativos.

—¿Tienes un minuto? —dijo Max en voz baja—. ¿Te traigo un café y conversamos?

Cuando regresó con café para los dos, cerró la puerta y se sentó en una de las sillas. Con atento cuidado, como era característico de él hacia Romina, le contó que la oficina había decidido iniciar recortes de gastos. Con casi dos años en recesión y la economía parada, no quedaba otra opción que reducir costos administrativos y abaratar las construcciones. Ya se había listado a las personas que iban a ser despedidas. Romina se sobresaltó y apretó los labios.

—No puedo decirte más, se supone que es confidencial, pero te puedo asegurar que no estás en la lista —la calmó Max al verla tan alarmada—. Hablé con Medina y, como hay que bajar la calidad de la construcción a Las Palmeras y tú eres la arquitecta principal, no hay forma de que te echen. Tú conoces el proyecto de pies a cabeza y podrías hacer las modificaciones sin mayores problemas.

—Claro, y luego de patitas a la calle —dijo Romina, un poco ofuscada.

—Tranquila, mientras más te envuelvas en el proyecto, menos probable es que te boten. Es como que tienes inmunidad hasta que la construcción esté terminada. En cambio, yo... —dijo Max bastante preocupado—. No hay financiamiento para nada más.

Eran tiempos difíciles, en particular para la construcción. Las obras estaban paradas. Se había construido mucho, demasiado, en cada lado, y los precios estaban por los suelos. Cuando la crisis del 2008 estalló y los proyectos se pararon en seco, los bancos se quedaron con portafolios de hipotecas y préstamos comerciales en rojo, el dinero ya no se reciclaba para financiar nuevas construcciones: una espiral hacia abajo, una debacle.

—No me digas que tú... —murmuró Romina con el corazón apretado.

—Esta vez no, aunque quién sabe cuánto más puede durar esta crisis —dijo Max resignado, y añadió—: Aquí no se acaban las malas noticias. Tú no puedes decir nada, se va a anunciar formalmente en enero. Te aviso porque me importa que cuides tu trabajo, pues a veces, con tu temperamento, pierdes la cordura.

A partir del próximo año, la empresa cerraría varias inmobiliarias y sucursales regionales. Lo que quedaría en pie, por el momento, serían los negocios de Madrid y de Barcelona en los distritos de ingresos altos. Cerrarían todo lo demás. En la oficina principal de la Castellana, se desharían de varios pisos administrativos y de una porción importante de las oficinas individuales. De esa forma, parte del espacio se podía subarrendar. Romina tendría que dejar la suya. Pasaría a la planta abierta, junto a los afortunados que continuaran en la planilla.

Romina pensaba que, con la reducción del personal, sería necesario poner más horas para compensar la falta de asistentes, estudiantes y practicantes, quienes en esas circunstancias siempre pagaban los platos rotos por falta de experiencia y no, necesariamente, por insuficiencia de talento o esfuerzo. ¿O podrían deshacerse de los más experimentados, que cuestan más y suelen trabajar menos?

El ambiente de su oficina se tornó frío. Las ganas de caminar de Romina se desvanecieron como languidece el tierno yuyo en una helada inesperada.

***

En el Paraíso, se organizaba una venta de antigüedades, otra iniciativa de los ancianos, quienes desempolvaron sus habitaciones en búsqueda de tesoros ocultos y olvidados. El señor Ramírez, el líder del proyecto, invitó a los residentes a desprenderse de cosas innecesarias, de regalos que no gustaron o de reliquias de otros tiempos. Lo encontrado sería expuesto en el comedor y un especialista en antigüedades iría a chequear si los objetos tenían algún valor especial. Si ese fuera el caso, de seguro se ofrecería buen dinero por ellos y lo recaudado se podría donar al fondo del jardín. Las demás baratijas se reunirían para una venta informal en el parque el día de la Quizatón. Los residentes también habían llamado a las puertas de las casas vecinas en búsqueda de donaciones de objetos, libros, discos o cualquier cosa que no se quisiese, para la gran venta informal del Paraíso.

Algunos de los residentes rodeaban los noventa. Era posible que muchos hubieran vivido en tiempos de la segunda guerra mundial o incluso durante la depresión de los veinte. Todos habían sufrido la dictadura de Franco. El valor histórico o cultural de sus posesiones podría ser bastante importante.

Sobre las mesas del comedor no había mucho, aunque algunos artefactos y objetos eran interesantes: discos de vinilo, viejos libros encuadernados a mano, un diccionario antiguo de la Real Academia Española, unos tomos de la Enciclopedia Británica, un juego de monopolio amarillento, mazos de carta de la segunda guerra mundial, un velo blanco de gasa, un collar de perlas falsas…

Era increíble ver cómo los residentes se desprendían de sus pocas posesiones sin mayores dificultades. Llegaban a paso lento, miraban lo que se había donado y depositaban lo suyo con algo de nostalgia, aunque sin mayores apegos. Romina imaginaba que, a esa edad, el anciano se aferraría a lo material, no por avaricia, sino por costumbre, como si cada objeto fuera parte de su identidad, su historia. Deshacerse de alguna pertenencia, pensaba ella, era como decir adiós; algo que nadie estaba preparado para decir.

La señora Parker le había contado a Romina que los residentes no eran adinerados y que ya habían dejado atrás sus grandes posesiones. Llegaban al hogar con una maleta y algunas cajas. Otros habían vendido sus pertenencias para financiar su vejez y algunos las habían perdido con el tiempo, como era el caso de Ignacio, quien, a pesar de sus pocos bienes, dejó varios libros sobre una mesa.

Romina, que había ido a ayudar a organizar los objetos, se tomó una pausa para conversar con Ignacio.

—Pensaba que era difícil a cierta edad deshacerse de las cosas, que uno envejece apegado, como un símbolo de querer aferrarse a este mundo —le dijo Romina a Ignacio mientras miraban la colección de objetos.

—Es posible, pero no creas que quieres vivir por siempre. Algunos sí están dispuestos a vivir cien años más; otros no, ya vivimos y aceptamos que es hora de partir. Con los dolores físicos y la soledad, a veces el deseo de partir se vuelve intenso. Al mismo tiempo, cuando vienen los tragos o un juego de cartas con los amigos, nos olvidamos y queremos quedarnos un poco más.

—Dicen que tus vicios se ahondan y tus peores características se acentúan —dijo Romina con sobriedad, sin querer ofender.

—En ocasiones pasa lo contrario, el más generoso se vuelve el más apegado y el más tacaño se vuelve el más caritativo. La vejez y la enfermedad nos cambian, como cada etapa de la vida. Aunque, en general, sigues la misma trayectoria de tu adultez, solo que más despacio. Si eres bueno de corazón, vas a seguir virtuoso; si eres un amargado, vas a terminar amargado. Preocúpate por el hoy, Romina, que el mañana nadie lo tiene asegurado.

—Sí, lo sé, es que hoy el presente no es tan excitante y tiene infinidad de problemas, así que te preguntas con ansiedad qué viene después, si algo mejor o peor... Siempre espero una tragedia. La empresa donde trabajo no anda bien, como todo en España, y algunos van a perder el trabajo. Yo no sabría qué hacer sin una fuente de ingresos.

—¿Por qué te preocupas hoy? Tienes trabajo y ahora estás aquí en el Paraíso pasándola bien. Por qué no disfrutas de tu tarde y el lunes te pones a pensar en cómo proteger el trabajo y cambias algunas cosas, si es que puedes. Y, si no puedes, entonces chequeas tu cuenta de ahorros, que seguro una muchacha tan responsable como tú tiene una cuenta con un monto decente para los días de vacas flacas, como se decía en los tiempos de antaño, ¿cierto?

—Vacas flacas… —se rio Romina—. Sí, la verdad es que no tengo por qué preocuparme hoy… Es una condena esta constante preocupación.

—Si pudieras ver tu futuro, estarías tranquila porque podrías protegerte de cada amenaza, de cada infortunio. Eso es lo que intenta hacer tu cerebro, da vueltas y vueltas proyectando el futuro de mil maneras. ¡Es inútil, Romina!

Ella sonrió, era siempre un placer hablar con Ignacio.

—Vive de acuerdo con tus principios, nada más —concluyó él, quien a veces se disparaba con los más extensos discursos.

Romina había encontrado guías en las personas más inesperadas: Ignacio, un hombre de negocios, solitario y bohemio, quien en algún momento lo perdió todo; la señora Parker, quien, se rumoreaba, había renunciado a su vocación religiosa para encontrar amor, y Juan Luis, un vagabundo desempleado y borracho, quien la sorprendía con acertadas observaciones.

Se preguntaba dónde estaba Juan Luis. Tenía ganas de verlo. Ese sábado había pasado por el garaje a buscarlo pero no lo encontró. La señora Parker le dijo que Juan Luis había salido temprano, en el auto del padre Antonio, a comprar sacos de harina, chocolate y azúcar para empezar la producción de bizcochos la siguiente semana, los martes y jueves.

Romina continuó ayudando en la sala principal, desempolvando antigüedades, marcos de fotos, cajas de música y otros objetos. Los residentes, en lento ajetreo y constante cuchicheo, seguían llegando con chales de lana apolillada, recortes de periódicos amarillentos, botas *go-go* de los años 60...

***

Ya en casa, Romina se dispuso a ordenar lo que era, a simple vista, un caos. La chica de la limpieza siempre dejaba el departamento brillante y el piso resplandeciente, pero la cantidad de objetos —ropa, zapatos y papeles— desbordaba por los rincones. Romina empezó la tarea empujando un par de zapatillas junto a la pared y levantando su bata de cama, que colgaba sobre una silla a media asta. «Que no le cuesta nada colgarla en el baño», se quejó de la muchacha de la limpieza, pero recordó los gritos que le había pegado a la ecuatoriana cuando esta quiso ordenar su departamento. La pobre mujer, en su intento, había tirado unos bosquejos y Romina había reaccionado como loca gritándole que no tocara nada.

Mirando el caos alrededor, Romina se dio por vencida. Estaba cansada y preocupada. ¿Cómo podía proteger su trabajo? Se quedó pensando por un buen rato: no había nada más que ponerle horas, hacerlo mejor, protestar menos.

Estaba tirada en el sillón a punto de empezar con su maratón televisiva cuando sonó el timbre de su departamento. Era extraño, Max y ella no habían quedado en salir ese sábado. Como se veían en el trabajo, durante la hora del almuerzo o al final del día, quedaban pocas excusas para encontrarse los fines de semana.

—Soy yo, Romina —dijo Juan Luis por el intercomunicador.

Ella lo invitó a subir y se dio tiempo para recoger lo que había a su paso, tirarlo sobre la cama y cerrar la puerta de su cuarto. Dejando el desorden atrás, recibió a Juan Luis con una sonrisa.

—Qué sorpresa, ¿qué haces aquí?

—Romina, sé que lo que te voy a pedir es un favor enorme, pero estoy desesperado. Me siento hasta avergonzado de lo que te voy a pedir… Es que no tengo ninguna otra alternativa. Si la tuviera, no hubiera venido a molestarte, a ti que ya has hecho tanto por mí.

—¿Qué es, Juan Luis? Habla —presionó ella, intrigada—. ¿Necesitas dinero? ¿Te has peleado nuevamente con Clara?

—No, mi madre viene a Madrid y quiere verme —dijo Juan Luis, empezando a relatar el meollo en el que se había metido él mismo—. Hace meses que no los veo porque no tengo dinero para ir a Málaga. Una vez les dije que estaba trabajando fuera de Madrid; luego, que tenía un trabajo importante que terminar, y, la última vez, que me estaba mudando. Ya se me acabaron las excusas, Romina, y mi madre viene a verme.

Ella seguía atónita. ¿Habría inventado una novia y quería que pasara por ella?

—Vas a tener que decirle la verdad, Juan —dijo Romina.

El personaje de primo ya había generado bastante confusión. Un rol de novia le iba a poner los nervios de punta.

—No puedo decirle la verdad, Romina —rogó Juan Luis—. Estoy tan cerca de encontrar un trabajo. ¿Para qué le voy a contar la basura que ha sido mi vida a estas alturas? ¿Para preocuparla? Además, sería admitir que les he mentido por meses.

Romina sabía que Juan Luis estaba haciendo grandes esfuerzos por encontrar trabajo: se levantaba temprano, recorría las calles, recortaba periódicos, visitaba agencias y, aunque no había dejado de beber, tampoco salía de parranda ni llegaba borracho al Paraíso.

—¿Qué necesitas? —preguntó Romina, advirtiendo que todavía no sabía qué le iba a pedir.

—Tu departamento.

Juan Luis siguió explicando… Le había dicho a la madre que no podía recibirlos en Madrid porque se estaba mudando. Creía que, con la proximidad de diciembre, su madre posiblemente pospondría la visita. Animado con los progresos en su búsqueda de trabajo, pensaba que encontraría algo para Navidad y que podría ir a verlos para las fiestas. No obstante, su madre había insistido, le anunció que ya había comprado los billetes de bus y que llegaba con Matías en una semana.

Clara no le iba a permitir pretender que la casa fuera suya. A lo sumo le permitiría recibir a su madre en el garaje. Por eso necesitaba otra dirección. Si su madre se encontraba con Clara, no había mentira que sobreviviera: su madre se enteraría de que él vivía en un garaje, que estaba desempleado, que bebía y que les había inventado las más ridículas mentiras para no verlos.

—¿Solo necesitas mi dirección? —preguntó Romina, un poco confundida.

La cosa no era tan simple. La madre tenía que verlo mudado porque él le había dicho que había comprado un departamento nuevo y que estaba en medio del ajetreo de la mudanza. Necesitaba desesperadamente su departamento.

—Entonces, quieres crear una nueva mentira para tapar todas las historias que has fabricado hasta el momento. ¿No te das cuenta de que esto solo crece en tamaño y fantasía?

Juan Luis solo recibiría a su madre y a Matías en su departamento para mostrarles dónde vivía, y pretendería que, acabándose de mudar y con cajas y maletas sin desembalar, no tenía espacio para alojarlos. Ahí se acabaría la historia. Los llevaría a cenar y luego los dejaría en el hostal donde se iban a hospedar por una noche.

—También necesito tu auto, Romina. Por favor, es solo por una noche —imploró él.

—¿Y qué vas a hacer con mis zapatos, mi ropa y mis cosas? ¿Vas a ponerlo todo en cajas y en maletas? ¿Por qué no le pides a Pepe o a Manuel que te den una mano con esto? ¡Al menos tu madre va a encontrar calzoncillos colgados en el baño, no calzones! —Romina estaba a punto de estallar.

—Manuel y Pepe viven en una pensión, comparten un cuarto y un baño, nada más. Ese hueco no va a impresionar a nadie —explicó Juan Luis, desesperado—. No sé qué hacer con tus cosas, pero te prometo que cada objeto vuelve a su lugar; yo me encargo, tú te vas de vacaciones por unas horas...

—¿Unas horas? ¿En unas horas vas a poner todo en cajas, desorganizar el departamento como en una mudanza, recibir a tu madre y luego ponerlo todo en su lugar?

—Salvo que digamos que eres mi novia y que vivimos juntos. Es una historia más congruente. Es más fácil de entender el por qué no los puedo hospedar en el departamento, si somos dos.

—¡Qué descarado eres! Paquete completo, el señor: casa, auto y mujer. ¿No quieres una cuenta en un banco para completar tu farsa o que llame a mi mamá para que pase de suegra? —dijo ella, furiosa—. Ni hablar, yo de novia no paso. ¿Quieres el departamento por unas horas? ¡Entonces tú te ocupas! Me devuelves el piso como lo encontraste. Esas son mis condiciones. Y el auto, ni en sueños, no quiero que conduzcas borracho. Toma un taxi.

—Necesito que me prestes dinero —musitó él, avergonzado.

Romina estaba furiosa, no tanto por el tema del departamento. A fin de cuentas, se trataba de unas horas y ella podía ir a la oficina a ponerle más tiempo al trabajo. Estaba molesta consigo misma por haber coqueteado con la idea de ella y de Juan Luis juntos. Sus sentimientos fluctuaban con las idas y venidas de este hombre. Cuando el viento soplaba a su favor, ella se sentía segura viajando en proa; cuando las olas hacían estragos, se le iba el amor y saltaba del barco como se tiraba un desesperado en un naufragio. No cabía duda, estaba prendada como una idiota, porque no había mujer inteligente que pudiera enamorarse de un hombre así. ¡Qué furia! A veces quería besarlo y a veces quería estrangularlo. Sus ojos café, su melena castaña y su boca eran irresistibles; su sonrisa era contagiosa; su conversación, chispeante. Sin embargo, sus actos… Sus actos eran los de un adolescente irresponsable.

Estaba loca. ¿Cómo podía pensar en un hombre así, mentiroso y borracho? Aunque entendía lo que significaba no querer herir o preocupar a una madre, se preguntaba si esa mentira era el producto de un amor genuino o un mecanismo de defensa para no enfrentar su propia realidad.

«Que no eres Freud», se dijo a sí misma más serena. Pensándolo bien, solo quería el departamento por unas horas. Lo ayudaría porque era, en definitiva, un amigo, un buen amigo, aunque insensato.

Ella tendría que estar mal de la cabeza para imaginarse un romance con él. En el fondo, solo quería besarlo, culpa de esos ojos café endemoniados, nada más.

Capítulo 13: Un fin de semana de locos y besos extraviados

El siguiente sábado, luego de su visita regular al Paraíso, Juan Luis se fue con las llaves del departamento de Romina. Tenía unas horas para poner de cabeza el sitio y aparentar una mudanza antes de que su madre y su hermano llegaran a verlo. Había conseguido cajas del supermercado y Romina le había dejado unas maletas vacías. Juan Luis empezó a poner los libros, pequeños ornamentos y los zapatos en cajas. Romina le dijo muy seriamente que ni se le ocurriera tocar sus cajones de ropa interior, que nadie tenía por qué abrirlos.

Juan Luis levantó el colchón y desarmó la cama, pretendería que dormía en el suelo, aunque eso sí era técnicamente cierto. Movió varios muebles para reducir el espacio y crear más caos. Guardó los perfumes femeninos y cerró las cajas con cinta. Desordenar el lugar no iba a llevarle tanto tiempo; poner cada objeto en su lugar iba a ser una tarea descomunal.

Romina se quedó en el Paraíso ayudando a la señora Parker a revisar el avance de la Quizatón. Ya se habían inscrito más de cuarenta equipos y, con una sola semana antes del gran evento, la iniciativa iba por buen camino. El equipo manejado por Ignacio trabajaba de noche buscando preguntas apropiadas para todas las generaciones e intereses, ya que el evento había atraído a familias enteras, a gente joven y menos joven, casados y solteros, personas poco deportistas y atletas.

El mercado de pulgas también prometía ser un éxito. Se habían juntado numerosas cajas con los donativos de la comunidad. Las señoras y señores del Paraíso clasificaban los objetos que se iban a acomodar en mesas a un lado del parque.

Notando a Romina baja de ánimo, la señora Parker le ofreció una taza de té. Puso la tetera eléctrica en su oficina y, mientras esperaban a que hirviera el agua, se pusieron a conversar. Romina le contó de las dificultades en el trabajo. La señora Parker presintió que el desgano estaba más ligado a un tema de amores e inquirió si Juan Luis tenía algo que ver, lo que fue absoluta e irrefutablemente negado por Romina. Ella, a su vez, se animó a preguntarle por su pasado de monja.

—Los amores no correspondidos duelen, pero no matan —empezó a contar su historia la señora Parker, la que no tenía nada que ver con el padre Antonio, como algunos del Paraíso imaginaban.

La señora Parker —o Ann, su nombre de pila—, vivía en Gibraltar con su padre inglés y su madre española. A los catorce años conoció a un muchacho de unos dieciséis. Todos los meses, Jimmy llegaba en un barco que distribuía exquisiteces de Londres u otros lugares del mundo a los ingleses que vivían en ese pueblo. Su padre era un oficial importante y compraba té de la India, mermeladas de cerezas, el *shortbread* de Escocia, dulces exóticos de Turquía, especias… Jimmy cargaba, limpiaba y descargaba. Ann lo vio por primera vez cuando él bajaba cajones de piña mientras su padre negociaba el costo de varias cajas de mermeladas y de brandi. Ese cabello rubio y esos ojos azules fueron suficientes para que Ann no volviera a dormir. A partir de entonces, ella lo buscaba cada mes en el muelle. Se escapaba de la escuela para besarlo detrás de cajas de sidra, de frutas y conservas.

Cuando los padres interceptaron notas secretas y descubrieron que el plan de ambos era marcharse en ese barco, encerraron a Ann en su habitación. Después de tres meses de llorar y rezar, salió curada del mal de amores y con una devoción milagrosa por la vida cristiana. Sabiendo que Jimmy la olvidaría eventualmente, decidió tomar los hábitos. Pero, después de siete años de constante servicio en su comunidad religiosa, dejó el convento.

—No sé qué pensar —dijo Romina—. Es una historia triste, sin final feliz. Un amor que pudo ser increíble. Imagínate viajar por el mundo en barco, conocer culturas lejanas y luego terminar casada en un pueblito victoriano de Inglaterra.

La señora Parker se empezó a reír. Sin duda alguna, Romina era una romántica sin remedio, que creía en cuentos de hadas.

—¿Sabes lo que me hubiera pasado si terminaba en ese barco? Claro que cuando te cuento de las cajas de piña y de las mermeladas, de sus cabellos rubios y de sus aventuras de ultramar, parece un cuento de hadas. Ponte a pensar… ¡En ese barco había ratas y marineros borrachos! Y Jimmy, ¿quién era Jimmy? —pausó la señora Parker—. Solo un muchacho con los ojos azules más espectaculares que hayas visto.

Sus siete años en el convento fueron lo mejor que le pasó en la vida. Vivió en una comunidad de mujeres muy buenas, al verdadero servicio de los demás. No obstante, ella quería dedicarse al trabajo social en el mundo, no en un convento. Dejó los hábitos y se graduó en Asistencia Social. Después de años de servicio en la comunidad, encontró el amor de un hombre. A sus cuarenta y tantos, conoció al señor Thomas Parker.

—¿De dónde crees que me viene el título de señora? —preguntó, riéndose.

Fue un romance como cualquier otro, hasta que él enfermó y murió. Ann se quedó sola y con una profunda tristeza, que el tiempo fue curando. Su vocación de servicio la sacó adelante y, a sus cincuenta y tantos, todavía quería servir y trabajar por los demás.

—No hay en realidad un final feliz al que aspirar. No hay lugar o evento en el que digas: «Ah, finalmente alcancé la felicidad absoluta». Solo hay momentos, encuentros y etapas felices que son acompañados por momentos de desilusión, desencuentros y etapas menos felices, en especial en el amor, que suele ilusionar tanto al principio. No te digo que no te puedas enamorar de un Jimmy y que no termines viajando por el mundo en un barco de sueños. Entiende, en algún momento la fantasía se acaba y tú tienes que encontrar la forma de seguir viajando en el mismo barco o empezar nuevas aventuras.

Pausaron las dos y se sirvieron otra taza de té.

—¿Sabes por qué me enamoré de Thomas Parker? —dijo Ann con verdadera nostalgia, recordando al amor de su vida—. Porque tenía los ojos de color almendra más espectaculares que hayas visto. Enamorarse no es un problema…

*

Romina se despidió y se marchó a la oficina. Aunque no quería pensar en lo que Juan Luis le haría a su pobre departamento, se le cruzaban pensamientos tortuosos. ¿Era Juan Luis de confiar? Le había dado su llave sin pensar detenidamente en ello. Ni siguiera había corroborado su historia. ¿Y si era otra mentira? «Romina, que no confías en nadie, Juan es un amigo», se recriminó a sí misma.

Al llegar a su oficina, se dispuso a revisar la carpeta del proyecto. Tenía que replantear los acabados y reducir los costos. Empezó con el mármol que se usaba en los vestíbulos, pero no podía avanzar. La historia de Ann era un poco triste. Los amores de juventud eran tan poderosos...

Romina pensaba que, hasta ese momento, su razón siempre había triunfado y que estaba preparada para batallar cualquier tentación inoportuna, pero sus deseos de estar con Juan Luis la estaban aniquilando. Se sentía como una adolescente de catorce, enamorada del muchacho extranjero que, con su pinta foránea y misteriosa, encantaba a las jovencitas del pueblo. Menos mal, pensaba Romina, que Juan Luis siempre terminaba haciendo algún disparate y el cuento de hadas acababa frustrado sin mayores consecuencias.

Se había pasado unas horas sin avanzar mucho, solo había revisado tres hojas de materiales y todavía no modificaba la cantidad de mármol. No podía concentrarse, solo quería regresar a su casa y ver televisión. Eran pasadas las cinco y Juan Luis todavía no llamaba. Estaba en estas tribulaciones, con los pies sobre un mueble, el cabello en un remolino y la mirada perdida por la ventana, cuando se apareció Max.

—¡Qué sorpresa encontrarte aquí! Tú siempre trabajas en casa —dijo él, contento de verla.

Romina no sabía qué decir. Estaba preparada para cruzarse con practicantes y estudiantes; no había pensado en toparse con Max. Bajó los pies del mueble de inmediato y le sonrió con una mueca nerviosa.

—Es el gas… —balbuceó Romina lo primero que le vino a la mente, recordando que una vecina, hacía poco, había tenido un problema con el gas—. Hay una fuga de gas en mi departamento y apesta.

—Eso es muy peligroso. ¿Has llamado a alguien para que te lo chequee? —dijo Max preocupado.

—Sí..., claro. El señor… Lucho, el portero del edificio, lo está viendo. No es para preocuparse, es algo del horno y lo va a arreglar. Me va a llamar cuando esté listo y sea seguro regresar. ¡No sabes qué olor, por Dios! —dijo Romina, sorprendida de cuán rápido ella también podía inventar una mentira.

—Bueno, avísame si quieres ir a comer algo, son casi las seis. He venido a recoger unos planos que quiero terminar esta noche, pero tengo que comer. Y tú también… No creo que quieras poner nada en ese horno esta noche, ¿verdad?

Juan Luis había quedado en llamar a Romina cuando dejaran el departamento para ir a cenar, y había acordado no pasarse de las seis de la tarde; sin embargo, aún no llamaba. La invitación de Max no le venía nada mal, tenía hambre y le daba tiempo a que Juan Luis terminara su teatro.

—Déjame darle una llamadita al señor Lucho y te acompaño —sonrió ella con otro mohín nervioso.

En cuanto Max se fue a recoger sus cosas, Romina tomó el teléfono y llamó a su departamento, enfurecida.

—No me has llamado. ¿Qué sucede ahí? —gritó por el aparato.

—Ah, señora Romina, que gusto escucharla. No, gracias por la invitación… Estamos cenando aquí, en mi casa… mi departamento —dijo Juan Luis, cambiando totalmente el plan—. Yo le doy una llamadita luego. Gracias, gracias... Sí, voy a darle los saludos a mi madre. Gracias, gracias…

Y le colgó sin mayores explicaciones y sin ninguna vergüenza. Romina estaba furiosa: «Dijo que se irían a las seis y ¿ahora están comiendo? ¡Hasta qué hora se quedarán!»

Max regresó al poco rato y la notó extraña.

—El señor Lucho me dice que me espere unas horas antes de regresar, que ha dejado las ventanas abiertas para que se ventile el piso y que en unas horas va a estar bien. Sin embargo, no estoy como para ir a un restaurante —dijo Romina al notar su estado poco atractivo: *jeans* desgastados, una chaqueta vieja, zapatillas de caminar...

—¿Qué te parece, entonces, si vamos a mi departamento y trabajamos juntos con una buena botella de vino y pedimos algo de comer mientras tu departamento se ventila? —propuso Max.

*

Romina siguió a Max en su auto hasta llegar a un edificio moderno con una entrada extraordinaria. Subiendo al departamento de Max, reconoció que el dinero sí era atractivo. No se trataba de materialismo o de querer un marido adinerado, pero un hombre independiente que pagara sus cuentas era, en definitiva, una gran atracción para Romina, quien se ocupaba de sus propias cosas y, encima, ahorraba.

El estilo de Max era minimalista, con muebles de madera oscura o de metal y cojines sobrios, aunque había algunas piezas personales, como una extensa biblioteca, algunos *souvenirs* de viajes y marcos con fotos colgados en la pared. Las luces no eran muy brillantes y las lámparas, a distintos niveles, generaban un juego de sombras acogedor. Max prendió la última lámpara, sobre un tablero de dibujo junto a la ventana. Era en realidad el departamento de un intelectual.

Él abrió una botella de vino y le sirvió una copa a Romina, quien se había apoderado de un buen sillón de cuero y revisaba la carpeta de su proyecto en fingida concentración mientras Max se ubicaba en el tablero con sus planos. Quizá él también simulaba escribir pequeñas notas al margen de los bosquejos.

Romina lo miró de reojo; Max, en la intimidad de su hogar, lucía misterioso.

Cuando llegó la comida china en cajas de cartón, dejaron los papeles a un lado, se sentaron en el sillón frente a la mesa central de la sala y compartieron la cena en animada conversación. Aunque el trabajo y los problemas de la crisis y del mundo seguían presentes, Romina logró ver a Max bajo una luz más personal. En la comodidad de su hogar, se atrevió a preguntarle acerca de su vida, de sus viajes, de sus fotos. Max le confesó su amor por la fotografía y que las imágenes en las paredes eran suyas, de sus viajes. Romina había encontrado algo de pasión escondida en ese cuerpo tan lánguido.

Él siempre había sido un muchacho tímido, con poco éxito con las chicas. No era feo, sin embargo, su contextura delgada, su alta estatura, sus anteojos y su charla técnica le daban un aire aburrido. Era demasiado parco para la mujer promedio. Había sido criado a la antigua y hasta iba a misa, algo que gran parte de los jóvenes hoy desechaban. Tuvo una novia en la universidad, pero terminaron aburriéndose mutuamente.

Romina dio un vistazo a su celular, que había silenciado, y pudo ver las llamadas perdidas de Juan Luis. Las ignoró; estaba disfrutando de su charla con Max en la intimidad. Ella entendía por qué Max la encontraba atractiva, ella era una muchacha que no lo incomodaba ni lo apabullaba sexualmente. Habían sido cortados con la misma tijera de la prudencia, la modestia y la aversión por el riesgo. Las consecuencias de sus acciones siempre tenían que ser seguras.

«Si tan solo se soltara un poco», pensaba ella. A Romina se le había despertado un ansia por más, quería romper su caparazón y experimentar más allá de lo que era usual para ella. Tenía treinta y dos y nunca había hecho nada descabellado o extraordinariamente divertido. Y le venía la imagen de Juan Luis con sus ojos café, su melena castaña y sus labios. Se odió a sí misma por ello. Miró a Max un poco más: era el hombre perfecto.

Max percibió la mirada de Romina y desaceleró su relato, pestañeando. Romina, sin pensarlo más, alcanzó sus labios y lo besó, se acomodó sobre sus piernas, frente a frente, y rozó su barba con su boca. Se besaron un largo rato.

—Me parece que no debes regresar a tu departamento hoy —dijo Max en voz baja —. No es seguro.

Romina asintió y apagó su celular.

***

Romina dejó el departamento de Max a la mañana siguiente, temprano. Había sido una buena noche, pero se sentía confundida. No era a Max a quien quería. Tampoco lo quería a Juan Luis con sus mentiras y su vida caótica.

Al llegar a su departamento, encontró todo, pero absolutamente todo, fuera de su sitio. Para su conmoción, Juan Luis dormía en su colchón. Las botellas de vino en la cocina eran evidencia de que había bebido más de la cuenta. Romina lo despertó y levantó a gritos, esperando una explicación de por qué no había cumplido con su parte del plan, quedándose más tiempo de lo acordado y dejando el lugar como una zona de guerra. Había innumerables cajas embaladas que, Romina imaginaba, contenían sus cosas. Los muebles estaban completamente fuera de lugar.

—¡Este no era el trato, Juan Luis! —gritaba Romina mientras recogía botellas, copas, platos…

—Perdona, Romina, tengo una explicación, sé que te he fallado —dijo Juan Luis, sintiendo el dolor de cabeza producto de la bebida.

Cuando llegaron su madre y su hermano, Juan Luis les mostró el departamento y charlaron un poco acerca de las noticias del pueblo. Pero, sin más preámbulos, la madre le dijo que ella no andaba bien de salud y que él debía velar por su hermano, quien estaba por terminar el colegio. Si a ella le pasara algo, Juan Luis tenía que ocuparse, y la madre había viajado a Madrid solo a pedirle eso. Creía que, con la profesión y estabilidad financiera de Juan Luis, Matías podía mudarse a

Madrid y crecer con su hermano. Quería para su hijo menor una educación completa y una profesión. Ella estaba vieja y en el pueblo no había más que hacer que amasar pan o filetear pescado.

La pequeña pensión que la madre manejaba para el turismo local les daba una entrada para vivir, pero no era el futuro que quería para Matías. Alguien tenía que ocuparse de que el muchacho estudiara, y ese alguien era Juan Luis. La madre rompió en un llanto descontrolado. Matías la consolaba diciéndole que él no necesitaba ayuda y que iba a seguir trabajando en la pensión. Romina empezó a entender el drama familiar que se había desplegado, mientras que ella había disfrutado de una buena conversación y de algo más con Max.

Aunque el plan era cenar afuera, la madre no se sentía con ganas de salir y ofreció cocinar pasta para los tres con los tallarines y las latas de tomate que había encontrado en los armarios de la cocina. Su preocupación era tan profunda que ni siquiera se percató de que la cocina estaba casi completa y que, para un recién mudado, era una situación inusual. Por suerte, el refrigerador estaba vacío. Con solo unos paquetes de comida manufacturada y las pocas latas de atún y tomate en un rincón de una alacena, la madre no sospechó nada. No pudo encontrar ni ajos ni orégano.

Amelia estaba convencida de que su hijo era un profesional de éxito y que podía descansar sabiendo que Matías no se quedaría solo. Después de cenar en silencio, entre cajas de mudanza y otros llantos más, Juan Luis llamó a un taxi y despidió a la familia, prometiendo que él se ocuparía.

—Entiendes lo que te digo, Romina —Juan Luis estaba consternado sabiendo que, si su hermano llegaba a Madrid con sus maletas, no tendría dónde alojarlo, no podría ni cuidarlo ni apoyarlo financieramente.

Era tal su estado de convulsión por la responsabilidad monetaria y emocional que había asumido con su madre que decidió terminarse la botella de vino. Y luego abrió otra...

—Perdona, me tomé tu vino y no terminé de poner las cosas en su sitio —dijo Juan Luis, avergonzado.

Romina, finalmente, se calmó. Su debilidad por Juan Luis era poderosa y una vez más su amigo necesitaba ayuda. Era en esos momentos de franqueza y vulnerabilidad que Romina veía a un hombre honesto y dispuesto a luchar, y era en esos momentos que le entraba la desesperación por besarlo. Olvidó los besos de Max y ambos se pusieron a ordenar el departamento, desembalando zapatos y libros de arquitectura.

Juan Luis interrumpió la mudanza:

—Te llamé varias veces, estaba desesperado por hablar contigo. Me preocupé al principio, pero supuse que pasarías la noche con alguna amiga o… ¿algún amigo? —insinuó él, como queriendo extraerle información.

¿Sabía Juan Luis que algo pasaba entre Max y ella? ¿Estaba celoso? ¿Le importaba? Su tono sugería que sí le importaba. Romina se quedó pensativa, pero al minuto se despejó. «Qué tonta eres», se dijo a sí misma. «Es solo un amigo, un amigo en serios problemas».

—Juan, estás cerca de poner tu vida en orden. No desesperes —dijo Romina con cariño—. No puedes ahogarte en una botella cada vez que la vida se te pone difícil.

Capítulo 14:
Ruleta de preguntas

La semana había transcurrido de forma extraña tanto para Romina como para Max, quien se encontraba más confundido que nunca y se sentía acelerado. Había permitido a una mujer acercarse y ella, en lugar de marcharse aburrida o desinteresada, se había quedado en su departamento para llenarlo de besos. A pesar de eso, no quería abrumarla, así que la evitaba en las mañanas y solo se aparecía a media tarde para ofrecerle una taza de café.

Romina sonreía; sin embargo, sabía bien que había lanzado al cielo un cohete sin ruta ni combustible que, aunque podía dar varias vueltas en el espacio, terminaría estrellado, lastimando a Max, quien no había hecho más que brindarle atenciones y cariño. Cuando Max la invitó a cenar esa noche, Romina declinó diciendo que quería terminar con el trabajo. Le recordó que pasarían el sábado juntos, ya que era el día de la Quizatón. Quizá debía darle una oportunidad.

El sábado, Max recogió a Romina. Él lucía un atuendo deportivo y zapatillas blancas impecables, que posiblemente había comprado de apuros durante la semana. También llevaba una cámara fotográfica profesional. Quería tomar fotos de los participantes y luego venderlas por unos euros, su contribución a la causa.

El parque era una fiesta de color con estands de manteles de cuadros azules y blancos a un lado de la pista circular de carreras. Los jueces y celadores se habían ubicado en el medio. Una banda amarilla indicaba el punto de partida y las banderillas rojas señalaban el camino a seguir. La gente empezó a llegar en grupos de distintas edades y tamaños. Familias completas venían a alentar a los participantes y a distraerse en el mercado de pulgas.

Romina creía que Martín y Juan Luis irían juntos. Cuando lo vio bajarse de un auto rojo, no vio a Martín, sino a una muchacha guapa de cabello ondulado.

Los cuatro se saludaron. Tanto para Rosa como para Max, Romina y Juan Luis eran primos. Romina se excusó y llamó a Juan Luis a solas, pretendiendo tener que coordinar algo del evento. Romina le preguntó por Martín, procurando no dar ningún indicio de celos. Juan Luis le explicó que Clara no se sentía bien por esos días y que no había querido presionar a Martín, quien pasaba los fines de semana al servicio de su mujer. Debido a sus propios dramas familiares de la última semana, se había olvidado de contarle que había invitado a Rosa, «una amiga del barrio».

La Quizatón había sido una excelente excusa para llamarla y para que se imaginara que, a pesar de estar desempleado, era un buen tipo y se mantenía ocupado ayudando a los ancianos. Rosa, después de titubear por unos segundos, aceptó, ya que nada tenía que hacer ese fin de semana; sus amigos la habían desertado una vez más y todavía recordaba la boca de Juan Luis.

Después de algunas carreras de Romina y de la señora Parker, quienes se aseguraron de que cada pieza estuviera en su lugar, incluidas las tarjetas de preguntas, los jueces en sus puestos y los participantes con sus respectivos números sobre las espaldas, empezó la competencia.

Aunque los cuatro habían empezado en sincronizada caminata, la cantidad de gente terminó separándolos en parejas: Rosa y Juan Luis se adelantaron, Romina y Max caminaban unos pasos atrás. Romina decidió olvidarse del asunto. Al fin y al cabo, bajo esas circunstancias, eran solo «primos».

Dadas las primeras vueltas, todo iba viento en popa, seguros de que habían contestado correctamente las preguntas sobre literatura y acerca de la Segunda Guerra Mundial. Tenerlo a Max era como portar una enciclopedia o un móvil, cuyo uso estaba tajantemente prohibido.

Rosa y Juan Luis hablaban animados. Romina parecía distraída no obstante el esfuerzo de Max por conversar acerca de lo sucedido el sábado anterior. No habían tenido oportunidad de hablar de otra cosa más que del trabajo, con tantas presiones y plazos de entrega.

—Lo pasé bien el sábado, y no lo digo solamente por... tú ya sabes —pudo exhalar Max, finalmente.

—Sí, Max, yo también lo pasé bien —dijo Romina, procurando mostrar entusiasmo. Ya estaba convencida de que con Juan Luis no sucedería nada, ni siquiera un romance tórrido de una noche, que era lo que ella en el fondo deseaba.

Conversaron un poco más acerca de los planes de ambos. Max quería viajar por el mundo y fotografiar lugares de espectacular belleza natural. Aunque la gente y las ciudades tenían su atractivo, siempre terminaban agobiándolo con su contaminación y su bullicio. Una playa solitaria con calmas olas turquesas, un desierto con dunas de arenas perfectamente lisas o la cumbre blanca de alguna montaña le daban paz. Quizá no era un intelectual, sino un artista.

La siguiente pregunta de la Quizatón dejó a Max un poco en blanco. No sabía mucho de la vida privada de Liz Taylor: «¿Cuántas veces se casó Liz Taylor y cuánto duró y con quién su más larga relación de matrimonio?».

—Pues tiene que haberse casado como mínimo una docena de veces, y no creo que haya durado mucho con nadie —dijo Romina, dudando.

—Me sé la historia de pies a cabeza —anunció Rosa—. Me he leído varios libros acerca de ella. El último que he leído es *El amor y la furia.* ¡Qué mujer más fascinante!, posiblemente la mujer más bella y talentosa que haya existido en el mundo, con un atractivo seductor que los hombres no podían resistir. Y ese amor con Burton... Igualmente fascinante, tortuoso pero increíble.

—¿Las respuestas, Rosa? —dijo Romina, impacientándose.

—Ocho veces, si incluimos dos con Richard Burton, con quien duró su más largo matrimonio; el primero, desde 1964 hasta 1974, y el segundo, desde el 75 al 76 —se apresuró a contestar Rosa.

—¿Digamos, entonces, que su primer matrimonio con Burton fue el más largo y que duró unos diez años? —concluyó Romina.

Rosa asintió. Romina escribió las respuestas y las puso rápidamente en las cajas de la Quizatón; luego se adelantó con Max y dejó a Rosa en sonrisas con Juan Luis.

—Y yo que pensaba que la mujer más deslumbrante de la tierra era la Madre Teresa... —dijo Romina con sarcasmo—. ¿Liz Taylor? ¿Richard Burton? ¿No eran dos narcisistas borrachos que destruyeron no solo sus vidas, sino también las de los demás?

—¿Qué esperas? —siguió Max la conversación—. A que Rosa no tiene más de veinte, es guapa, atractiva... Pasa sus fines de semana leyendo el Vogue, o cualquiera de esas revistas, y sueña con Leonardo DiCaprio...

¿Sería que ese tipo de muchachas le gustaban a Juan Luis? ¿Un prototipo de Liz Taylor que le ofreciera un amor apasionado y turbio? ¿Sería por ello que le daba a la botella? ¿Era él también un seductor mujeriego, fácilmente influenciable por los movimientos y los rostros felinos? Romina se sentía poco atractiva, incluso gorda. ¿Sería por ello que nunca iba a atreverse a ir por un hombre como Juan Luis y prefería las apuestas seguras que le brindaba un hombre como Max? ¿Y si Max también prefería las opciones infalibles mientras, en secreto, deseaba a mujeres como Rosa?

—Te has quedado callada —dijo Max después de un rato, notando la cara de Romina en perturbada meditación.

—Si pudieras tener a cualquier mujer del mundo, ¿quién sería? —le preguntó Romina, inquisitiva.

—¡Qué pregunta! —contestó Max, sorprendido, aunque entendió de dónde venía la ansiedad de Romina—. Tú crees que los hombres soñamos con mujeres como Liz Taylor o las versiones modernas del día de hoy: Jennifer Lawrence, Megan Fox... La verdad es que todos fantaseamos, Romina, pero son solo imágenes que se te cruzan después de ver algún video y que se te pasan en un tris con las noticias económicas o incluso con lo que vas a comer en la noche. ¿Cómo podría tener interés real en alguna mujer que no conozco?

—¡Ay!, no te me pongas serio. Es solo un juego, ya que salió el tema de mujeres fatales —dijo Romina, cambiando su tono por otro más ligero.

—Bueno, si quieres saber, siempre me ha gustado Penélope Cruz —dijo Max sin mayor excitación—. ¿Y tú?

Romina pensaba en los ojos café de Juan Luis.

—Julio Iglesias —dijo ella y se adelantó a tomar la siguiente tarjeta.

—¿El viejo? —se preguntó Max, perplejo—. ¿O el hijo?

Así dieron varias vueltas. Mirando el avance de los puntos en la pizarra de los jueces, advirtieron que no estaban nada mal en la carrera. Las últimas rondas podían ser decisivas. Aceleraron el paso sin correr, solo estaba permitido caminar. Romina estaba más relajada. La compañía de Max era agradable, aunque se preguntaba de qué tanto conversaban Rosa y Juan Luis, quienes parecían «fascinados» con ellos mismos, diría Rosa.

—La última pregunta. Completen el verso de este tango: «Y todo a media luz, que es un brujo el amor…». —Romina calló pensativa.

—No tengo idea de tangos —dijo Rosa, jugando con su cabello.

—Yo prefiero el *jazz* —dijo Max.

Y la música le vino a Romina a la mente como si tocaran un disco:

—Y todo a media luz, que es un brujo el amor, a media luz los besos, a media luz los dos… —cantó Romina con voz entrecortada.

—Y todo a media luz, crepúsculo interior, qué suave terciopelo, la media luz de amor… —completó Juan Luis, y vio los ojos llorosos de Romina.

Finalizada la carrera, los participantes curioseaban en el mercado mientras los jueces calculaban los tiempos netos, agregando o descontando puntos. Max tomaba fotos de los participantes y de los puestos del mercado de pulgas, y Rosa conversaba con una anciana que vendía chales y pañuelos. Los ancianos terminaron cansados después de la larga jornada y, aunque el clima no estaba mal, se habían sentado en sillas portables y cubierto las piernas con mantones, hasta se habían puesto guantes. Juan Luis y Romina les repartían chocolate caliente.

—Se te llenaron los ojos de lágrimas —le dijo Juan Luis a Romina.

—Los tangos me ponen sentimental. Mi padre era un enamorado de los tangos y yo aprendí a escucharlos de niña. Y a ti, ¿de dónde te viene la inclinación? —preguntó con curiosidad.

—De mi padre también. Cuando se peleaba con mi madre y se marchaba enojado tirando la puerta, yo sabía dónde encontrarlo: en el bar a unas cuadras. Con un trago y una guitarra, se ponía a cantar boleros, canciones melódicas, lo que fuera. Prefería los tangos, le partían la voz como si llorara por dentro. Y más lloraba por un tango roto que por un mes sin trabajo ni sueldo. Una tía me contó una vez que su gran amor se había marchado a la Argentina y que por eso él cantaba tangos como un borracho. Nunca me creí esa historia. Mi padre cantaba tangos como un borracho... ¡porque era un borracho!

Pausaron un momento. Los jueces anunciaban a los ganadores de la competencia: dos muchachos jóvenes y dos abuelos sonreían felices con el premio de los doscientos euros.

—¿Y qué vas a hacer el próximo sábado? ¿Llorar como una magdalena mientras tocan la *Cumparsita*? —dijo Juan Luis en broma, tratando de subirle el ánimo.

Romina recordó que las actividades de recaudación continuaban con una Tarde de Tango. La señora Parker había conseguido la participación de Flavia y de Raúl, una pareja que daba clases de baile y que habían aceptado dictar una hora de clases de tango gratis, seguida de baile libre. Hacían esto a menudo para promocionarse y conocer nuevos clientes.

La Quizatón era perfecta para anunciar el evento, y la última pregunta había sido «una estrategia de publicidad subliminal para captar el interés de los participantes», había dicho Ignacio. Romina y Juan Luis repartían invitaciones mientras Max y Rosa conversaban animadamente. Romina frunció el ceño: «Esa muchacha sí que es Gatúbela».

—¿Y cómo estás con las noticias de tu madre? —Romina preguntó con genuino interés.

—Trato de no pensar, me distraigo. Es un peso enorme, ¡Necesito encontrar trabajo! Ni siquiera le pude dar dinero para que se lleve a Málaga. No quiero pensar en el futuro, me aturde. —Juan Luis pausó por un momento y agregó—: Por eso me llevo bien con Rosa, es una distracción total.

—¿Ya han salido varias veces? —dijo Romina, pensando que tal vez era solo eso, un entretenimiento banal.

—Hemos dado varias vueltas en su coche. Ninguno tiene dinero, así que solo conversamos y nos acompañamos con alguna lata de cerveza que ella coge de su casa. Eso es lo que me gusta de esta chica, que siempre está de buen humor a pesar de los problemas. No se desmoraliza nunca. Si los amigos no la quieren ver, se busca otros amigos. Si no la llaman con buenas noticias de la entrevista, sigue buscando. Si la madre se enoja porque ha salido toda la noche, Rosa le recuerda, con una sonrisa, que no tiene nada que hacer en la mañana... Está llena de vida.

Romina y Juan Luis se dispusieron a recoger los objetos no vendidos. Doblaron los manteles de cuadros y juntaron los vasos de cartones. De tanto en tanto, Romina espiaba a Rosa, quien ahora conversaba, exuberante, con Ignacio. Sí que era guapa: cabello largo ondulado, ojos pardos, el cuerpo perfecto.

Juan Luis la sacó de su cavilación.

—Romina, me olvidé de contarte. Quise hablarte en la mañana, pero me distraje con Rosa —dijo él, con una emoción nerviosa—. Tengo una entrevista esta semana.

Antes de que Romina pudiera celebrar la noticia, la señora Parker se aproximó con una pequeña caja de madera.

—Aquí está lo que me pediste, Romina. Las puse a un lado para que nadie las comprara, son tuyas.

La señora Parker le alcanzó la caja y se despidió a las carreras porque aún tenía que hacer las cuentas del evento.

—¿Qué es? —preguntó Juan Luis, intrigado.

—No es nada... Algo que me gustó en el mercado, la señora Parker ha sido tan gentil de cuidármelo —contestó Romina, guardando rápidamente la caja en su bolso.

En ese momento, Max y Rosa se les unieron. Todo parecía estar levantado y listo para culminar uno de los eventos más exitosos del Paraíso. Max propuso ir a celebrar. Tanto Juan Luis como Rosa declinaron. Aunque era cierto que no tenían un céntimo, Romina imaginó celosamente que querían estar a solas. Juan Luis y Rosa se despidieron y llevaron unas cajas al auto del padre Antonio. Romina alcanzó a gritar:

—¡Déjame el traje que te lo llevo a la tintorería!

Juan Luis sonrió con un gesto de sincero agradecimiento.

—¿Tu primo se queda en Madrid? —le preguntó Max.

—Sí, va a intentar encontrar trabajo y, si le sale algo, se queda —dijo Romina, ansiosa y preocupada porque la mentira seguía avanzado.

—¿Y dónde se está quedando? ¿Con su novia? —preguntó Max, bastante interesado en la vida de Juan Luis.

—No, con un amigo, no muy lejos de mi departamento.

Al menos eso era cierto, pensó Romina, y le cambió la conversación preguntándole por las fotos.

—¿Me dejas ver las fotos?

Eran muy buenas. Max ciertamente tenía talento.

—Las mando a imprimir y las traigo el próximo sábado —agregó él—. Le he dicho a la gente que las fotos van a estar listas para la Tarde de Tango y que pueden pasar a verlas sin compromiso. Y, si se animan, se pueden quedar a bailar. No sé, pensé que podía apoyar la promoción del evento de esa manera.

«Y hasta caritativo es», se dijo Romina con cinismo cuando se dio cuenta de que Max también se había invitado al evento de baile. Deseaba tener otro momento a solas con Juan Luis, pero, por lo visto, eso ya no sucedería. Max y Rosa habían llegado a sus vidas y la amistad con Juan Luis se le estaba escurriendo de los dedos.

Romina se disculpó con Max. Dijo que estaba cansada y preguntó si la llevaba a casa.

Ya en su departamento, abrió la caja de madera. Ahí estaban las tórtolas de yeso con la rama de pino. La señora Parker le había dicho que, con el tiempo, se había olvidado de las palomas y que, como Romina las había encontrado, era el momento perfecto para pasárselas a alguien que valoraba las historias de amor. Una donación a la residencia bastaba. Jimmy se las había dado, diciéndole que las traía desde Marruecos. Se habían quedado perdidas en el jardín y en el olvido. Romina las guardó nuevamente en la caja, desganada. No estaba para historias de amor esa noche.

***

Juan Luis le había dejado el traje a Romina en la recepción de su edificio con una nota: «La entrevista es el jueves. Gracias, primita, que no sabría qué hacer sin ti».

Romina pasó por la tintorería antes de ir al trabajo y se aseguró de que estuviera listo para el miércoles.

Cuando llegó a su empresa, pudo presentir que algo había pasado. El ambiente estaba bastante alterado y la gente cuchicheaba. Se apresuró a entrar a su oficina para leer los correos electrónicos y abrir la correspondencia sobre su escritorio. No encontró nada fuera de lo común. Berta pasó por su oficina y Romina la llamó para indagar qué ocurría.

—Nada, que Laura y Ricardo han preferido irse ahora en lugar de enero. ¡Qué más les da! Se tienen que quedar hasta medianoche para terminar unos proyectos, pero van a ser despedidos de igual manera. No tiene ningún sentido, concuerdo con la decisión.

—¿Cómo han sabido? Nada se iba a anunciar hasta los primeros días de enero, ni la reducción de personal ni los cambios de oficina —dijo Romina, sorprendida.

—Parece que alguien cometió una indiscreción y compartió información con quien no debía. Ahora hay un tumulto porque todos quieren saber si están o no en la lista, y se está buscando al culpable de la imprudencia. Medina ha estado en su oficina desde temprano con la puerta cerrada, y Elsa no sabe qué hacer para calmar los ánimos de la gente que se ha atiborrado frente a su oficina.

Elsa era la gerente de Recursos Humanos, una mujer de mediana edad, muy seria. Un mechón blanco como el penacho de un ave, le daba un aire de hechicera, por lo que la gente la respetaba «como si fuera una diosa del Olimpo», decía Berta. Elsa trataba de serenar a los empleados con palabras inteligentes y mesuradas. Romina se quedó preocupada, ¿sería posible que también estuviera en la lista?

Berta le cambió el tema, preguntándole por Max.

—Dicen las malas lenguas que te has levantado al inmaculado Máximo. ¿Ya lo has corrompido? —se rio, y sin pensarlo le aconsejó—: Acuérdate de que los hombres se presentan como blancas palomas y luego se convierten en buitres.

Romina le agradeció por las noticias y le afirmó que Max de inmaculado no tenía nada y que, más que un buitre, había resultado ser un Máximo Décimo Meridio. «Si ya estaban hablando, que hablen bien», se dijo Romina, y se fue por un café negro, doble —lo necesitaba— y unos bocadillos.

La semana transcurrió así, entre rumores de despidos, investigaciones corporativas y las fantasías eróticas que se contaban acerca de Romina y Max. Ella se quedaba hasta tarde trabajando, preocupada por el proyecto, aunque en las últimas semanas poco había avanzado. El desgano por el trabajo había coincidido con el distanciamiento entre ella y Juan Luis, quien ahora tenía una nueva distracción: Rosa.

A Romina le molestaba que Juan Luis hubiera conseguido esa entrevista con la aparición de Rosa, era como si sus esfuerzos hasta ese momento no hubieran tenido ningún fruto y que bastara un aliento nuevo, más joven y vivaz, para que las cosas en la vida de Juan Luis empezaran a arreglarse. Estaba en esas cavilaciones cuando Max la enfrentó en la oficina.

—¿Qué le has dicho a Berta, Romina? ¿Por qué divulgas que soy un gladiador en la cama?

—Tranquilo, Max, que así son en la oficina. Yo no dije nada, es Berta y sus historias. —A fin de cuentas, el cotilleo había llegado antes de que Romina hubiera dicho nada en concreto—. ¿Y de qué te preocupas? Es bueno, ¿no?, Maximus Meridius...

—No te burles que he tenido un día bastante pesado —reprochó Max en voz baja—. He estado dos horas con Medina, quien me ha interrogado como un inquisidor, qué hice y qué no hice... Como sabes, yo era uno de los pocos que conocía lo que iba a suceder en enero. Solo te lo conté a ti. Y ahora estoy a punto de perder el trabajo.

—No pensarás que yo fui con el chisme —dijo Romina, un poco perturbada.

—Bueno, fuiste a Berta con el chisme de nosotros, ¿no? —corrigió Max.

—Un momento, yo no fui con ningún chisme. Berta insinuó que eras un cucufato y a mí me pareció que era una apreciación poco justa. Quizá se me pasó la mano, pero ¿qué tiene de malo? —explicó Romina—. Fue sin mala intención...

Sin embargo, Max ya la había dejado hablando sola en su oficina. Romina se puso a pensar si ella había cometido alguna indiscreción, si accidentalmente había comentado algo acerca de los planes de la empresa. Ella solo había hablado superficialmente del tema con Ignacio, la señora Parker y Juan Luis. Y no era nada sorprendente, el sector de construcción estaba a punto de quebrar en cada ciudad de España. Ella no conocía los nombres de la lista, ¿cómo iba a revelar los nombres de Laura o de Ricardo? ¿Y si Max había cometido un error, dejado su computador sin atender o algún memo expuesto? No, no era posible.

Romina dejó sus preocupaciones para más tarde; se estaban viviendo tiempos difíciles y tenía mucho que hacer. A Max ya se le pasaría la irritación, no era de enojarse así de fácil.

Capítulo 15:

Tangos y corazones rotos

Juan Luis estaba preparándose para la entrevista que tendría en un estudio de abogados que buscaba un asistente, alguien con conocimientos contables y de impuestos para ayudar a revisar facturas, libros y estados financieros en la preparación de casos de evasión tributaria. Era un puesto de entrada y se pagaba bastante poco. No se necesitaba gran experiencia; se pasaría las horas, factura tras factura, anotando números en planillas de acuerdo con las instrucciones de un auditor forense. Aunque veía que el tema podía ser interesante, pasar de analista bursátil a un puesto de asistente contable no lo entusiasmaba mucho; pero no iba a perder esa oportunidad, tenía que conseguir ese trabajo.

Martín le había prestado un libro de contabilidad e impuestos, y Juan Luis se dispuso a repasar sus conocimientos. Se sirvió un trago para relajarse, solo un trago. Rosa había dejado una botella de ron a la mitad, que le había sacado al padre.

«Solo un trago», se repitió Juan Luis. Hizo varias notas en un cuaderno y leyó el periódico. Había que estar informado.

Revisó su currículo para practicar respuestas a las preguntas usuales de por qué había este o aquel vacío entre trabajos: tenía varios periodos de inactividad. Estaba en esas tribulaciones cuando llegó Romina trayendo su traje gris impecable. Juan Luis escondió la botella.

—Vas a ver que te va a ir muy bien, especialmente con este traje —saludó Romina—. Veo que te estás preparando. ¿Quieres que te ayude? Yo he ido a cientos de entrevistas antes de conseguir mi trabajo actual.

—No te preocupes —respondió Juan Luis, pensando que la entrevista no sería difícil; solo era un puesto de asistente y él estaba más que calificado.

Romina tenía ganas de conversar y, luego de darle un paquete lleno de pasteles, se sentó en el piso del garaje.

—Esta pregunta viene segura, ¿por qué no terminaste la universidad? —preguntó Romina.

—No voy a decir que por aburrimiento, obvio. Dejé la universidad por necesidad, necesitaba empleo y una cosa arrastró la otra —dijo, no muy convencido—. Pero… está en mis planes terminar la carrera comercial una vez que consiga un trabajo y un ingreso estable.

—¿Vas a terminar la carrera? —preguntó Romina, sorprendida, dudando si Juan Luis solo estaba dando las respuestas convenientes o si tenía planes serios de corregir su pasado.

Él no respondió y se hizo el desentendido cuando Romina notó el currículo sobre sus libros.

—Pásame tu currículo, no te puedo hacer preguntas sin verlo —dijo ella, intentando alcanzar la hoja.

—¿Podemos dejar las preguntas? Tengo que dormir y ya son más de las diez —dijo Juan Luis, sacándole la hoja de entre los dedos.

—Tienes razón. Te dejo para que descanses. Te traje unos pasteles para que desayunes mañana. Te deseo la suerte del mundo —lo besó ella en la mejilla.

—Gracias, Romina —dijo Juan Luis con sinceridad.

Romina se subió a su coche y se sintió esperanzada, estaba segura de que ese trabajo le iba a salir a Juan Luis. Cuando se dispuso a dar la vuelta en la esquina para volver a su casa, vio el auto de Rosa por el retrovisor. Se dirigía al garaje de Juan Luis. A Romina se le apretó el estómago.

***

El sábado, en el Paraíso, Romina estaba inquieta queriendo saber cómo había ido la entrevista, pero Juan Luis todavía no había llegado. Se sentó en la sala principal con la señora Parker a revisar los números de la recaudación. Con la Quizatón, el mercado de pulgas y la venta semanal de bizcochos, habían reunido casi dos mil euros. La Tarde de Tango no les daría mucho más, por lo que tenían que planear alguna otra actividad. Ya con la Navidad encima, había que esperar la llegada del año nuevo. La señora Parker había visto a los residentes tan llenos de energía que estaba dispuesta a introducir eventos regulares para mantenerlos activos y contentos. Los residentes querían organizar un *quiz* mensual. La Quizatón y el mercado de pulgas podrían ser los eventos emblema del Paraíso y se podrían repetir cada año. La señora Parker tenía grandes planes.

—Y el negocio de bizcochos va de maravilla. Juan Luis ha encontrado varios establecimientos y cafés que nos compran varias tandas a la semana. Cuando tengamos el jardín y la puerta que abra hacia el patio, vamos a organizar domingos de té para las familias y amigos. Podemos ofrecer té y pasteles por unos euros —pausó la señora Parker, excitada—. ¡Tú y Juan Luis son ángeles caídos del cielo! Nunca hubiéramos hecho esto sin la energía y el amor puesto por ustedes dos. Mira este lugar, Romina, se ha convertido en una casa llena de vida.

Ella sonrió y escuchó que alguien había puesto un tango de Gardel. Como todo tango que habla de mal de amores, de amores perdidos, de amores que nunca fueron, Romina suspiró con nostalgia. La señora Parker pudo percibir su desconsuelo. Algunos ya habían notado en la Quizatón que Juan Luis andaba de amores con esa chica bonita, la del pelo enrulado.

—¿Es Juan Luis quien te tiene así? Ay, Romina, las penas se olvidan en esta vida, en especial los males de amor. Por un amor que se va, siempre hay uno que llega.

—¿Has podido olvidar a Jimmy? —preguntó Romina con tristeza—. ¿Te enamoraste de Thomas como te enamoraste de Jimmy?

—Cada romance tiene un tiempo. ¿Qué prefieres, un día de sol resplandeciente en la playa construyendo castillos de arena o un atardecer caminando junto al mar con la puesta del sol en el horizonte? Cada amor tiene su belleza.

En ese momento, Romina vio llegar a Juan Luis y sus ojos se detuvieron en él por un segundo.

—Anda, muchacha —sonrió la señora Parker.

Juan Luis, rebosante de alegría, saludó a Romina y la alzó del piso de un abrazo. La entrevista había ido excepcionalmente bien. El estudio se había quedado muy impresionado con los conocimientos de Juan Luis. Sin lugar a dudas, estaba más que calificado para el puesto y, con sus respuestas educadas y presentación galante, pudo cubrir los huecos del currículo. Aunque no le habían prometido nada formal, la persona que lo entrevistó le estrechó la mano con firmeza y lo despidió con un: «Escuchará de nosotros en enero».

Juan Luis tenía planes de pasar Navidad con su madre. Por fin podía comprar un billete de autobús y algunas chucherías, ya que pronto tendría una fuente estable de ingresos. Y después de

Navidad regresaría lo antes posible para buscarse un piso. Aunque era un poco prematuro, Romina no lo quería desalentar. Ella también estaba segura de que esta vez la suerte estaba de su lado.

Se dispusieron a organizar el salón con las sillas alrededor de la pista de baile. La gente empezaría a llegar pronto. Romina arregló varias mesas con manteles rojos y canastos de pan, bandejas de queso y garrafas de vino. Sirvió dos copas y brindó con Juan Luis, quien tarareaba el *Cambalache*, uno de los tangos más alegres que, aunque reclamaba por los pecados y decadencia del siglo veinte, al menos no lloraba por amor.

—¿Bailas? —preguntó él, caballeroso, como se invitaba a las señoritas en las fiestas del barrio de antaño.

Dieron varios pasos sin tropezarse. Juan Luis definitivamente sabía lo que hacía. Romina lo seguía un poco a tientas.

—¿Dónde aprendiste a bailar así? —preguntó ella, admirada por su destreza.

—Mi padre no solo era un cantaor. Tocaba la guitarra, era un poeta y movía las piernas como un gitano, pero, cuando descubrió el tango, no volvió a bailar flamenco. Yo aprendí con él. Siempre me decía que a las mujeres les gustaba bailar y que, si yo dominaba este arte, nunca me faltaría el amor de una mujer. ¿Y tú dónde aprendiste? No bailas nada mal.

—Mi padre era un sentimental que escuchaba tangos, pero ni cantaba ni bailaba bien. Tendía a poner los discos y reparaba la casa al son de un bandoneón. Y gritaba: «Romina, se acabó el disco», y yo ponía otro. Luego, sudado de trabajar en el techo o de arreglar una cerca, me cargaba y pretendía bailar. Cuando yo era más grande, quise aprender a bailarlo y tomé algunas clases… No progresé mucho, como puedes ver.

Dieron varios pasos sin conversar al son de *Por una cabeza*. Escuchando la letra, se perdieron en un juego de palabras:

—Todo se puede perder por una cabeza de potrillo, Romina, las apuestas o el amor —le susurró él al oído.

—Espero que esta vez no arriesgues nada —respondió ella.

—Y, si pierdo, ¿vas a olvidarme? —dijo suavemente mientras la letra continuaba:

Por una cabeza,
si ella me olvida,
qué importa perderme
mil veces la vida,
para qué vivir.

Ensimismados, se olvidaron de la gente, que poco a poco empezó a llenar el salón.

—Nada mal, nada mal —dijo Flavia al verlos bailar sin tropezar. Raúl asintió complacido.

Juan Luis y Romina se soltaron como si hubieran sido descubiertos besándose en algún momento inoportuno. Flavia se cambió los zapatos por unos altos de punta y, luciendo un vestido negro apretado, con un escote de espalda encantador y la típica apertura a un lado, reveló una pierna esbelta y perfecta. Para entrar en calor y recibir a los participantes en el entorno adecuado, Flavia tomó a Juan Luis y Raúl a Romina, y practicaron el paso del «Ocho». Los ancianos ya se habían sentado alrededor de la pista para ver el *show*, y los aspirantes, tímidos, imitaban a los maestros. Romina se sentía contenta, quizá la noche de tango, con su aire misterioso y seductor, le concedería un momento romántico con Juan Luis.

La señora Parker cobraba la entrada en la puerta, en una mesa provisional. Cuando estaba a punto de cerrar el puesto, llegó Max, quien se disculpó por la tardanza y le mostró las fotos de la Quizatón. Decidieron ponerlas en esa misma mesa para que los asistentes echaran un vistazo. Max las distribuyó y puso un pequeño cartel: «Fotos de la Quizatón, cinco euros cada una o lo que quieras dar». Dejó también una caja cerrada con una pequeña abertura para que los que así lo desearan pusieran su contribución. Romina se sorprendió al verlo, no creía que fuera a asistir después de la discusión de la semana. Max ni le había mencionado el tema.

«Qué pesado», se dijo a sí misma, advirtiendo que su noche con Juan Luis estaba a punto de arruinarse. Se acercó a saludarlo. «Por suerte, Rosa no ha venido».

—No te preocupes por mí, solo he venido a traer las fotos y a tomar más —dijo Max en un tono sobrio, sacando la cámara de su bolso.

—Espero que ya no estés enojado —dijo Romina, ojeando las fotos sobre la mesa.

—Medina cree que alguien escuchó alguna cosa por accidente y que, con el rumor, Laura o Ricardo, o los dos, husmearon en su oficina o en la de Elsa. Perdona por haber dudado de ti. Aunque lo de Máximo Meridio no te lo perdono —le dijo con seriedad y se puso a fotografiar. El lugar era mágico para unas tomas a media luz.

Romina se quedó mirando las fotos. Eran fotos de niños, abuelos o caminantes; de gente conversando, comprando y degustando; algunas imágenes con el paisaje de un ciprés y otras con el cielo raso en el fondo. A un lado, notó una foto de ella y de Juan Luis en la que aparecían repartiendo chocolate caliente. Él sostenía la bandeja con los vasos de cartón blanco mientras ella le ofrecía chocolate a un abuelo. Los tres reían, ella no recordaba de qué. Había otra, con solo el rostro de los dos y la mirada entretenida a la distancia. Al escuchar el tango *A media luz*, uno de sus favoritos, Romina fue a buscar a Juan Luis y lo invitó a la pista de baile.

Flavia y Raúl estaban enseñando los pasos básicos mientras los más experimentados ayudaban a los novatos a consolidar lo aprendido. Algunos residentes del Paraíso también se habían animado y seguían la procesión a paso lento.

—Estás muy linda con tu vestido corto —dijo Juan Luis a Romina, quien siempre estaba o con *jeans* o trajes de oficina—. Los vestidos te quedan bien, primita. Además, bailas bien. Quién iba a pensar que tú y yo encontraríamos algo en común y tan apasionado.

El tango era una invitación para todos los sentidos: para el oído, con sus armoniosos quejidos; para tomarse una copa de vino; para tocarse suavemente los cuerpos; para sentir los perfumes en el cuello de una mujer o en la flor de un caballero, para mirarse a los ojos...

—Ya sabes lo que se dice: cuando encuentres con quien bailar, ya encontraste el amor —dijo Romina, creyendo haber leído la cita, o acaso inventándosela.

La música era mágica y ambos bailaron por un buen rato, en silencio, sumergidos como en un sueño nocturno, pierna a pierna, dando vueltas sin chocar los zapatos. Cuando Romina soñaba con la boca de Juan Luis al son nostálgico del *Adiós Nonino*, la vio entrar: resuelta y altanera, con un vestido rojo pegado hasta los huesos, una perfecta rosa roja.

—Rosa… —dijo Juan Luis y, sin mayores excusas, dejó a Romina en el medio de un beso imaginado.

Romina estaba furiosa. Raúl la rescató de la humillación —sin saberlo—, haciéndola girar al tono del *Uno,* cuya letra le espinaba el corazón.

Uno va arrastrándose entre espinas
y en su afán de dar su amor,
sufre y se destroza hasta entender:
que uno se ha quedao sin corazón.

Al final de la canción, Romina se desprendió de Raúl para pasarse la pena con un sorbo de vino y un trozo de pan. Vio a Max ocupado con sus fotos, también ignorándola; ya le había dicho que no bailaba tangos y muy poco de otra cosa. Rosa, al parecer, tampoco bailaba el tango, aunque se mecía sensual sobre sus piernas, acomodándose la melena ondulada. Entretanto, Juan Luis era acosado por un grupo de señoras que hacían turno para bailar.

Romina le dijo que no al señor Ramírez y al señor Barrios, y a quien se acercara. A ella no le gustaba tomar mucho, aunque en esa noche, con la sensibilidad del tango recorriendo sus venas, no había mejor acompañante que una copa de vino rojo, como la sangre, como el dichoso vestido rojo de Rosa, la flor perfecta. Después de varias copas y *El Choclo y Caminito*, ya no podía más ni de la pena ni de la rabia. Entonces, cuando Juan Luis se dio un respiro y se sirvió una copa de vino, Romina se le acercó, aprovechando que la dichosa muchacha de rojo escarlata coqueteaba con los señores mayores que, aunque no la habían convencido de bailar una milonga, la rodeaban embobados.

—¿Cómo se compra una mujer un vestido nuevo si no tiene un mango? —lo sobresaltó Romina, llamando la atención de Juan Luis al vestido de Rosa—. Ese vestido le habrá costado una fortuna.

—A que no es nuevo, ¿cómo sabes si es nuevo? —dijo Juan Luis, un poco extrañado por el tono desdeñoso de Romina.

—Por Dios, te aseguro que la etiqueta le sigue colgando. Yo creo que tu rosa desempleada te está tomando el pelo. A que es una niña mimada que nunca ha hecho nada en la vida, vive con los padres y busca al marido que le financiará no solo los vestidos, sino los viajes, la casa, la mucama y la peluquería. Esta niña te ha metido el cuento, mira cómo se complace con la atención de los hombres, es una engreída que solo quiere llamar la atención.

—¿Sí? ¿Y qué atención le puedo dar yo, si no puedo pagarle ni un trago? —respondió Juan Luis, disgustado con las insinuaciones de Romina.

—A que quiere la atención del padre que, te apuesto, está con los nervios de punta al verla salir con un vago como tú.

Juan Luis se quedó callado. Se sentía herido. Una mujer como Rosa no podía fijarse en él por él, debía de tener una intención oculta.

Luego comprendió. Juan Luis observó a Romina fijamente, con ojos penetrantes, mientras ella se acababa la copa de vino y le devolvía una mirada desafiante.

—Estás celosa, Romina —la enfrentó Juan Luis.

—No estoy celosa —respondió ella con firmeza, sin quitarle los ojos de encima.

—Estás celosa, Romina —repitió Juan Luis y la tomó de un brazo para arrastrarla hacia la pista de baile.

El tango *Nostalgias* hacía turbulencia en los corazones de ambos.

Quiero emborrachar mi corazón
para apagar un loco amor
que más que amor es un sufrir...

Juan Luis la apretó contra su pecho. No sabía si olerle el cabello o arrancarle una mecha. Las piernas coordinadas se entrelazaron lentamente y Romina se apoyó en él como se inclina un junco en el río. El tango se hacía cada vez más intenso con el verso moribundo aproximando su final. Romina sintió a Juan Luis muy cerca, más sereno. Sintió su barba al ras de su piel y el inicio de sus labios. Y, sin pensarlo, le alcanzó la boca.

El tango murió de pronto y Juan Luis se quedó desconcertado por un segundo, sin saber qué decir. Cuando exclamó su nombre, Romina ya se había dado media vuelta, humillada esta vez de verdad, perdiéndose entre las parejas que se barajaban al comienzo del siguiente tango.

Romina tomó su abrigo lo más rápido posible y se dirigió a la salida. En ese instante, Max la detuvo. Había capturado parte de la escena a través del lente fotográfico.

—No es tu primo, ¿verdad? —dijo lastimado—. ¿Por qué me has usado así?

Estaba lloviendo, a Romina no le importaba, el aguacero se confundía con su llanto.

***

Se aproximaba Navidad y Romina no sabía nada ni de Juan Luis ni de Max. Había huido del Paraíso con el corazón deshecho, dejado a Juan Luis perplejo y mudo, y a Max como un animal herido. Ese lunes llamó al jefe y le dijo que trabajaría desde la casa. Entregaría la propuesta de reducción de materiales al final de la semana. El jefe no le hizo problemas, al fin y al cabo, la oficina entera salía de fiestas por esas fechas. Le deseó un feliz año y le dijo que la vería en enero.

Trabajó incansable para terminar las correcciones del proyecto, sin querer ni meditar ni recordar lo sucedido. Su afán de no pensar le dio el suficiente espacio mental para terminar lo prometido.

Antes de partir al pueblo de su madre, decidió pasar por el Paraíso para saludar a los residentes por Navidad. Además, se sentía un poco avergonzada por haber desaparecido el sábado anterior sin despedirse ni ayudar al final del evento. Era viernes y de seguro no lo encontraría a Juan Luis. Buscó a la señora Parker, quien trabajaba en la oficina.

—Romina, qué sorpresa —la saludó con cariño la señora Parker, y sin ningún rodeo le preguntó sobre el sábado anterior.

La señora Parker presentía que algo había sucedido con Juan Luis, quien de estar contento y bailando con cada una de las señoras, pasó a sentarse en una silla. Empezó a tomar más de la cuenta.

—No vi cuando te fuiste. Max se despidió en algún momento. Él solo vino por las fotos, me dijo. Fue entonces que me di cuenta de que tú ya te habías ido hacía tiempo, sola, sin Max, sin nadie —explicó la señora Parker, un poco preocupada al ver a Romina tan baja de ánimo.

—Es que he hecho una tontería. Me he comportado como una adolescente, como una niña de catorce que se enamora como una tonta y que hay que encerrar para que no haga más tonterías —dijo Romina, sollozando.

—Las cosas que uno hace por amor no tienen edad, Romina. A los catorce estás dispuesta a marcharte en un barco; a los cuarenta, a dejar a tu marido y hasta a tus hijos. Vale, que nadie se ha muerto. Pasa unos días con tu madre. Hayas hecho o dicho lo que sea, a Juan Luis se le va a pasar, que ustedes son, como se mire, dos verdaderos amigos.

—No es solo por Juan Luis que estoy así. También he herido a Max. Lo he utilizado sin importarme lo que él sintiera, le he mentido, le he hecho pasar el ridículo en la oficina —confesó Romina.

—Como diría la madre superiora del convento, la Navidad es un gran tiempo para reflexionar. Piensa en qué debes enmendar y regresa dispuesta a no cometer los mismos errores —dijo con simpatía—. Además, herir a uno para ir detrás de otro no es gran pecado, muchacha. Lo hemos hecho todos.

Romina le agradeció por las palabras de consuelo y le recordó que, si Juan Luis obtenía ese trabajo, necesitarían un reemplazo para la cocina, que no había que dejar a la señora Flores y a la fábrica de bizcochos sin apoyo.

—Sí, sí, he pensado en ello y vamos a buscar un reemplazo de inmediato. ¿Ves? Hay un lado bueno en esta historia. Aunque el amor de ustedes no haya ido muy lejos, tu influencia lo ha guiado, Romina, y Juan Luis va a salir pronto del pozo. Hasta me comentó la otra noche que su gran amigo Martín lo iba a hacer padrino.

Juan Luis se había despedido al principio de la semana; pasaría las fiestas con su madre y su hermano. La señora Parker lo había visto bastante ilusionado con las buenas noticias de la entrevista y con la posibilidad de ser padrino, aunque también estaba entristecido y había preguntado por Romina. La señora Parker omitió esa parte porque creía que ambos necesitaban distanciarse y que la sugerencia de amor o desamor de Juan Luis por Romina podía hacerles daño.

Romina se despidió de la señora Parker. Se alegró por Juan Luis, cuya vida parecía enrumbarse por buen camino, finalmente. Incluso, Martín y Clara habían reconsiderado el hacerlo padrino.

Pasó por las áreas comunes del Paraíso despidiéndose de los residentes que veía, sin querer llamar mucho la atención. Se sentía avergonzada. Al toparse con Ignacio, tuvo que desacelerar la marcha. Su gran amigo merecía un poco de consideración.

Era obvio que Ignacio también sabía, probablemente todos en la residencia ya sabían y se habían percatado de que Romina estaba perdida de amor por Juan Luis. Sin embargo, él andaba con esa chica preciosa, la del vestido rojo.

Sin preámbulos, Ignacio fue al meollo del asunto.

—Los hombres son muy inseguros, Romina. Le van a prestar atención a la chica que les preste atención a ellos primero, fea o bonita. Y para un hombre sin empleo, dinero o posición, una chica como tú lo descuadra, lo marea. No sé exactamente lo que pasó entre ustedes dos. Lo que haya sido tiene solución: o se arregla o no se arregla, y tú vuelves a bailar, como diría un tango —dijo Ignacio.

Romina se sentía expuesta y hablar así con Ignacio le daba un poco de vergüenza, aunque la perspectiva de un hombre no le venía nada mal en esos momentos.

—Hablando de muchachos, ese amigo tuyo, Max, es un caballero. Conversamos en la fiesta… Sacaba fotos tuyas, solo tuyas, Romina —exageró Ignacio.

Romina apretó los labios, apenada, pensando en lo que le había hecho a Max. No obstante, sus pensamientos volvían a Juan Luis...

Capítulo 16:

Después de Navidad

Romina regresó a Madrid los primeros días de enero. Pasar un tiempo con su madre, alejada de la ciudad, del trabajo, de la crisis y de Juan Luis, fue el escape perfecto. Visitó a familiares y amigos. Intercambió regalos y pensó en el año que había terminado. Lloró a solas, nunca se quedaba con el hombre que quería. ¿Cómo iba a olvidarse de esos ojos café, de esa boca? ¿Cómo? Solo era cuestión de escuchar una canción melodiosa para imaginar esos labios, esos ojos... «Juan Luis, qué me has hecho».

Abrió la puerta de su departamento y vio el caos de su propia vida: un desorden de pantuflas y zapatillas, de batas y pijamas tirados, de revistas y libros fuera de los estantes, de plantas secas y botellas de leche expiradas. Se dispuso a ordenar. Creía que, si limpiaba y ordenaba, también podía poner sus sentimientos en su lugar.

El lunes llegó a la oficina más serena. Se había resuelto dejar de protestar y ponerle más dedicación a su trabajo. Nada estaba asegurado y no eran tiempos para criticar a la empresa, sino para trabajar, trabajar y cuidar el trabajo. Ya había llegado el memo de la reducción de gastos y los cambios de oficina, y Romina empezó a vaciar sus estantes y su escritorio. Al final de la semana, sería reubicada en el área abierta junto a los estudiantes y practicantes que quedaran.

Berta daba vueltas coordinando el movimiento de cajas y personas. Se le acercó a Romina con la noticia de que Max era una de las bajas del proceso. Esa semana sería la última para él. Romina sintió gran pena al pensar en Max; se había quedado sin trabajo y sin amor. Quizá él también era de los que nunca alcanzaban el amor que querían. Al menos ella tenía trabajo. Aunque tenía ganas de ir a verlo, no sabía cómo disculparse. No tenía ninguna excusa, pura inmadurez de un amor embrujado. No podía quedarse con esa culpa tan grande, tenía que encontrar el valor para pedirle perdón.

También debía encontrar el coraje para hacer frente a Juan Luis; lo quería de verdad. Tenían que reconciliarse. Ensayaba en su cabeza lo que le iba a decir cuando lo viera el siguiente sábado en el Paraíso.

Sin embargo, ese sábado no se sabía nada de él. La señora Parker estaba furiosa. Algo terrible había pasado durante la semana. Juan Luis no se había presentado ni el martes ni el jueves para ayudar a la señora Flores, quien igual se había lanzado a la tarea de cocción de bizcochos, con la emoción del año nuevo y las ganas de aumentar la producción. No se habían percatado de cuán importante era la tarea de Juan Luis, quien funcionaba como un eje giratorio pasando tarros y controlando el horno. Las señoras mezclaban harina y huevos, hacían bollos y llenaban las bandejas, que desaparecían como en una cinta automática de producción y que luego regresaban doradas y humeantes, y eran puestas a un lado para que se enfriaran antes de pasar al empaquetado.

Sin Juan Luis la producción no avanzaba, y la señora Flores, impacientándose, presionó a sus obreras. Se rompió un tarro de azúcar y, mientras se limpiaba el engomado del piso entre reproches y olor a quemado, la señora Doris se apresuró a rescatar los bizcochos del horno, olvidándose las manoplas y tocando la bandeja al rojo vivo. Se oyó un grito horroroso y la señora Doris cayó al suelo temblando de dolor. Una de las señoras, atinada, apagó el horno de inmediato, antes de que el fuego se propagara. La señora Flores rompió en llanto desconsolado al ver a su querida amiga quebrarse, y luego todas sollozaban en el medio de una tremenda humareda. Llevaron a la señora Doris a emergencias y la trataron: sus manos estaban quemadas en segundo grado. Le suministraron calmantes y una dosis de antibióticos para evitar una infección.

—Te imaginas, las dos manos quemadas. ¿Qué va a hacer la señora Doris sin sus manos? ¿Cómo va a ducharse, comer, vestirse, ir al baño? He tenido que contratar una enfermera por horas, aunque la señora Flores, Dios la bendiga, no se despega de su lado. ¡Cómo es posible que Juan Luis olvidara sus responsabilidades así como así! Él aún tenía un compromiso, aunque le hayan ofrecido un trabajo de los mil cuetes —hablaba la señora Parker, indignada.

La presencia de Juan Luis era fundamental para la seguridad de las señoras, quienes no tenían la fuerza para mover bandejas o sacarlas del horno. De hecho, la municipalidad les iba a cerrar la producción. Eso era lo que menos importaba, la señora Parker ya no quería más experimentos. Su preocupación eran la pobre Doris, hoy tullida, y la señora Flores, quien con gran corazón manejaba ese pequeño negocio y se sentía culpable al ver el suplicio de su amiga. Tanto ella como la señora Parker se consideraban responsables, debieron haber dicho que no, que sin la presencia de Juan Luis el negocio no marchaba, y despedir al imprudente de inmediato.

La señora Doris se iba a recuperar, quizá en tres o cuatro semanas, aunque el proceso podía ser difícil porque a esa edad todo sana con lentitud. La señora Flores la asistía en lo que podía. Le cambiaba las vendas con regularidad y estaba atenta a signos de infección. La ayudaba a comer y a vestirse.

—La señora Flores está desconsolada, se siente tan culpable... Y yo también. Debí haber dicho que no… No me percaté de la falta de Juan Luis hasta más tarde. Las señoras estaban tan felices... ¡Se acabó el negocio de dulces, se acabó! —dijo la señora Parker, frustrada y dolida—. Pobre Doris. Sus manos, Romina, si le veías las manos… Jamás vi una quemadura así. ¡Qué escena aquella! ¡Horripilante!

*

Romina pasó a ver a la señora Doris, quien estaba en cama con las palmas hacia arriba y con vendajes blancos. La señora Flores estaba a su lado y le ofrecía una taza de té a cucharitas. Ambos rostros, apabullados; no solo las manos se habían lastimado, sino también el alma. La aventura de ser empresarias había llegado a su fin y las etiquetas con las ramas verdes y sus manzanas rojas habían sido eliminadas de cada rincón del Paraíso: un final amargo para una empresa que había empezado con tanto amor, con tanto esmero.

Romina salió deprisa a buscar a Juan Luis. Era en esos momentos que su amor enflaquecía, cuando lo veía por lo que era en realidad: un irresponsable. Sus ojos y sus labios la tenían embrujada, aunque cuando veía lo que él hacía, se le pasaba el amor y le entraba el diablo. ¿Por qué no había ido al Paraíso? Era un trabajo como cualquiera. Él tenía una responsabilidad y una vez más fallaba. ¿Se habría emocionado con su nueva vida y habría ocupado el tiempo buscando un piso?

Llegó a la casa de los Villa y tocó el timbre. Nadie contestaba. Golpeó la puerta del garaje y llamó a Juan Luis. Estaba a punto de explotar. Su rabia se confundía con desdeño. ¡Cómo pudo haberle hecho eso a la señora Doris! ¿Padrino? No podía ser el padrino de nadie, ¡si ni siquiera podía mantener un simple compromiso!

—¡Juan Luis, abre! —gritó Romina al sentir su movimiento en el garaje.

Ella siguió golpeando el portón de metal.

—Vete, Romina, vete —dijo Juan Luis al rato.

Romina presintió que estaba borracho.

—¡Abre, Juan Luis, que la señora Doris ha tenido un accidente! —golpeó ella con tal fuerza que tembló la puerta de acero con estruendo.

Juan Luis le abrió el portón totalmente ebrio, sus ojos idos. Si Romina había visto alguna vez hermosura en esos ojos café, ahora veía locura. Juan Luis no se inmutó ni un momento cuando Romina le contó lo de la señora Doris. Apenas podía mantenerse en pie; tambaleaba con una botella de licor en una mano.

—¿No te preocupa lo que le has hecho a una anciana? ¿Sabes lo que ha sufrido y lo que va a tener que sufrir por tu culpa? —le reprochó Romina.

Juan Luis se balanceaba con su botella de alcohol sin decir ninguna palabra, mamado y alienado. Romina quería puñetearlo como para que reaccionara. Miró el estado del garaje: una maleta con alimentos a medio abrir —la madre le habría empacado comida—; restos de basura en el piso; las sábanas y la ropa hechas un remolino sobre el colchón; botellas vacías... Era el asilo de un loco y Juan Luis estaba perdiendo los sentidos. Romina vio una carta en el piso y, cuando la quiso tomar, Juan Luis se paró sobre el papel blanco.

—¡Vete, Romina, vete! —dijo con tanta furia que ella no lo reconoció.

—No te han dado el trabajo, ¿verdad? ¿Por eso estás así? —ella inquirió—. No puedes reaccionar como un loco cada vez que las cosas no salen a tu manera. Cuando la vida te golpea, ¡te levantas, Juan Luis! ¡Te levantas!

—Déjame, que no eres ni mi madre ni mi novia —balbuceó Juan Luis, tirando la botella de licor a un lado y acorralando a Romina contra la pared.

—¿Por qué no te han dado el trabajo, Juan Luis? ¿Por qué? ¿Qué dice la carta? Déjame leer…

Ella trató de apartarse, pero Juan Luis la apretaba contra su pecho.

—No eres mi novia —musitó Juan Luis—. No eres mi novia, vete…

No obstante sus palabras, Juan Luis no la dejaba ir. Trastornado, intentó besarla inclinando su cabeza y buscándole la boca. Romina sintió su pestilencia y atinó a voltear el rosto. Juan Luis insistía, besándole las mejillas y el cuello. Romina lo empujó con fuerza y Juan Luis se tambaleó.

—¿Quién te crees que eres? —reaccionó ella con firmeza—. Eres tan solo un borracho. ¿Crees que te tengo miedo? Si ni siquiera puedes mantenerte en pie. Has engañado a todo el mundo, no eres más que un farsante. ¿Por qué no te han dado el trabajo? ¡Di la verdad! ¿No te das cuenta de que, hasta que no enfrentes tu realidad, no vas a salir de tu miseria? Vas a caer aún más bajo, lastimando a quien encuentres en tu camino.

—¡Vete! —gritó Juan Luis, quien se balanceaba como un oso herido de un balazo—. ¿Por qué sigues aún aquí? Porque quieres ser mi novia, ¿verdad? ¿Quieres acostarte conmigo? ¿Por eso sigues aquí?

Juan Luis miró el colchón revuelto y dijo vacilante:

—Porque, si quieres, aquí mismo te la meto —balbuceó en su ebriedad. Y le gritó:— ¡Para que te vayas satisfecha y me dejes en paz!

A Romina le corrieron las lágrimas. No podía creer lo que estaba viendo y escuchando. Ya no sentía rabia, sino pena.

¿Cómo un hombre podía caer tan bajo? Se marchó. No había nada que ella pudiera hacer por él.

Juan Luis cayó al piso medio inconsciente, medio demente.

***

Los Villa regresaron al día siguiente de la clínica. Se habían pasado un gran susto con el embarazo de Clara, a quien internaron por unos días. Aunque faltaban unas semanas, ella estaba con dolores de parto. Tenía que descansar y relajarse. Las expectativas del nacimiento la estaban llenando de pavor. «Todo va a salir bien, Clara», le dijo el doctor, dándole unas pastillas para calmarla. Los dolores no eran inusuales; sin embargo, el nerviosismo de Clara los acentuaba.

Lo último que sabían de Juan Luis era que había ido a una entrevista y que le fue bien, se buscaría un piso pronto. Martín lo veía tan bien encaminado que había convencido a su mujer de darle una oportunidad. «Acuérdate de que fue él quien nos juntó y nos ha acompañado desde el principio. Ha tardado algo en ordenarse, pero ya ves cómo gira el mundo. Muere por ser padrino», le había dicho Martín a su mujer.

Clara había accedido, con una condición: le darían la noticia cuando Juan Luis tuviera su piso. Martín no había podido mantener el secreto y ya le había ido con el notición a Juan Luis, quien se había desbordado de alegría.

Cuando regresaron de la clínica, Clara se recostó en el sillón de la sala. Martín dejó los bolsos al pie de la escalera, acomodó a su mujer con los cojines del sofá y una colcha, y salió a comprar algo de comer. Clara dormitó por unos minutos. Se sentía bastante cansada. Sintió algo de frío; una corriente de aire venía desde la cocina. Jaló la manta sobre su pecho y abrió los ojos.

Juan Luis estaba parado en el centro de la sala, desharrapado y con la barba crecida, tieso como el delincuente que es descubierto en el medio de su delito. La miró fijamente con ojos pirados y, después de unos minutos, ante la atención estupefacta de Clara, se aproximó al aparador de licores y violentó la puerta, sin éxito. Golpeó el vidrio con el puño unas veces más, rabioso. Mientras Clara le imploraba que parara, que le daba la llave, él volvió con un martillo y de un golpazo quebró el cristal, que chispeó por la sala. Juan Luis tiró el martillo y metió la mano a través del vidrio roto, intentando alcanzar una botella de *whisky*. Al sacarla del estante, se rasgó el brazo. A Clara se le paró el corazón mientras Juan Luis desaparecía con la corriente de aire fría.

Cuando llegó Martín, una ambulancia estaba parada frente a su casa. Clara tenía un parto prematuro y era llevada de emergencia a la clínica.

Capítulo 17:

Descubriendo tu verdad

Habían pasado dos semanas desde el encuentro con Juan Luis, y Romina aún no se recuperaba. Su padre siempre le había dicho que un hombre borracho era peligroso. Jamás pensó que ella se involucraría con uno. Sabía que Juan Luis bebía más de la cuenta, pero perder el control de esa manera era otra historia. Juan Luis estaba enfermo, del alcohol y de la cabeza.

Romina no había ido al Paraíso desde entonces. ¿Para qué? Si ahora el Paraíso era un mal recuerdo de Juan Luis. Sin embargo, quería visitar a la señora Doris, ver cómo estaba, y hablar con la señora Parker, quien siempre tenía alguna palabra de aliento para ella.

Cuando llegó a la residencia, fue de inmediato a buscar a la señora Parker, quien estaba en su oficina viendo temas administrativos. Romina le contó que Juan Luis estaba enfermo y le preguntó acerca de las horas faltantes para terminar la sentencia.

—Tengo veinte entradas, faltan cinco semanas. Tú sabes que la sentencia es por semanas, no por horas, que no cuenta si diste una o diez horas cada semana. No puedo inventarme cinco semanas, como comprenderás. Además, el problema es Juan Luis —pausó la señora Parker—. Yo me siento en la obligación de hacer un resumen de lo sucedido, su comportamiento fue deplorable.

—Entiendo, pero le voy a rogar que no lo haga. Si miramos las cosas con objetividad, descontando el accidente de Doris, Juan Luis ha hecho mucho por el Paraíso: ha barrido, ha limpiado, ha recorrido las calles repartiendo volantes, ha distribuido bizcochos, ha arreglado el patio, ha bailado con todas. Juan Luis está enfermo —abogó Romina.

La señora Parker pensó por un momento y suspiró:

—Creo que tienes razón, no se merece un informe negativo. La verdad que yo soy tan culpable como él, o inclusive más. La municipalidad, de hecho, vendrá a investigar y me harán responsable a mí.

—¡Oh, Dios! ¿Podrías perder el trabajo...? —preguntó Romina, sobresaltada.

—No, no te preocupes. Tengo años aquí y tanto la señora Flores como Doris no van a darle relleno al supervisor. La señora Doris ya está mejor y la señora Flores vuelve a sonreír. Se le ha ocurrido hacer tarjetas de San Valentín. Va a poner a sus obreras a dibujar y pintar. ¡Qué remedio! Tiene alma de empresaria —dijo la señora Parker más tranquila—. He tenido que poner las reglas en claro y hacerles saber a las señoras que no hay horno sin Juan Luis. Pudo haber pasado igual, si se ausentaba por una gripe o por una neumonía, como la vez anterior. Tienes razón, está enfermo y faltó porque estaba enfermo, y yo debí haber parado la producción —suspiró nuevamente la señora Parker—. La que parece enferma eres tú, muchacha. ¿No estás comiendo?

Romina había estado con gripe. A pesar de sentirse mal, se había levantado esos días para ir al trabajo, no quería poner su puesto en riesgo. Indudablemente, algo le pasaba. Su voz se resquebrajaba cada vez que mencionaba a Juan Luis. Romina le explicó que Juan Luis bebía y más de la cuenta, que no había conseguido ese trabajo y que se había puesto como un loco a raíz de ello.

—No entiendo por qué no le han dado el puesto. Era perfecto para él —añadió Romina.

—Quizá estaba más que calificado. Pasa muchas veces que las empresas no quieren contratar a alguien que a los pocos meses se va a aburrir —sugirió la señora Parker.

—Pero en estos tiempos sería un lujo contratar a alguien tan competente y pagarle una miseria. Estamos dispuestos a trabajar más por menos, más aún si has estado desempleado por meses —se explicaba Romina a sí misma, sin entender—. No lo sé, hay algo raro. Juan Luis recibió una carta que no quiso que yo leyera.

—Son solo cartas de cortesía cuando no te dan el trabajo, aunque hoy nadie se molesta en hacértelo saber —opinó la señora Parker—. Entonces, has hablado con Juan Luis, ¿qué va a hacer ahora?

Romina no contestó, se le paró la respiración y ahogó el llanto.

—¿Qué pasa muchacha? ¿Por qué estás así? —dijo la señora Parker, extendiéndole una mano.

—Ha pasado algo horrible, ni sé cómo contarlo. Lo que pasó aquí en la Tarde de Tango es una historia de niños en comparación. Y ahora nada puede enmendar esta amistad que empezó y terminó a las patadas —dijo Romina sin poder controlar las lágrimas.

—Romina, deja de preocuparte por Juan Luis. Es un hombre grande y, a diferencia de la neumonía, el alcohol no se cura con antibióticos, sino con una voluntad de hierro y mucho apoyo psicológico. Si él no quiere ayuda, no puedes hacer nada.

—Seguro que está en la calle. He ido varias veces a su garaje y no hay movimiento. No me he atrevido a tocar el timbre porque no quiero confirmar mi sospecha. Sin trabajo, ni Clara ni Martín lo harían padrino, y el plazo que le habían dado estaba más que expirado. En enero nacía el niño y se tenía que ir —dijo Romina, agitada.

—Muchacha, es hora de que te preocupes por ti. Ya has hecho bastante por Juan Luis. Tienes que comer y dormir, ocuparte de tu trabajo, hacer las cosas que te gustan, ir al cine, al teatro, planear unas vacaciones en algún lugar bello —la animaba la señora Parker.

—No me provoca hacer nada, menos viajar —dijo Romina, desganada.

—No tienes que ir muy lejos, estar a solas a veces ayuda. Aunque sé que no eres religiosa, por qué no te vas de retiro, para reflexionar o descansar. No tienes que rezar ni leer la Biblia si no quieres. Nadie indaga qué estás haciendo. Eso es lo bueno de los retiros, ¡nadie habla! Y en silencio haces lo que te place, lees, te relajas... Es solo un fin de semana de meditación. El padre Antonio te puede dar más datos —recomendó la señora Parker.

Romina se despidió tomando los datos de la casa de retiro que administraba el padre Antonio y pasó a ver a la señora Doris, quien estaba más repuesta. La señora Flores, siempre a su lado, le hablaba del día de San Valentín y sobre los diseños que tenía en mente.

***

Romina marcó el teléfono de la casa de retiro, pero colgó; no tenía ganas de ir. No podía dejar de pensar en lo que habría sucedido en esa entrevista y en dónde estaba Juan Luis.

Decidió, por último, pasar por la casa de los Villa a indagar. Solo quería asegurarse de que estuviera bien.

Cuando Clara le abrió la puerta con un bebé en brazos, Romina sonrió con genuina alegría. ¡Qué hermoso era! Clara la recibió con desprecio. Aunque Romina no había hecho nada en contra de ella, era asociada con el insensato de Juan Luis. Romina se disculpó y se marchó, entendiendo que Juan Luis ya se había ido. Martín le dio el encuentro en la calle y le contó la historia de aquel día nefasto en que Juan Luis perdió los sentidos y Clara terminó en el hospital.

El choque de Clara al ver a Juan Luis en ese estado tan deplorable y agresivo le causó un parto prematuro. Después de un nacimiento de emergencia, tanto el niño como la madre fueron estabilizados y empezaron su recuperación. Aunque ahora estaban bien, Clara no se podía sacar la imagen de Juan Luis con ese martillo, rompiendo el aparador, robándose una botella y escapando como un ladrón.

—Clara quiere presentar cargos, ya le he dicho que no es posible. Juan Luis era un huésped en esta casa con permiso de estar aquí y, aunque rompió el aparador y se llevó una botella, hay poco para argumentar robo —explicó Martín—. Es posible ponerle una demanda por agresión. Yo también estoy terriblemente afectado y quisiera matarlo, mi mujer y mi hijo estuvieron en peligro por su culpa, pero no veo cómo puedo demandarlo sin antecedentes de violencia.

Romina se quedó callada. Ella había visto a Juan Luis el día anterior, trastornado. Fue un grosero y un desgraciado. Se quedó pensando por un momento, ¿y si Juan Luis era un riesgo para alguien más? ¿Qué pasaría si ella atestiguara con Clara en contra de él?

—Perdona, Martín —le dijo Romina, notando que había perdido el hilo de la conversación—. Supongo que no sabes nada de él.

—No, y no quiero saber. Que ni se acerque a mi casa —dijo Martín—. Es posible que se haya ido a Málaga. Aunque siempre ha querido mantener una imagen de perfección frente a la madre, llega el punto en que ya no se puede mentir más. Se ha llevado algo de ropa y las mantas, y ha dejado lo demás: su traje, sus camisas, sus libros.

—Es una pena que todo haya terminado así. Pensé que esta vez las cosas se arreglarían. Lo que aún no entiendo es por qué no le dieron el trabajo, era perfecto para él. Y por qué reaccionó así. Todo hubiera sido diferente si le hubiera tocado tan solo una pizca de suerte.

—No sé, Romina —se despidió Martín, apretando los labios, un poco indiferente, un poco apenado, y cerró la puerta.

***

Romina no dejaba de pensar en Juan Luis, algo no cuadraba. Quería olvidarse de él, en particular de la escena traumática del garaje. No podía quitarse la imagen y algo le daba vueltas en la cabeza. ¿Quién se ponía así de loco? Era cierto que se había colmado de expectativas, como cualquiera, y que una carta de rechazo era una gran desilusión, pero tenía que haber algo más. El comportamiento con Clara fue deplorable, pero ese no era Juan Luis. Juan Luis era un buen hombre, borracho pero decente.

Buscó el número del estudio de abogados donde había sido la entrevista y llamó desde su oficina. Preguntó por Recursos Humanos y se presentó como la agencia de empleo Gestión Laboral, una de las más conocidas.

—Sí, buenos días. Soy la señora Marisa de los Álamos, de la agencia Gestión Laboral… Hace poco le enviamos un candidato para el puesto de asistente contable, el señor Juan Luis Arias… Es solo una llamada de rutina… Queríamos saber cuáles fueron los puntos más débiles del señor Arias, de acuerdo con ustedes. Esto nos permitirá trabajar con él y mejorar sus chances de encontrar empleo. Sí, como no, espero… —dijo Romina y aguardó en el teléfono por unos minutos.

Al rato, alguien más se acercó al teléfono y Romina retomó la conversación.

—Sí, buenos días… La señora Marisa… de Gestión Laboral… Entiendo que hay un tema de confidencialidad, solo le estoy pidiendo información general. ¿Sus competencias no eran adecuadas? Más que adecuadas. Problemas con las referencias… —repitió Romina, anotando en una libreta—. ¿Me puede indicar cuál referencia específicamente? ¿Qué tipo de mal referencia? ¿Qué empresa? Sí, sabemos hacer nuestro trabajo y hemos revisado y validado el currículo del señor Arias, por eso, mi sorpresa. Probablemente es un malentendido. Si usted me diera mayor información, podríamos verificar el tema. Entiendo que hay un problema de confidencialidad…

Le colgaron y Romina estaba estupefacta. Algo andaba mal y tenía que averiguarlo. No conocía el nombre de la empresa donde había trabajado Juan Luis por última vez, él nunca se lo había mencionado, aunque sabía que era un bróker de acciones y tendría que ser una empresa grande, porque Juan Luis había insinuado que se había hecho una reducción considerable de personal. Buscó en la internet, había una infinidad de agencias.

¿Sería posible que Juan Luis hubiera recibido una mala referencia? ¿Por trabajo mal hecho, por ausencias, por borracho…? Al final del día pasaría por la casa de los Villa, quizá Martín sabía el nombre del antiguo empleador. Además, debía recoger su bicicleta, antes de que limpiasen ese garaje y botasen todo lo de Juan Luis.

*

En la noche se dirigió a la casa de los Villa. Cuando le abrieron la puerta, sintió la amargura de Clara. Romina solo dijo que quería recoger su bicicleta. Martín la acompañó al garaje y le dijo que no habían tenido tiempo de limpiar, que lo que había pasado con Juan Luis era muy desagradable y que no habían pisado el garaje desde entonces. El lugar estaba como lo había dejado Juan Luis en su locura: revuelto y sucio, el cuarto de un demente.

—Si me das unas cajas vacías y bolsas de basura, te ordeno el lugar —dijo Romina, queriendo ayudar.

—Romina no tienes que hacer esto, tú no eres responsable de Juan Luis. Ya vendrá el día en que me levante, lo bote y queme todo —dijo Martín, apesadumbrado.

—Déjame ayudar —dijo Romina, sin saber por qué lo hacía.

Por un lado, tenía una necesidad inmensa de olvidarse del caos y el dolor que Juan Luis había causado. Por otro, quería la oportunidad de husmear entre sus cosas y en su pasado.

—Quizá me ayude a mí también a olvidar. Quiero llevarme la bicicleta y terminar con el asunto —dijo Romina.

—Avísame si necesitas alguna cosa —le dijo Martín sin objetar.

No había mucho que juntar, sus posesiones eran mínimas. Recogió la basura del piso, los restos de comida y las botellas vacías. No veía la carta por la que ambos habían discutido. Juntó los libros y los puso en una caja. Encontró un rimero de papeles, sobres y currículos. Se quedó con una hoja de vida y botó lo demás. Ya tenía la relación de empresas en las que Juan Luis había trabajado. Indagaría una por una.

Dobló la poca ropa que le quedaba y la puso en una maleta: el traje gris que ella había llevado a la tintorería, unas camisas, el pijama celeste... Juan Luis se había llevado las mantas. Cuando levantó el remolino de sábanas del colchón para doblarlas, cayó al suelo una foto de los dos, una que había tomado Max en el parque el día de la Quizatón.

Se quedó atónita. Se había olvidado de esas fotografías. Aunque se le cruzó por la cabeza comprar algunas, había estado tan alterada esa tarde en el Paraíso que salió disparada y se olvidó de las fotos. Juan Luis se había quedado con una de los dos, la de sus caras y sonrisas en primer plano mirando a la distancia y no al lente de la cámara.

En ese instante vio la carta. Se había perdido debajo de la almohada. Tomó el papel con ansiedad. La carta estaba manchada con alcohol, estaba borrosa y hedionda. Le comunicaban que no era posible darle el trabajo y que, aunque sus competencias eran más que suficientes para el puesto, el estudio tomaba muy en serio el historial personal. Lamentablemente, las referencias de Starbroker Agencia de Corretaje y Asesoría Económica no fueron positivas y, en esa oportunidad, preferían no indagar sobre los hechos. Le deseaban mejor suerte en el próximo intento.

Romina se quedó atónita y se le aceleró el corazón. Dio vuelta el colchón y lo paró junto a la pared para que se ventilara. Barrió el garaje y sacó la basura. Tomó su bicicleta y se marchó. No se despidió ni de Martín ni de Clara. Él la vio caminar apurada y, desde el umbral de la puerta, le agradeció con un gesto. Romina no se volteó, solo quería marcharse.

*

¿Qué había pasado en su antiguo trabajo? ¿Por qué le habían dado una referencia negativa? Romina no podía dormir pensando en Juan Luis y en sus mentiras. No sabía qué pensar. ¿Y por qué se quedaría con una foto suya? ¿Por qué la trató como la trató si guardaba algún sentimiento por ella?

A la mañana siguiente, esperó impaciente hasta las nueve en punto para hacer una llamada. Haciéndose pasar por Elsa, la gerente de Recursos Humanos de su empresa, pidió referencias sobre un señor Juan Luis Arias, diciendo que había aplicado a un puesto de trabajo como asistente financiero en su empresa.

Como era de esperar, Starbroker no quería dar información por teléfono, «las referencias se solicitaban por escrito».

—Entiendo, pero estamos a punto de contratarlo. No tenemos tiempo para un intercambio de cartas y nos urge esta información. Solo queremos validar la información de su empleo, nada más. ¿El señor Arias trabajó en su empresa por tres años? Bien. ¿En el cargo de analista de acciones? Bien. ¿Y cuál fue el motivo de la terminación del contrato laboral? Entiendo que esa es información confidencial, pero nos urge esta información —presionó Romina—. ¿Despidieron o no al señor Arias a raíz de la crisis?

Romina se quedó en silencio por unos minutos. El ceño se le endureció. Estaba tan cerca de conocer la verdad... Frustrada, subió el tono de voz.

—Si no me puede contestar esa pregunta por un tema legal, entonces contésteme esta pregunta: ¿me puede decir si entre el mes de abril y mayo del 2010 ustedes se embarcaron en un proceso de reducción de personal?

La persona al otro lado del teléfono titubeó, luego le contestó:

—Ya le dije que no podemos darle información por teléfono. Si quiere referencias, tiene que enviar una solicitud por escrito. Ahora, si le interesa saber, nuestra empresa no ha sufrido recortes de personal en el 2010; hicimos un pequeño ajuste a principios del 2009, nada más, y nos hemos recuperado bien. El negocio de acciones nunca sufre con las crisis, siempre hay alguien que hace dinero.

Romina estaba pálida. No le quedaba duda: a Juan Luis lo habían echado.

Capítulo 18: Peregrinaciones callejeras y meditaciones

¿Por qué todo había terminado así? Con Clara aterrorizada, viéndolo destruir el armario del alcohol antes de huir como un ladrón... Juan Luis no recordaba exactamente las palabras cruzadas con Romina en el garaje, solo que fueron feas y crueles, porque él cayó al piso y no quiso levantarse más: lamió la última botella de vino que le había dado su madre y perdió la consciencia.

Al día siguiente, había despertado vomitando las entrañas. Estaba aturdido y agotado, pero quería seguir bebiendo, solo quería beber. Decidió marcharse para siempre. Antes de partir, quiso tomar una botella del bar de los Villa. No los había visto en días y asumió que aún no habían retornado de visitar a sus familiares por fiestas.

Se fue directamente hacia el armario de licor. Encontró a Clara medio adormecida sobre los cojines de la sala. Se detuvo por un momento, pero no le importó, tenía que coger una botella. En su desesperación, golpeó el anaquel varias veces, pero no pudo abrirlo. En ese momento, Clara se sentó erguida sobre el sillón y empezó a gritarle... Él ya no escuchaba, se fue por un martillo. Hizo añicos el vidrio y tomó la primera botella que alcanzó, una de *whisky*.

Debía marcharse, ya no había espacio para él. Había fracasado en su intento de poner su vida en orden y debía irse, dejar a los Villa en paz, que ya habían hecho bastante por él. Puso las mantas y algo de ropa en un bolso, la comida que aún quedaba de lo que su madre le había empaquetado y la botella de alcohol. Y se marchó.

Juan Luis no percibió que estaba en la calle hasta que oscureció. Había caminado por horas, sentándose de vez en cuando en alguna plaza o parque para tomar un sorbo del licor cuando tenía sed. No pensaba en nada, solo quería deambular. Notó la sangre en su camisa; se había cortado el antebrazo con un pedazo de vidrio. Aunque la herida era superficial, la tinta púrpura había recorrido la manga de la camisa y dejado una mancha hedionda y pegajosa. Atinó a lavarse en una fuente de agua a la vista de una pareja que lo miró con asco. Remangándose la camisa para deshacerse de la mancha roja, humedeció la herida con *whisky* y la cubrió con una media. Se sentó en el parque y comprendió que el día había acabado y que ahora empezaba lo peor: encontrar dónde dormir.

Decidió quedarse en el parque; detrás de los arbustos estaría protegido. Si dormía en la banca, estaría a la vista de todos, de otros borrachos o drogadictos que le robarían lo poco que tenía. Esperó a que los últimos transeúntes dejaran el parque y a que los faroles menguaran. Buscó el hueco más oscuro, cubierto por arbustos. Solo quería dormir. Puso sus mantas en el piso y la humedad del jardín traspasó la lana. El frío no le permitía conciliar el sueño, necesitaba encontrar un lugar seco y resguardado.

Dejó el parque y caminó hacia una calle llena de gente. A lo mejor, sentarse en una acera junto a los vapores de los edificios le calentaría el cuerpo. Encontró un callejón a la vuelta de la vía principal, donde cocineros y mozos fumaban el último pitillo de la noche y sacaban la basura. Se sentó detrás de una escalera de emergencia y apoyó su cabeza contra la pared. Los botes de basura lo resguardaban del viento, pero sus mantas ahora estaban mojadas por la humedad del césped del parque. El olor de los desperdicios era nauseabundo.

Dormitó por un rato cuando lo despertó un grito: «Lárgate, vago de mierda, que voy a llamar a la policía». Alguien que fumaba un cigarrillo lo había atisbado detrás de los contenedores de basura. Se quedó sin moverse, pasar la noche en una celda con la policía no era mala idea.

El frío era insufrible. Eran más de las tres de la mañana y los pocos transeúntes que recorrían el callejón estaban borrachos como él, algunos estaban de parranda y otros parecían ser callejeros habituales. Uno se acercó y lo pateó para ver si dormía. Juan Luis lo miró como un loco y le gritó que se fuera al infierno, que no tenía nada, resguardando su bolso y cubriéndolo con sus mantas húmedas. Luego decidió levantarse, era preferible caminar y entrar en calor dando vueltas. La botella ya estaba a medias, había sido un día largo y penoso.

Caminó por unas cuadras y pensó en su estadía en el garaje. Se le había cruzado en algún momento que su destino podría ser ese: terminar en la calle como un perro muerto de hambre, aunque nunca quiso pensar seriamente en ello.

«No, yo nunca pienso en las consecuencias», se recriminó a sí mismo. Ni siquiera tenía un plan de supervivencia.

Intentó tomar un autobús, fingiendo estar sobrio, pero tambaleaba por el alcohol y por el frío. Los choferes sabían que los callejeros y borrachos recorrían la ciudad de noche en autobús durante el invierno. Era normal negarles la subida para evitar ser asaltados y proteger a los pasajeros decentes, que regresaban a sus hogares después de hacer turnos de noche. Por eso, cuando el chofer vio a Juan Luis maloliente y desharrapado, le hizo un gesto firme prohibiéndole el paso. Juan Luis le rogó que lo dejara subir, que tenía frío y que pagaría su viaje. El chofer lo miró y suspiró. Juan Luis había tenido buena suerte, se había topado con un alma caritativa esa noche.

Sentado en el calor del bus, dormitó por una hora hasta que llegó el final del recorrido. Faltaban más de dos horas para el amanecer. Juan Luis, agotado, se bajó del autobús y se sentó en la parada a esperar otro viaje hacia el centro. El chofer lo miró desde el bus y le dijo que fuera a la iglesia a hablar con Jesús para que lo guiara y, si la religión no era lo suyo, que buscara el hogar de desamparados en la calle de Sarmiento, a unas cuadras de la Gran Vía, donde por lo menos le darían un trozo de pan.

Ni siquiera pudo agradecerle, su cansancio y ebriedad eran tan profundos que se durmió sobre la banca de la parada hasta que un rayo de luz tenue y el murmullo de la gente lo despertaron. Era un nuevo día de trabajo para los que se levantaban al amanecer.

Exhausto, después de una noche deambulando, decidió quedarse dentro de la terminal de la estación. El movimiento era tan intenso que nadie notaría si era un pasajero que llegaba o que partía. Se sentó contra la pared y se durmió. Al mediodía, comió un pedazo de queso y revisó el corte de su muñeca, la media estaba marrón y la herida, cerrada y seca. Bebió un trago.

Cuando un oficial observó que había estado ahí un largo rato y lo empezó a mirar con sospechas, se levantó e hizo cola pretendiendo esperar un autobús. Una vez que el oficial se marchó, se buscó otra pared. Pasaría el día dormitando en la estación y deambularía en la noche. Era preferible dormir de día y mantenerse alerta en la oscuridad.

Durante el día, el tiempo pasaba con lentitud, sin nada que hacer. Se sentó junto a una pared fuera de la estación, sus huesos estaban adoloridos. Pensó en Romina, en lo que había pasado. Y reconstruyó lo que le había dicho y hecho. ¿Por qué la trató así? Si la quería tanto y ella solo deseaba ayudarlo. Buscó la foto de los dos en sus bolsillos y se dio cuenta de que, en su locura, la había dejado atrás. Romina ya no estaba, todo había terminado.

Comió un poco más de queso y tomó el último trago de *whisky*. No quería pensar, solo quería sobrevivir una noche más. Le quedaba algo de dinero y podía regresar al centro, dar vueltas en la noche y retornar a la estación en la madrugada para dormir en un lugar seguro y seco.

Pasadas las nueve de la noche, tomó un autobús y viajó hacia el centro. Se bajó en una zona de alboroto y bullicio. A las dos de la mañana, cuando la cantidad de gente menguaba y la noche se hacía más inhóspita, decidió volver a la estación. Sin embargo, estaba desesperado por un trago. Caminó por los callejones en busca de alguna botella a medio consumir, de una lata de cerveza o de un cigarrillo que alguien hubiera abandonado. Abrió los botes de basura y con un palo chequeó el contenido. Se asqueó y tuvo arcadas. Las latas se mezclaban con inmundicias, restos de comida y residuos de retrete.

Caminó por unas cuadras, seguro de quc algunos restaurantes reciclaban latas y botellas. Esperó en la esquina de un establecimiento a que sacaran la basura y oyó por fin el tintineo de unas botellas que alguien dejaba junto a las bolsas negras de desperdicios. Se apresuró a inspeccionarlas; estaban vacías, incluso enjuagadas. Revisó una segunda caja y vio latas de cerveza. Las chequeó una a una, sacudiéndolas sobre su boca abierta, ansiando desesperadamente una gota de alcohol. Frustrado, pateó las cajas de latas y botellas, y se marchó a tomar el autobús. Esa noche, los chóferes estaban menos misericordiosos, podían oler su frustración y su rabia, y eso asustaba más que el tufo. No le permitían subir. Al siguiente autobús, Juan Luis bajó la mirada y rogó a los ángeles, al mismo Jesucristo, que lo dejaran subir. Una vez a bordo, se calmó y dormitó hasta el final del recorrido.

A la mañana siguiente, despertó en un asiento de la estación. El oficial ya lo había reconocido y lo golpeaba con un bastón, diciéndole que se marchara cuanto antes. Su albergue había sido descubierto y tenía que irse. Después de una noche sin alcohol, la claridad que esperaba nunca llegó, tan solo sopor y una migraña infernal. Estaba desesperado por un trago.

***

Romina le había dado tantas vueltas al asunto... ¿Por qué Juan Luis había mentido así? ¿No era posible contar la verdad y buscar una solución más realista a su problema? Ninguna empresa de buena reputación lo iba a contratar, tenía que empezar de cero. Romina ya no podía hacer nada por Juan Luis, quien no solo era un borracho, sino también un mentiroso. Los había engañado. ¿Qué más estaría escondiendo?

Decidió tomar unos días para ocuparse de sí misma, de su alma, de su corazón, de su cuerpo. Quería olvidarse de la historia y decidió seguir el consejo de la señora Parker de pasar un fin de semana en una casa de retiro. Quizá el silencio, el agua bendita y el incienso le calmaban el espíritu.

Cuando llegó a la residencia, le dieron una habitación pequeña y un listado de actividades: misa a las siete, desayuno a las ocho, rosario a las doce, almuerzo, meditación a las cinco, cena a las siete, rosario. Entre cada actividad se recomendaba la lectura espiritual, la confesión o la meditación. Además del trabajo personal, se invitaba a participar en alguna actividad doméstica comunal para ayudar con los gastos de la residencia.

Se podía asistir en la cocina, lavar platos, limpiar o hacer algo de jardinería. Romina se apuntó para lavar platos después de cenar.

Había llevado algunos libros, una libreta de notas y, aunque estaban prohibidos los equipos electrónicos, su teléfono y sus audífonos para escuchar música en soledad.

Los días sin emitir palabra se hacían extensamente largos. El efecto del silencio magnificaba la existencia del tiempo. Empezó a calmarse. Entendió lo que Juan Luis le había dicho una vez acerca del silencio, que era en el fondo reparador.

No podía dejar de pensar en Juan Luis, en que hubiera terminado en la calle, porque estaba segura de que estaba en la calle. ¿O habría ido por fin a Málaga a contarles la verdad a su madre y a su hermano, y a empezar de nuevo? No quería pensar en él, ya no quería pensar.

No iba a misa, pero rezaba el rosario comunitario en la noche, la repetición de palabras la relajaba antes de dormir. En la mañana, se levantaba minutos antes del desayuno, que se servía en silencio y consistía en un poco de pan y mantequilla, té o café. Ofreció lavar los platos también en la mañana para compensar su falta de devoción espiritual.

A las cinco, se sentaban a media luz en la capilla. Un sacerdote leía un pasaje de la Biblia y luego daba una pequeña charla. Eran las únicas palabras que escuchaba en el día.

Los pasajes parecían referirse a ella o a Juan Luis. En uno, el hijo pródigo volvía; en otro, se enterraban los talentos… Ya se había olvidado de aquellos relatos, que hoy hacían eco con sus circunstancias. El Himno de Amor de San Pablo le llegó al corazón cuando más lo necesitaba:

> *Aunque hablara las lenguas de los hombres y de los ángeles, si no tengo amor, soy como campana que suena o*

címbalo que retiñe... El amor es paciente y bondadoso; no tiene envidia ni orgullo ni jactancia... No es grosero ni egoísta; no se irrita ni lleva cuentas del mal...

Cuando terminó la meditación, se apresuró a encontrar la Carta de San Pablo a los Corintios y transcribió el pasaje. Lo releería cuando necesitara aliento. Cómo pudo olvidarse de tan hermosas palabras. Las había escuchado en sermones, en bautizos, en bodas y en funerales; solo se había olvidado de ellas.

Dejó la casa de retiro más serena, aunque entristecida. Deseaba tener la fe de una montaña para poder rezar por ella y por Juan Luis. Sin embargo, Dios no le había concedido esa indulgencia.

Ese febrero estaba más frío que nunca.

***

Juan Luis, antes de dejar la estación, fue al baño público y se limpió lo más que pudo. El oficial lo esperaba en la puerta y lo siguió hasta que su subió a un autobús. El dolor de cabeza era intolerable. Contó su dinero y no le quedaba mucho para más viajes.

Al llegar al centro, se sentó a la salida del metro en la Puerta del Sol. Con el movimiento interminable de gente, no se percibía si estaba ebrio, dormido o rezando. Solo se sentó a ver el flujo de personas. «Si los borrachos terminan en la calle, todos los que terminan en la calle terminan borrachos», pensó.

El día se pasaba sin nada que hacer. Encontrar y tomar un trago se convertía en el único objetivo de la jornada. En la noche hacía un frío de morirse que solo una sustancia prohibida podría apaciguar. Juan Luis se levantó y pasó horas deambulando: si se sentaba en un establecimiento comercial, los empleados del lugar lo sacaban deprisa; si se sentaba en alguna estación, los guardias lo echaban...

Las plazas y parques públicos terminaban siendo los únicos espacios libres y disponibles. Pero en el invierno, el espacio abierto invitaba al viento y no había forma de sobrevivir las noches sin una buena bolsa de dormir. Juan Luis se comió el último pedazo de salchichón y tomó el agua de la fuente. Deseaba un chocolate caliente y unos churros. La imagen del dulce y del chocolate le hizo recordar a Romina y lo que habían vivido juntos, desde el accidente del auto hasta la Tarde de Tango. «Romina, ¿qué he hecho?».

Llegada la noche, no había encontrado sitio donde reposar en paz. Sin comer y sin alcohol, estaba mareado. No había forma de que sobreviviese otra noche sin beber.

Se tomó el metro y se alejó del centro. Aunque sabía que las reglas de la pensión de Manuel y Pepe eran muy estrictas con respecto a los visitantes nocturnos, fue a buscarlos. Cuando llegó, el portero le vio el aspecto hediondo y le dijo que se fuera. Juan Luis no hizo caso y tocó el timbre, no tenía a dónde ir. Nadie contestó. Tal vez andaban de fiesta.

Se sentó en el garaje de una casa vecina, junto al portón, a unos metros de la acera. Los residentes parecían haberse retirado; solo se veía la luz azul de la televisión a través de una ventana del segundo piso. Juan Luis se adormeció un poco y cabeceó. Abrió los ojos, vigilante, tenía que avistar a Pepe y a Manuel.

A medianoche, los vio llegar, posiblemente volvían de parranda. Iban mareados y pasaron junto a él sin percatarse de que alguien los esperaba entre las sombras de aquel garaje.

—Chis... Pepe, Manuel —llamó Juan Luis en voz baja para no despertar a los residentes de aquella casa.

Ellos no lo escucharon, se reían y se apoyaban entre sí como hacen los compadres ebrios que salen alborozados de un bar. Juan Luis se levantó y se apuró a alcanzarlos. Cuando puso una mano sobre uno de los amigos, el otro le empezó a dar de puñetazos. Habían sentido que alguien los seguía y creían que iban a ser asaltados.

—¡Para, Pepe, que es Juan Luis! —atinó a decir Manuel.

La nariz de Juan Luis estaba ensangrentada.

—Joder, hombre, que nos has pegado un buen susto. ¿Qué haces escondido así? —dijo Pepe, el muchacho regordete.

—Estoy en la calle, por favor, déjenme quedarme esta noche, solo esta noche —rogó Juan Luis.

—Juan Luis, ya sabes cómo es aquí. La arrendadora no quiere que durmamos más de dos —le recordó Manuel, el más esbelto.

—Vamos, Manuel, no lo podemos dejar en la calle. Además, le tenemos que limpiar esa nariz —dijo Pepe—. Hagamos una cosa, yo voy primero y chequeo que el portero no esté dando vueltas. Tú, Juan Luis, toma mi gorra y cúbrete la cara. Manuel, lo cargas como se carga a un borracho, que el portero, como siempre, va a sumir que yo soy el muerto.

Poco después, Pepe les hizo una seña; el panorama estaba despejado.

Una vez en el cuarto, Juan Luis pasó al baño y se limpió la cara. Se sentaron; Juan Luis sobre una de las camas y los amigos en las únicas dos sillas que acompañaban el amoblado. Le dieron agua y algo de comer, y esperaron a que saciara su hambre y su sed. Juan Luis les pidió algo más apetitoso. Manuel presintió que algo no andaba bien y, cuando Pepe hizo el gesto de levantarse a alcanzar la botella de vino que estaba sobre la mesita que usaban de cocina, Manuel lo detuvo.

—Toma agua, Juan Luis, que estás con sed —dijo Manuel, sirviéndole otro vaso de agua.

Juan Luis les contó que había sido hora de partir del garaje, que la situación con Clara ya era insostenible y que tuvo que marcharse. No les dio más detalles. Se iría al día siguiente a Málaga, ya no le quedaba nada más que hacer en Madrid. Conversaron cerca de una hora.

Juan Luis se dio un baño. Los amigos le prestaron una camisa limpia al ver la manga ensangrentada y reseca.

—Me lastimé con un fierro —dijo Juan Luis mientras los amigos lo miraban con incredulidad y pena.

Le hicieron una cama con almohadas y toallas en el suelo, y le dieron una manta para que se cubriera.

—Tienes que salir temprano, Juan Luis, antes de que el encargado o los vecinos te vean. Toma algo de dinero para que compres comida para el viaje —dijo Manuel, dándole treinta euros.

Pepe le ofreció otro billete de su bolsillo.

*

Cuando Manuel y Pepe se levantaron, Juan Luis ya se había ido. Manuel notó que la botella de vino ya no estaba.

—¿Crees que se vaya a Málaga? —preguntó Pepe.

—No lo sé… —dijo Manuel entristecido—. ¿Te has dado cuenta de que tú y yo podemos acabar así? ¿Cuántos ahorros tienes en el banco?, ¿cuánto tienes de deudas?

—Si mañana me echan del trabajo, estoy jodido —confesó Pepe—, jodido.

Capítulo 19:

Por siempre en mi corazón

Después de visitar la casa de retiro, Romina decidió ocuparse de sí misma, poner su departamento en orden, cuidar su salud y terminar el reporte del progreso de la construcción, que estaba retrasado. Tenía que olvidarse de Juan Luis, no podía hacer nada por él. No podía forzarlo a ir a rehabilitación.

«Además, no soy nada para Juan Luis», se dijo Romina. «Otra vez le estoy dando vueltas al asunto. Deja de pensar, que ni siquiera sabes dónde está».

La semana en la oficina estaba yendo bien. Había ido a inspeccionar la construcción, y el proyecto marchaba según lo planeado. La inmobiliaria BECA estaba satisfecha con los últimos cambios y ya se construían las primeras torres. Romina pasaba más tiempo en la construcción que en la oficina. Era increíble que, solo a media cuadra, un proyecto estuviera paralizado cuando el suyo continuaba. Tenía que agradecer su buena suerte. En cambio, cuántos había sin empleo. Hasta el mismo Max había perdido el suyo.

Recordó que no había hecho ningún esfuerzo por despedirse o disculparse. Lo dejó ir sin siquiera un adiós. Su última semana en la oficina quiso evitarlo. ¿Qué le iba a decir? ¿Que estaba enamorada de otro y que lo había usado como distracción o pantalla en un juego de celos? Max estaba ilusionado con la relación y ella alentó esos sentimientos; tenía que enmendar y pedir perdón.

Berta le dijo que Max había dejado su departamento. Aparentemente, se lo había alquilado a otra persona para obtener una fuente de ingresos. Romina le pidió que, por favor, averiguara su nueva dirección, que seguro se la había dado a alguien en la oficina.

Antes de llegar a casa una tarde, Romina decidió pasar por el supermercado a comprar verdura fresca, fruta, huevos y pescado. Tenía que comer mejor. Aunque estaba tentada de comprar los empaquetados preparados, se dijo que, si no cambiaba en ese mismo instante, nunca iba a salir de la adicción por la comida manufacturada. También tenía que dejar la televisión, otra de sus adicciones.

Ya en su casa, se preparó un *omelette* y una ensalada. Al terminar de cenar, tomó un libro y se sentó en la sala con los pies levantados sobre un pequeño taburete. Quiso servirse una copa de vino blanco para hacerse compañía, pero sabía que tomar para combatir la soledad no era recomendable. Leyó un poco y se adormeció, estaba cansada. Había sido un día aburrido, sin excitaciones ni acontecimientos importantes, un día ordinario, como serían muchos más. Sin embargo, ahora Romina estaba dispuesta a vivirlos como vinieran, sin reclamar, sin impacientarse, sin enojarse con el mundo porque las cosas no giraban a su manera.

Se sintió ligera, la semana había sido buena.

El sábado decidió pasar por el Paraíso. Aunque ya no tenía la obligación de regresar, quería seguir ayudando. Que las cosas hubieran terminado mal con Juan Luis no significaba que tenían que terminar mal para ella y el Paraíso, que le había dado tanto. Había aprendido a dar en ese lugar y, por ello, siempre les estaría agradecida. Ella solía tomar más que lo que daba: por una hora lavando tazas, recibía una palabra de aliento, un consejo o una sonrisa.

Al llegar a la residencia, encontró a las señoras dibujando en el comedor. La idea de la señora Flores de hacer tarjetas para San Valentín estaba en marcha. Aunque sus manos no tenían la precisión o la destreza de la juventud, llenaban los cartones blancos con amor. Las menos talentosas se conformaban con un diseño simple: un corazón y dos copas de vino; una carta de amor y unos labios; rosas rojas y unos zapatos de punta. Las más habilidosas pintaban siluetas de parejas bajo los faroles o cruzando un puente sobre un río. La señora Flores, siempre con su mente empresarial, pensaba en la eficiencia y en asegurar la calidad de la producción, así que había seleccionado los diseños más atractivos y las señoras copiaban o los más simples o los más detallados, según sus habilidades. Lo más original eran las frases, versos de canciones o poemas que acompañaban las tarjetas. Se habían pasado la semana recogiendo pasajes, frases célebres y citas que otros residentes brindaban encantados. Para facilitar la producción, la señora Flores había escogido cinco textos y la señora Parker había impreso innumerables etiquetas que se pegaban dentro de la tarjeta. Las tarjetas se terminaban con una pequeña calcomanía de la rama verde con manzanas rojas, el símbolo de la producción del Paraíso, y el texto «Hecho a mano, hecho en el Paraíso». Las señoras habían reintroducido el emblema.

Romina sonrió. Estaba contenta de que los residentes no hubieran perdido la inspiración a pesar de la partida de ella y de Juan Luis, y de que el legado se mantuviera vivo. Se sentó a conversar con las señoras, quienes ya habían terminado más de cien tarjetas y ahora pegaban las etiquetas autoadhesivas. Romina ofreció darles una mano, su rapidez y precisión les reduciría la jornada.

Cuando estaban a punto de terminar, la señora Doris lagrimeó y la señora Flores se acongojó viendo a su amiga trabajar muy despacio con sus manos, que, aunque rehabilitadas, coloreaban una de las últimas tarjetas sin mayor precisión.

—¿Qué pasa, mi querida Doris, son las cicatrices que no te dejan avanzar? —preguntó la señora Flores con ternura.

—No, no son mis manos —suspiró la señora Doris—. Nunca he sido buena para el dibujo. Es esta tarjeta que con sus rosas rojas me trae memorias, felices memorias, pero me pone triste. Me hace pensar en mi Santiago.

Muchas suspiraron. Extrañaban a los maridos, a quienes la biología o la genética se llevaban más temprano. Algunos matrimonios habían sido felices, otros solo buenos, aunque muchos fueron duraderos. ¿Por qué perduraba el amor en las generaciones anteriores, mientras que en los tiempos modernos se desvanecía como se derrite una escultura de hielo después de unas horas de sol? Para algunas no había tanto misterio.

«Nosotras creíamos en el amor, que había un hombre para ti y que, una vez que lo encontrabas, empezabas la tarea de cuidar y proteger el amor», decía una. «La diferencia con la sociedad de hoy es que se olvidan de la responsabilidad que viene con el amor», comentaba otra. «Responsabilidad, compromiso», asentían todas. A la primera dificultad se desecha el amor porque se concluye que se cometió un error en la búsqueda, no en el proceso del cuidado. «¡A buscarse otro!», se reían.

—¿Te imaginas cuánto hubiera durado mi matrimonio si me daba un patatús cada vez que mi Santiago expulsaba gases, se dormía en el cine o peleaba conmigo cuando yo no le hablaba a su madre? —se reía la señora Doris—. No mucho, no mucho…

—¡Por Dios! Que hay hombres horrorosos a los que tampoco tenemos que aguantar —dijo una, con sensatez.

—Eso es obvio —asintió la señora Flores—. ¡Solo estamos hablando de pedos!

Unas recordaban con felicidad, otras se quedaban calladas. «Idealizar el pasado quizá era un error, los tiempos eran tan diferentes…», pensaba Romina. La mujer es, por fin, libre de partir cuando el matrimonio no es de su agrado. Sin embargo, había algo de cierto en que el amor no solo se encuentra: se cuida y se protege. La sociedad moderna lo descartaba muy fácilmente, ante el primer problema.

—El amor es un jardín —sollozó la señora Doris—. Y hoy recuerdo sus colores, las primaveras y los veranos. ¡Ay, y el otoño y el invierno! A los jardines hay que cuidarlos, no hay que abandonarlos...

Pausando un momento, la señora Flores tuvo una gran idea. ¿Y si firmaban después del «Hecho a mano, hecho en el Paraíso» recordando a los maridos?

«Genial»… «Maravilloso»… Asintieron todas.

Romina ofreció ayuda a las de pulso poco firme y escribió con letra clara y prolija:

Hecho por Doris: «Te amo, Santiago».
47 años de matrimonio

Hecho por Silvia: «Nunca te olvidaré, Eduardo».
52 años de matrimonio

Hecho por Lucy: «Te amaré por siempre, Tony».
53 años juntos

A Romina se le apretó el corazón. Su amor no había durado ni seis meses ni seis días, nunca existió. Quizá nunca fue amor, tan solo un capricho de verano.

Todo estaba muy fresco. Ya llegaría el día en que se enamoraría otra vez, y se hizo la promesa de que, cuando llegara ese momento, asumiría el compromiso de cuidar el amor.

Dejó a las señoras, quienes guardaron las tarjetas en cajas. Las iban a vender el domingo, después de las misas del día, a los románticos y enamorados que todavía creían en bodas y promesas.

Romina pasó por la oficina de la señora Parker a saludarla. El reporte de la asistencia de ella y de Juan Luis ya estaba listo y se enviaría a la oficina del juzgado para que se cerrara el caso.

—Siento que no pueda hacer nada por las cinco semanas que faltan, Romina —le dijo la señora Parker, apenada—. Ustedes han hecho tanto que se lo haré saber al magistrado.

A Romina no le quedaba más que pagar la multa, mil euros por ella y mil euros por Juan Luis. Si quedaba la sentencia abierta sin cumplir, podría tener problemas en cualquier procedimiento legal futuro. Tenía que finiquitar aquello. Iría a finales de marzo, cuando se vencía el plazo legal. Pagar la multa sería el cierre de un capítulo amargo y doloroso. Romina bajó la mirada con desilusión.

—No todo fue malo, Romina. Hemos tenido buenos momentos. La Quizatón fue un éxito. La Tarde de Tango, divertida... Y mira a las señoras tan contentas… —la animó la señora Parker al verla afligida—. Por cierto, tengo que hablarte del dinero de la recaudación. Hemos gastado una parte.

Se habían juntado cerca de tres mil euros, pero ya se habían gastado dos mil. Los baños necesitaban renovación y se había pagado a un gasfitero para que cambiara los grifos y las válvulas de los retretes que goteaban.

—Necesitamos tanto dinero que es un lujo renovar el jardín cuando los servicios esenciales requieren mantenimiento. Es solo un sueño, ya se van a olvidar.

Sí, Romina también quería olvidarse. Dejó el Paraíso, se subió a su auto y manejó pensativa por unas cuadras. Ese fin de semana se la pasaría ordenando su departamento, quería encontrar un sitio para todo: sus bolsos, zapatos, papeles y libros. Quizá podría entretenerse de esa manera y poner su vida en orden.

Fue en ese instante cuando lo vio, cuando giraba hacia la calle de la iglesia de San Gabriel Arcángel. Estaba en la puerta mientras los asistentes de una boda salían detrás de los novios, quienes lucían felices bajo una lluvia de pétalos blancos.

Los novios, los padres de los novios, el auto adornado con rosas, la iglesia y su formidable frontal de mármol, el acólito y el padre, quien rociaba agua bendita... Miles de fotos... La novia, el vestido blanco, el cabello en moño, el rostro embelesado: Max tomaba fotos.

Romina se estacionó y aguardó a que terminara el jaleo. Cuando la cantidad de gente menguó y Max terminaba con la toma de los novios partiendo, Romina corrió a alcanzarlo antes de que se subiera a su auto y siguiera a la procesión que continuaría la celebración en algún otro lugar fantástico.

—¡Max! —lo llamó a la distancia—. ¡Max!

Él se volteó, extrañado. No reconoció o no quiso reconocer esa voz. Romina había apurado el paso desde el otro lado de la calle y esquivaba los vehículos que partían en caravana detrás de los novios.

—Romina, ¿qué haces aquí? —preguntó Max con indiferencia.

—Necesito hablar contigo —pudo decir ella, recuperando el aliento.

—Estoy trabajando, Romina. Además, no tenemos nada de qué hablar —dijo Max mientras abría su auto.

—Quiero pedirte perdón —dijo Romina con desesperación mientras él acomodaba el equipo de fotografía en su auto y se preparaba para partir.

—Romina, no puedes pedir perdón cuando a ti te dé la gana —respondió él con sequedad—. ¡Qué más da! Disculpas aceptadas. Ahora, perdóname a mí, que tengo una larga noche de trabajo.

Capítulo 20: Tribulaciones y guaridas

Habían pasado varios días y la botella de vino que Juan Luis había tomado del departamento de Manuel y Pepe ya estaba vacía. No había comido desde ese entonces. El dinero que le habían dado lo usaba para viajar en bus en la noche a un terminal de larga distancia donde dormía. La diferencia con las demás estaciones era que esa ya no podía echar a los vagabundos y callejeros, se habían dado por vencidos. Corrían a uno y a la hora llegaba otro. Los pateaban para despertarlos en la mañana y, medio dormidos, se sentaban contra la pared sin inmutarse. La gerencia de la estación había intentado ofrecerles pasajes a otros pueblos para que fueran a buscar refugio con amigos y familiares. Algunos accedían, aunque la gran mayoría, empedernida, seguía esa rutina destructiva. Otros no tenían a dónde ir.

Juan Luis contó el dinero que le quedaba y era suficiente para un pasaje a Málaga. Sin embargo, no quería irse, no quería ir a ningún lado, solo deseaba viajar de noche en bus y cubrirse del frío. El dinero le aguantaba para comprar otra botella. Era mejor estar borracho, así se aniquilaban el hambre y la pena. «Dos pájaros de un tiro», pensaba Juan Luis.

Esa noche tenía hambre. Recordó las palabras del chofer del autobús acerca del hogar de desamparados en la calle de Sarmiento, en el centro. Decidió comer algo en aquel lugar.

Cuando llegó al albergue, vio que estaba saturado de desahuciados; hacían cola en la calle para recibir alimentos. Era un espectáculo lamentoso. Incluso vio mujeres con niños y algunas muchachas jóvenes, que eran aceptadas en aquel lugar para dormir. Juan Luis esperó un par de horas. Cuando llegó su turno ya no quedaba nada. Alguien le dijo que había que llegar antes de las cuatro de la tarde para recibir un trozo de pan con salchichón.

Juan Luis decidió marcharse. Cuando pasó junto a un hombre, este maldijo su mala suerte y empezó a hablarle. Le ofreció un cigarrillo. Aunque Juan Luis no era de fumar, accedió; el humo caliente y la nicotina le calmarían el hambre. El hombre se presentó como Rodrigo y lo invitó a que se fuera con él, que conocía otro albergue, no lejos de ahí. Al final del día repartían el resto de la comida a quien lo necesitara. Un hombre más joven, que los escuchó hablar, preguntó si también podía acompañarlos.

Los tres hombres se dispusieron a caminar y a compartir un cigarrillo. Se detuvieron para tomarse un trago. Rodrigo tenía una pequeña botella de licor. Charlaron un poco del condenado invierno y sobre la crisis. Rodrigo contó que había sido agente inmobiliario. Perdió el trabajo y se quedó con deudas; su mujer lo dejó; en fin, una cadena interminable de miserias que reducían a una banalidad los problemas de Juan Luis. El hombre joven no decía mucho.

Caminaron por unos veinte minutos más y se adentraron en un callejón.

—No falta mucho, es junto a la iglesia de Fátima. Las monjas son buenísimas. Fíjate que hasta te dan un rosario y te dicen: «Rece, hombre, rece, que el Señor es misericordioso». Yo obvio que intento rezar, aunque el hambre no se me quita —dijo Rodrigo, quien pareció tropezar con algo en el callejón oscuro.

Su paquete de cigarrillos se cayó al piso y Juan Luis se inclinó para levantarlo. En ese momento, los hombres lo tiraron al piso y lo patearon en las costillas. Luego uno lo sujetó y el otro revisó sus bolsillos. Le robaron el poco dinero que le quedaba y el bolso con las mantas. Juan Luis se quedó tumbado en el piso, aturdido. Los cómplices escaparon corriendo.

Se levantó adolorido y se sentó junto a la pared para recobrar el aliento. Sin dinero, no podía regresar a la terminal y, sin sus mantas, se moriría de frío. Ni siquiera sabía dónde estaba exactamente. Rodrigo lo había distraído con sus historias y habían dado varias vueltas. Se habían alejado del centro. Se quedó inmóvil sin saber qué hacer. El miedo lo invadió. No cabía duda, moriría de frío esa noche.

Se acurrucó contra una pared y se quedó entumecido por un largo tiempo, hasta que vio a un grupo de prostitutas y a dos hombres, que serían los proxenetas, dando por terminada la noche. Juan Luis decidió irse con ellos. Los siguió sigilosamente por unas cuadras hasta un bloque de departamentos a medio construir, un esqueleto de la crisis.

Entraron por una reja, que los hombres cerraron con candados, y bajaron los escalones de cemento a lo que sería el estacionamiento. Quizá no era seguro, pero al menos, en una construcción a medias, uno se podía resguardar del viento y de la lluvia. Juan Luis trepó la reja y los siguió hasta el sótano, manteniendo la distancia. No sabía bien qué hacía, no podía meterse así en lugar ajeno y tan bien resguardado por esos maleantes. Estaba en esas tribulaciones cuando una de las mujeres notó su presencia y exhaló sorprendida.

Uno de los hombres lo agarró del cuello, contra la pared.

—¿Estás buscando a tu novia? —dijo de mala manera—. Ya hemos cerrado, hijo de puta.

—Por favor, déjenme dormir aquí por esta noche. Les juro que no quiero nada más. Me han asaltado y quitado lo poco que llevaba conmigo, estoy muriéndome de frío.

Una mujer, alrededor de los cincuenta, apareció y les dijo que lo soltaran. Observó a Juan Luis detenidamente y reposó la mirada en sus ojos café y en su boca cubierta por la barba.

—Quizá podamos convencerlo de que se quede más de una noche —dijo la mujer, y les ordenó que le dieran algunas mantas y que Juan Luis se acomodara en una esquina.

Era la guarida de un grupo de prostitutas, dos hombres fortachones que eran sus guardianes y la *madame* proxeneta. Tenían colchones, mantas, varias estufas de gas, una cocina precaria en el piso y lavabos provisionales con baldes y palanganas.

Juan Luis apoyó la cabeza sobre un cojín y se cubrió con dos mantas. Ya no le importaba si amanecía muerto, solo quería dormir. El hambre le hacía un agujero en el estómago y lo mantenía despierto. Finalmente, la impresión y los puñetazos de la noche pudieron más y cayó dormido.

Se levantó temprano. Todos parecían dormir. Si encontrara un lugar similar, podría sobrevivir las noches. Se disponía a irse cuando vio una olla sobre una estufa fría, con un poco de frijol. Tomó el cucharón y se pasó el guiso helado lo más rápido posible. La *madame* lo detuvo.

—Toma un trozo de pan —dijo ella, quien lo había estado observando.

Juan Luis solo pudo decir gracias y balbuceó que le habían salvado la vida.

—Ya sabes dónde encontrarnos si necesitas más ayuda —respondió la *madame*.

Él se marchó lo antes posible.

Regresó en la noche, no tenía a dónde ir. Muerto de frío, le ofrecieron un trago, que tomó sin pensar en las deudas que estaba asumiendo. Cuando le plantearon trabajar en la calle, dijo que no, jamás se prostituiría. Ofreció, en cambio, chequear que las muchachas estuvieran bien.

—Solo por comida, nada más que comida. No quiero dinero, solo un poco de pan y un lugar donde dormir —dijo Juan Luis, desesperado.

Los maleantes no querían aceptarlo, un hombre podía ser un problema, podía largarse con una de las chicas en cualquier momento. Querían un puto, pues la demanda por hombres jóvenes estaba en alza.

—Si te vistes de mujer, mejor aún —se rio a carcajadas uno.

—Déjenlo por una semana —dijo la *madame*, quizá esperando que Juan Luis cambiase de opinión.

—Te aviso que si nos robas o te metes con alguna de las chicas, vas a pagar con tu culo —le dijo el otro.

Juan Luis accedió y tomó un trago. Ese día durmió. Las noches serían largas.

Capítulo 21:

Buscando perdón y viejos recuerdos

Cuando Romina fue a la construcción, en una de sus rutinas regulares de supervisión, se manejaban toneladas de cemento. Ella se había puesto sus botas y ropa informal de trabajo, un casco y una chaqueta de alta visibilidad. Varias torres ya estaban terminadas. Se dio cuenta de lo pequeño que era todo, una ciudadela diminuta. Caminó por la vía provisional de madera y chequeó con el director técnico de la obra que el proyecto estuviera en orden. Revisó las fichas de construcción, y el avance era adecuado. Firmó el reporte de supervisión del día.

Al llegar a su oficina, Romina se cambió los zapatos y se sentó en las mesas compartidas de la planta abierta del estudio. Aparte del proyecto de Las Palmeras, asistía a los menos experimentados en proyectos varios: tasaciones, revisión de reglamentos, reportes de mantenimiento, presupuesto de materiales. Había pocos diseños sobre las mesas de dibujo. La oficina se había convertido en un apéndice de la municipalidad, llenaban formularios y realizaban trabajos menores para clientes que necesitaban la firma legal de un arquitecto o un ingeniero.

Pasaban más horas frente a un computador preparando reportes que dibujando. Ya no había nada más que construir.

Sin embargo, a Romina el trabajo no se le había aligerado. Con la eliminación de los puestos más costosos, había quedado un número reducido de profesionales con experiencia. Romina apoyaba a los más novatos, saltando de reporte en reporte.

Al final del día, se sintió satisfecha. Reconoció que tenía un cúmulo excepcional de conocimientos y que disfrutaba transmitiendo su experiencia a los más jóvenes. Era gratificante ver que sus «discípulos», como los llamaba en secreto, llegaban con dudas y se iban, al final de la jornada, habiendo aprendido algo nuevo.

El problema era que el proceso era informal y Romina no recibía ningún crédito por ello. No llevaba control de horas por proyecto porque no había a quién cargarle el tiempo. Ella era una simple asesora voluntaria y, aunque los que compartían el espacio con ella estaban más que complacidos, los de arriba, en especial Medina, no sabían nada al respecto. Romina pensó en llevar una lista informal de horas para llevar cuenta del tipo de trabajo y el nombre de la persona que recibía la asesoría. Tal vez eso la ayudaría a conservar su trabajo, si acaso hubiera más despidos cuando se acercara el final de la edificación. Sin embargo, desechó la idea. Se sentía más que satisfecha compartiendo sus conocimientos.

Hoy había conversado acerca de los puntos más álgidos del tratado de Vitruvio, *De architectura.* Para Vitruvio, la belleza arquitectónica radicaba en la proporcionalidad de las dimensiones y en la armonía con la naturaleza. La belleza no era lo primordial, el equilibrio entre «utilidad, belleza y firmeza» definía una buena construcción. De arquitectura pasaron a discutir lo que era importante en el ser humano. Al igual que Vitruvio, concluyeron que ni lo uno ni lo otro tenía que predominar, lo importante estaba en el balance. Sentía felicidad cuando los muchachos escuchaban con interés, admirados por la riqueza de su conocimiento. La conversación era inspiradora, todos contribuían con entusiasmo.

Romina se olvidó de extrañar la privacidad de su oficina. Jamás pensó que pasar al centro abierto iba a tener ese efecto tan reparador. Creía que perder su oficina sería humillante. Ahora estaba rodeada de gente más joven, ávida por aprender el oficio. El hecho de que otros más experimentados hubieran perdido el trabajo le daba también perspectiva, era realmente afortunada. Pensó en Max y en su mala suerte.

Debía ir a verlo. Tenían, al fin y al cabo, una amistad especial, forjada durante años de convivencia en una oficina. No era posible que hubieran terminado así. El encuentro en la iglesia había sido desagradable. Max la había tratado con indiferencia y hasta desprecio, y ella se quedó parada sin poder musitar palabra. Se alegró de que él hubiera encontrado una alternativa de trabajo, pero se preguntaba si estaba bien. Era su turno de invitarlo a almorzar, brindarle alguna ayuda. También hubiera querido ayudar a Juan Luis, a pesar de lo que había sucedido, pero él se había desvanecido.

Romina se quitó la idea de Juan Luis de la cabeza. Ahora se trataba de Max, de hacer las paces con un amigo que siempre había estado allí por ella.

Había perseguido a Berta durante la semana rogándole que le consiguiera la dirección, y la administradora cumplió. El viernes en la noche, Berta le pasó la información y sonrió con malicia.

—Me parece que alguien añora las proezas de Maximus Meridius —dijo ella en chiste.

—Berta, Max es un caballero y un gran amigo —la corrigió Romina—. Te debo una.

Romina se sentía más animada después de una buena semana de trabajo, no porque tuviera menos que hacer o porque hubieran reconocido sus esfuerzos, sino porque estaba contenta con lo que hacía junto a un grupo de gente que la valoraba. Dispuesta a enmendar sus errores, salió a buscar a Max.

*

La pensión estaba en una zona más modesta, en el distrito de Latina, no muy lejos del barrio de Romina. La calle estaba silenciosa y las bolsas de basura se hallaban en orden al margen de la acera. Romina estacionó el auto y se dirigió a una casona, las habitaciones rodeaban un patio central. Aunque había ruido de televisores, puertas y voces, el lugar era bastante decente, ordenado y limpio. El patio era pequeño y acogedor, con bancas de madera, helechos y zarzas.

Romina golpeó la puerta de una de las habitaciones en el patio. Las luces estaban apagadas y nadie respondió. Quizá Max había salido a fotografiar algún evento. Se sentó en una de las bancas a esperarlo. Después de un rato, una señora gruesa le dijo de mala manera que no era una casa de citas y que no molestara a los caballeros del lugar. Romina se disculpó diciendo que solo era una amiga y que quería saber si Max estaba bien.

—¿Vienes a buscar a Max? —se extrañó la portera—. Él no recibe chicas aquí, es un señor.

Se disculpó nuevamente y decidió esperarlo en el coche. No quería causarle ningún problema. Prendió el motor para poner la calefacción y escuchó algo de música. Pasada la media hora, escribió una nota:

> *Max, he venido a buscarte para pedirte perdón. Nunca debí tratarte así. Siento que hoy he perdido no solo a un amigo, sino a una persona especial que merece todo mi respeto. Siento haberme comportado de esa manera.*

Quería saber cómo estabas y si podía serte de alguna ayuda. Quizá una copa de vino después del trabajo nos alegre a los dos.

No voy a desistir en mi intento de pedirte perdón cara a cara. Regresaré pronto.

Tu amiga,

Romina

Dobló la nota y la pasó por debajo de la puerta. Prendió el auto y partió desilusionada. Max era un hombre serio al que se le había agotado la paciencia.

Tal vez debía olvidarse del asunto. «Todos cometemos errores», diría la señora Parker, especialmente en el amor. La imagen de Juan Luis volvió a su mente. ¿Dónde estaría? ¿Qué habría sido de él? Con ese invierno de hielo, deseaba que se hubiera ido a Málaga, con el amor de la madre y del hermano. Allí estaría seguro, tendría un lugar donde dormir.

Ya en su departamento, estuvo tentada de abrir una botella de vino y pasar la noche mirando la televisión. Se frenó. Si iba a darle una nueva dirección a su vida, tenía que preparar una cena más saludable. Se puso el pijama y colgó su ropa en el armario, ¡qué triunfo! Doró un pescado en la sartén, cortó unos tomates y perfumó el pan con un trozo de ajo. Puso un disco, pero lo apagó al instante. Desde su desilusión en la Tarde de Tango, el encontronazo con Juan Luis y su partida abrupta, cualquier melodía le empapaba los ojos. La historia de los dos era un tango amargo. Ella sufría por él. Su corazón le decía que no estaba bien, que andaba perdido, posiblemente borracho.

A media luz lloró un poco más. Su celular timbró. «Juan Luis», pensó Romina, y corrió al dormitorio donde había dejado su cartera. No alcanzó el móvil a tiempo. El aparato solo indicaba una llamada perdida. Eran pasadas las once. ¿Sería él? ¿Estaría en peligro? ¿Tendría dónde dormir y qué comer? Se desesperó por no saber cómo estaba y si necesitaba algo. ¿Se habría animado a llamarla en medio de la necesidad y el desamparo?

Lo que sentía por él era inexplicable. Por un lado, ella quería olvidarse. Juan Luis era un desconocido, un farsante, un perro rabioso que había perdido el sentido. Por otra parte, su corazón palpitaba; ella ansiaba que fuera él, quería escuchar su voz. Imaginaba sus labios, sus intensos ojos café, su cabello castaño, su perfil, el olor de su piel y su barba a medio crecer. Se moría de amor por él, no importaba lo que hubiera hecho.

Sollozó una vez más y cayó dormida.

A la mañana siguiente, el móvil volvió a sonar.

—Romina —dijo una voz—, he recibido tu nota.

***

Habían quedado en tomar una copa el martes porque Max usualmente trabajaba los fines de semana, fotografiando bodas, bautizos, tanto celebraciones de día como de noche. Se saludaron con una sonrisa tiesa. Ambos estaban nerviosos: o tenían mucho que decirse o casi nada.

Max aventuró unas palabras contándole acerca de su nuevo trabajo. No le iba mal, pues sus tarifas eran baratas comparadas con los precios de profesionales. Las celebraciones continuaban, aunque la gente economizaba. El buen trabajo de Max, a un precio razonable, empezó a conocerse. Con la renta que le generaba su departamento y el ingreso de la fotografía, se mantenía bien, aunque había fines de semana que no le entraba nada. Lo bueno era que sus gastos se habían reducido significativamente al vivir en la pensión.

«Eres un hombre sensato», pensó Romina.

Sus libros, fotografías y objetos personales se hallaban en cajas apiladas en un rincón de su habitación. Romina ofreció guardarlas en el depósito de su casa para que tuviera más espacio, que probablemente el lugar era pequeño.

—Una cama, un escritorio, un lavabo y un armario, nada más —contó Max, quien ya se estaba acostumbrando a esa vida austera—. Me harías un favor inmenso si puedo dejar esas cajas en tu casa, aunque algunas me sirven de muebles.

—Si quieres, puedes dar un vistazo en mi departamento o en mi depósito. Es posible que haya algo que te pueda ayudar a hacer tu lugar más acogedor. Tengo una cafetera de más, si te gusta el café —ofreció Romina, quien sinceramente quería ayudarlo—. Es solo mala suerte, Max. Pude haber sido yo la que terminara en la pensión.

—No te sientas culpable, así es la vida: hoy te da, mañana te quita, por eso siempre hay que estar preparados. Aunque mis ahorros son sólidos, no sé cuánto dure esta crisis y es mejor sacarle provecho a mi departamento.

«Si tan solo Juan Luis fuera así de responsable», Romina se distrajo.

—Además, estoy bien en la pensión, es cuestión de adaptarse. Me dan desayuno y cena, algo que valoro mucho. ¿Te imaginas llegar a tu casa y tener un plato de comida caliente preparado en casa, aunque sean unas patatas fritas? La vida de una pensión tiene sus ventajas, me gusta vivir en una comunidad. La mujer de al lado tiene un niño pequeño y a veces me lo deja para cuidarlo. Mientras yo leo o veo los clasificados en el periódico, el niño juega con sus camiones y soldados. Cuando se aburre, empieza a montarse sobre las cajas y me ves a mí tratando de que se baje, que no se caiga.

«Ay, Max, eres el hombre perfecto», pensaba Romina.

Max se dio cuenta de que no había parado de hablar y de que, aunque la conversación les permitió sonreír una vez más, era momento de decirse aquello que no habían tenido valor para enfrentar antes. Max pausó por un momento y tomó un poco de aire.

—Me heriste, Romina, y mucho. Yo estaba enamorado de ti y tú me hiciste creer que tú también lo estabas. Me engañaste, aunque entiendo cómo son estas cosas. A veces no nos damos cuenta de lo que hacemos o sentimos.

Max se detuvo a pasarse la sequedad de la boca con un sorbo de vino mientras Romina, enmudecida, no sabía qué decir y se preguntaba si ya se le habría pasado el amor por ella.

—Lo que no entiendo es por qué te acostaste conmigo si no tenías sentimientos hacia mí. Pensarás que soy un anticuado, pero pienso que uno algo de sentimientos debe de tener.

—Lo siento Max, no fue mi intención lastimarte —logró musitar Romina.

—Yo no soy de levantarme a mujeres porque sí, para pasar el rato. Creí que la vida nos había dado una oportunidad y que podíamos conocernos más. Tú, en cambio, me usaste para sacarle celos al que llamabas tu primo, quien terminó siendo un embustero como tú.

Se preguntó Romina qué sabía Max de Juan Luis. No quiso interrumpirlo, era su tiempo para descargarse. Max suspiró hondo y no dijo más, esperando una explicación de Romina, quien titubeó. Le costaba confesar sus sentimientos.

—Lo siento, Max. Solo me di cuenta de lo que hacía cuando era demasiado tarde, cuando ya te había herido. Juan Luis fue un error. No fue que quisiera darle celos. Sí quería que tú y yo nos diéramos una oportunidad. Por eso me dejé llevar esa noche en tu departamento. Estuve contigo de verdad, Max; tienes que creerme.

Max se quedó callado por un momento, luego agregó:

—Aún sigo pensando en ti, Romina. No me puedo olvidar de tus besos, de tu cuerpo... Si me vas a herir, te pediría que me dejes ir y que no nos volvamos a ver. Si nos vas a dar otra oportunidad, entonces dímelo. Pero tengo que saber qué pasó con Juan Luis primero.

—Nunca pasó nada, apenas nos besamos —dijo Romina.

—Lo que quiero entender son tus sentimientos —interrumpió Max.

Ella bajó los ojos.

—Creo que me atolondró su pinta y su misteriosa vida... Juan Luis es un ser ambiguo. Él también me mintió, me confundió. Yo también me siento engañada. Hoy sé que solo fue un capricho —concluyó Romina en voz baja, avergonzada.

Tenía delante de ella a un hombre decente, responsable e interesante, y ella solo podía pensar en Juan Luis, un ser ambivalente: una paloma y un lobo, un trovador de tangos y un borracho, un amigo del vecindario y un malhechor.

«Eres un brujo, Juan Luis, eres un brujo», se dijo Romina.

—¿Y crees que tú y yo podamos retomar lo que dejamos? —preguntó Max, tomándola de la mano.

Romina se quedó callada. Estaba inclinada a mentir una vez más, a decirle que sí. Sin embargo, había aprendido su lección: la verdad duele, pero libera. Así que prefirió arriesgar la amistad. Sería posible que no lo viera más, que Max encontrara a otra mujer. Quizá la vecina con el niño en su pensión ya le había conquistado el corazón...

No pudo mentirle.

—Es muy pronto, Max —le dijo con sinceridad—. Pero no quiero perder tu amistad.

Max le soltó la mano con delicadeza, suspiró profundo y se levantó de la barra.

—Déjame las cajas igual —dijo ella—, que a mí no me molestan. Y, si necesitaras algo, por favor, llámame; sabes dónde encontrarme.

Max asintió y, apenado, le dio un beso en la mejilla.

—Adiós, Romina.

Capítulo 22:

Sonia Pereyra, dieciocho años

Juan Luis había sobrevivido dos semanas en el albergue de prostitutas y ya lo dejaban en paz. Se ocupaba de mantener limpio el lugar, de botar los residuos de los lavabos provisionales y de acompañar a las chicas por la noche a cambio de alimento y un colchón donde dormir. En la semana, también compraba alimentos, botellas de licor y condones para el establecimiento. No tenía la menor idea de cuánto tiempo se quedaría, no quería pensar, vivía un día a la vez. Por lo menos estaba protegido del frío.

Las mujeres, todas inmigrantes, parecían estar ahí a voluntad. Juan Luis había identificado latinoamericanas: colombianas, ecuatorianas, una brasilera... También había una rumana y una asiática, quizá china. Habían perdido la pensión donde trabajaban luego de que les subieran la renta. Con los precios de prostitución por los suelos, no era posible pagarla. La *madame* había vuelto a reunirlas y ahora operaban desde el sótano de ese edificio, hasta que encontraran otro lugar.

La calle era mucho más peligrosa que la pensión. Los hombres las llevaban a sus coches y podían terminar en cualquier lado, por eso aceptaron que Juan Luis se quedara; Cayetano y Fabián no se daban abasto protegiéndolas. Las mujeres respetaban a la *madame*, una dominicana que había llegado a España más de dos décadas atrás y había ejercido la prostitución por años. Ella las trataba bien, era justa con la repartición del dinero y las protegía de las mafias de drogas y otros peligros.

Encontrar otro lugar y poder mantenerlo económicamente iba a ser difícil, por eso vivían, por el momento, en ese bloque abandonado que nadie reclamaba porque la crisis había llevado a constructores, inmobiliarias, bancos y hasta propietarios a disputar la propiedad para recuperar algo del dinero invertido. El banco, por lo general, terminaba adueñándose del edificio, aunque podrían pasar años hasta que los temas legales de dominio quedaran arreglados.

La competencia entre prostitutas en el centro había aumentado y las calles estaban repletas de mujeres que, a causa de la crisis, se dedicaban a la prostitución. Las mujeres se desplegaban por las calles de Montera, de Desengaño y de Ballesta en una pelea feroz por los puntos más prominentes. A raíz de ello, las muchachas de la *madame* habían terminado desplazadas hacia la periferia de Malasaña, alrededor de la Plaza de Ildefonso. Las muchachas se mezclaban en el tumulto y el bullicio de la gente a la salida de bares y de clubes. Hacían el negocio en los autos, o los que querían servicio completo pagaban extra por quince o treinta minutos en un hostal de mala muerte.

Juan Luis no hablaba mucho con ellas, no quería tener ningún problema con Cayetano o Fabián, pero las chicas ya le habían tomado cariño porque las trataba bien y realmente se preocupaba si, pasada la media hora exacta, no estaban de vuelta. Recorría las calles y chequeaba los autos estacionados hasta encontrarlas y daba de golpes en las ventanas hasta que las dejaban ir. Incluso subía a las habitaciones de los hostales, dispuesto a enfrentar borrachos y delincuentes. En algunas oportunidades, cuando las muchachas aparecían amoratadas o con un labio hinchado, Juan Luis les decía que se fueran a «casa», que él le explicaría a la *madame.*

La única que lo miraba con desconfianza era Gipsy, la rumana. Las otras decían que estaba resentida porque Juan Luis no la miraba como solían mirarla los hombres. «A que es *gay*», decía Gipsy, y se arreglaba la sedosa cabellera negra que le caía hasta la cintura y se acomodaba los pechos voluptuosos en el sostén delante de Juan Luis.

Gipsy se había escapado de una mafia rumana y se escondía entre sus camaradas latinas haciéndose pasar por venezolana. Cayetano y Fabián no la querían en el negocio porque tenían miedo de enfrentarse con los alcahuetes rumanos, quienes tenían reputación de violentos. De Cindy, la china, no se sabía mucho, apenas hablaba español; pasaba por peruana si no hablaba. Las muchachas eran conocidas en la zona como el grupo de «las latinas».

El alcohol se compartía antes de las jornadas laborales y Juan Luis recibía lo suyo, lo que más deseaba: un trago al final del día. La *madame* no quería drogas en su establecimiento, pues caer bajo el control de las mafias era perder el control de las ganancias y de las chicas. La triste verdad era que esas mujeres estaban tan desesperadas por dinero que no necesitaban drogas para estimularse. Sin embargo, las más novatas siempre corrían el riesgo de caer tentadas. Aunque se aprendía rápido, las primeras experiencias como prostituta podían ser traumáticas, y el acecho de las mafias era constante.

Cuando Cindy, la asiática, llegó con el brazo morado y los ojos desvaídos, la echaron esa misma noche, a pesar de los gritos de la china que les rogaba que la dejaran quedarse: «¡Yo no más *doga*, yo no más *doga*!». La *madame,* sin una pizca de misericordia, ordenó a Cayetano que la acompañara afuera. Cayetano se demoró como dos horas. Nadie supo más de ella, quizá fue abandonada al otro lado de la ciudad, en el Portal de los Santos.

En la última semana, habían reclutado a otra brasilera, quien mezclaba el español con palabras cariocas. Juan Luis no podía identificar las edades, pero todas parecían mayor de edad. La carioca le hizo recordar a Rosa, con su pelo enrulado y su silueta delgada.

Le revisaron los documentos y las pocas pertenencias que llevaba en el bolso.

—Sonia Pereyra, dieciocho años —reportó Cayetano, quien luego le revisó los brazos—. Está limpia.

Sonia había llegado a Madrid con su tía. Esta había terminado presa; la muchacha no quiso dar más detalles. Fabián comentó, por lo bajo, que era posible que la tía hubiera traficado drogas o mujeres desde Brasil. Sonia los había seguido como había hecho Juan Luis, esperando encontrar un lugar donde dormir.

Esa noche, luego de la cena de arroz y huevos fritos, las mujeres se alistaron para salir con sus botas, minifaldas, *hot shorts*, cinturones y aretes dorados. Juan Luis recogió los platos y los lavó en un balde de plástico. Sonia le quiso dar una mano y la *madame* la detuvo.

—Tienes que alistarte, muchacha —ordenó la mujer.

Sonia titubeó, le dijo que estaba con su periodo y que no se sentía bien.

—Sabes que aquí no hay lugar para ladronas, drogadictas o mentirosas —dijo Cayetano, obcecado, y dio un paso para inspeccionarla.

—*É verdade!* Mi flujo no es pesado, *mas* el dolor *é insuportável* —gritó la muchacha con desesperación.

—Déjala, Cayetano —lo detuvo la *madame* y mirando a Sonia ordenó con firmeza—: Cuando termines, sales a la calle.

Los siguientes tres días, Sonia ayudó a Juan Luis con las tareas domésticas, limpiando y barriendo. Juan Luis no quiso inmiscuirse en su vida y poco le preguntó. La observó mientras ella recogía ropa y doblaba sábanas. «Parece una empleada doméstica más que una prostituta», pensó Juan Luis.

Sonia intentó iniciar conversación. Él quería evitarla.

—¿Por qué estás aquí? —preguntó la muchacha—. Pareces un *homem bom.*

—Lo mismo diría de ti, ¿qué haces aquí? —dijo él.

—Y hasta *charmoso, com um homem como você* no me importaría dormir —confesó Sonia.

Juan Luis no respondió. Tomó los botes de plástico, subió por las escaleras y desapareció por un buen rato. Los enjuagó, los cargó y los retornó al sótano. Ya era hora de cenar y partir a la calle.

Sonia comió en silencio y dejó su plato. Se lavó la cara, se cambió de blusa y se maquilló. Se puso unos zapatos altos y se unió a las otras. Las muchachas se dividían en grupos de tres por cada hombre. Sonia sobraba y se había quedado junto a Juan Luis, esperando irse con ese grupo. Cayetano llamó a Sonia. Ella titubeó, pero no tuvo opción. Juan Luis pudo ver en su rostro nervioso que ella quería quedarse con él.

Caminaron por más de treinta minutos hasta llegar a una calle de bares y clubes nocturnos. Se separaron los tres grupos y las muchachas se pararon en la entrada de varios establecimientos. Era medianoche y, aunque algunos solo llegaban a emborracharse y a pasarla bien, otros iban directo hacia las mujeres. El negocio empezó a moverse como una noche cualquiera; sin embargo, Sonia aún no se había levantado a nadie. Apoyada en una pared, evitaba el meollo de gente. Juan Luis la espiaba desde el otro lado de la acera.

Cayetano la buscó y la enfrentó. Parecía reprenderla. Le dio un cigarrillo y un trago, la tomó de un brazo y la colocó al borde de la acera, a la vista de todos. Juan Luis veía el espectáculo con una sensación extraña. Su instinto le decía que algo no andaba bien. Sonia, finalmente, accedió a irse con un hombre y empezaron a caminar por un callejón hacia el estacionamiento de autos.

La calle cada vez se hacía más oscura. Los autos estaban parqueados a media cuadra. Mientras caminaban, el hombre le tocaba el culo y los senos. A pocos metros del auto, Sonia se detuvo y le dijo que había cambiado de opinión, que no se sentía bien. El hombre la arrastró de mala manera gritándole que tenían un trato. Abrió la puerta de atrás del coche y le dijo que se subiera. Sonia se rehusó, queriendo escapar. El hombre la sujetó y la empujó adentro.

—¡Eh, eh! —gritó Juan Luis—. Deja a la muchacha en paz.

Juan Luis los había seguido cuando Cayetano, distraído, recibía el dinero del cliente de otra de las muchachas.

—Compadre, si no estoy haciendo nada. Esta señorita y yo tenemos un acuerdo —dijo el hombre completamente ebrio—. ¡Que la perra al menos me devuelva mi dinero!

El dinero lo había recibido Cayetano. Juan Luis tomó parte de lo que él había recaudado y le dio veinte euros.

—¡Fueron treinta! —voceó el hombre.

Juan Luis le tiró diez más y agarró a Sonia del brazo. El hombre se subió tambaleando a su auto y se marchó.

—¿Cuántos años tienes, Sonia? Dime la verdad —gritó Juan Luis—. ¿Realmente quieres terminar en la calle haciendo las cosas más asquerosas que te puedas imaginar con hombres pervertidos que hasta te pueden matar?

—Tengo dieciocho —dijo ella, sollozando.

Juan Luis subió el tono de voz.

—¿Es esto lo que quieres de la vida? ¿Agarrarte enfermedades, dormir en el sótano de una construcción abandonada y beber sin sentido? ¿Dónde está tu tía? Dime la verdad.

—Mi tía *é* una maldita —Sonia rompió en llanto—. Me trajo a España a *mim e meu* prima, ¡y me vendió! Me vendió *dizendo* que *eu* una perra que solo podía vivir de mi *concha.*

Sonia no paraba de llorar y Juan Luis revisó su reloj, preocupado. Cayetano la estaría buscando.

—No tengo a dónde ir... —Sonia no podía contener las lágrimas.

—¿Cuántos años tienes, Sonia? Te ruego que me digas la verdad —imploró Juan Luis.

—Tengo quince —dijo Sonia, mientras el maquillaje le corría por el rostro en un espectáculo penoso.

—Vamos, ven conmigo, ¡ahora! —ordenó Juan Luis y la llevó del brazo por una calle paralela a la vía principal, chequeando si Cayetano andaba cerca—. Te vas a subir en el taxi y vas a la calle de Sarmiento, al centro de los desamparados. ¿Me entiendes? Calle de Sarmiento. Y les dices la verdad, que tienes quince años y que te estabas prostituyendo. Toma este dinero y no vuelvas a la calle —la apuró Juan Luis y le dio todo lo que había recaudado en la noche.

Juan Luis paró un taxi. Fue demasiado tarde. Cayetano los había descubierto y corría como un loco detrás de ellos. Sonia se subió al auto. Juan Luis miró el rostro de Cayetano y supo que, si se quedaba, Cayetano lo iba a matar a golpes. Dudó y miró a Sonia, quien lo esperaba aterrorizada en el asiento. Cuando Juan Luis decidió subirse, Cayetano ya lo había agarrado del cuello y lo golpeaba sobre el pavimento, pateándole las costillas y los genitales.

El taxista le gritaba a Sonia que se bajara. Como ella no se movía, el chofer intentó cerrar la puerta de atrás. Sin embargo, cuando Juan Luis yacía moribundo en el suelo, Cayetano metió medio cuerpo en el vehículo y rasguñó el rostro de Sonia, quien le respondió con fuertes manotadas. El taxista se quedó estupefacto, sin saber qué hacer.

—¡Déjala, Cayetano, es una menor de edad y no quiere estar aquí! —atinó a gritar Juan Luis desde el suelo.

Cayetano paró de pronto y miró a Sonia con incredulidad.

—¿Es cierto lo que dice? ¿No quieres estar aquí? —gritó desde la calle.

Sonia asintió mientras se limpiaba la cara ensangrentada con su blusa blanca. Cayetano se detuvo por un momento. Cerró la puerta del coche con violencia y le gritó al taxista que se largara.

—¡Hijo de puta! —pateó a Juan Luis con una fuerza descomunal.

Fabián y Cayetano escoltaron a Juan Luis hasta el albergue, con las muchachas murmurando atrás. Al llegar al edificio, lo arrastraron hasta el sótano y le dieron varios golpes más.

—¡Basta! —los detuvo la *madame*—. ¡Dije que basta!

—Este tipo es un ladrón. Lo agarré antes de que se escapara con Sonia —dijo Cayetano.

—La muchacha era una menor de edad y no quería estar ahí. Chequeen su documento, es falso —imploró Juan Luis, con el labio partido.

—Obvio que es falso. ¿O crees que todas estas son legales? —dijo Cayetano, mofándolo.

—¿O sea que aceptas mocosas mientras tengan un documento que diga lo contrario? —le reprochó Juan Luis.

—Yo no tengo por qué saber si un documento es falso o no, yo no trabajo en migraciones. Soy guardaespaldas y matón, ¿me entiendes, chulo? —Cayetano lo seguía pateando—. Y dime, ¿cómo piensas devolvernos el dinero que tú y Sonia se estaban robando? Nos debes doscientos euros, cien a las chicas y cien al establecimiento.

—No me importa que haya tomado mi dinero —dijo la brasilera, la morena alta—. Déjenlo ir.

—Bueno, a mí sí me importa —dijo la rumana, Gipsy—. No me culeo cada noche para que este pendejo le dé mi dinero a otra.

—¡Era una *menina*, por *Deus santo*! —insistió la morena brasilera.

—No es de confiar. Que haya dejado ir a la muchacha es una cosa, pero se quiso ir con ella y con el dinero —argumentó Cayetano—. Puede irle a la policía con el cuento de que trabajamos con menores.

—Entré en pánico, Cayetano, pensé que me ibas a matar —se defendió Juan Luis.

—Pues no estás equivocado, ¡hijo de puta! —le gritó Cayetano mientras lo agarraba por el cuello—. Dime, ¿cómo nos vas a devolver el dinero? No te queda más que poner el culo.

La *madame* no había dicho palabra y miraba la escena con indiferencia.

—Déjenlo en el Portal —dijo la *madame*, finalmente—. No hay forma de que nos devuelva el dinero y no quiero a la policía aquí.

—Eso te va a enseñar que los héroes no llegan muy lejos —añadió Gipsy.

Las otras mujeres susurraban y se lamentaban.

—Déjalo ir —sollozó la morena brasilera.

—Basta, no quiero escuchar más de este asunto —elevó la voz la *madame*.

Cuando Cayetano y Fabián lo levantaban del piso, la *madame* los detuvo.

—Llévenlo mañana, que es tarde, y cálmense los dos —concluyó, dándole una botella de ron a Cayetano, quien seguía alienado y ahora discutía con Fabián.

Cayetano ató las manos y los pies de Juan Luis con cinta adhesiva y tomó varios vasos de ron. Eran más de las tres de la mañana y el viaje a los Santos sería largo. La *madame* apagó la última lámpara de gas y la oscuridad en el sótano se sintió más penetrante que nunca.

Juan Luis no podía conciliar el sueño, si tan solo le hubieran dado un trago a él, tal vez podría dormir y despertar pensando que su trance había sido solo una pesadilla. La realidad era otra. Había escuchado las historias del Portal de los Santos de la boca de las chicas y leído noticias en el periódico de drogadictos muertos, violaciones de travestis y orgías. El tráfico de drogas era intenso y las mafias controlaban secciones de lo que era un campamento de carpas y casetas de calamina al pie de la sierra. La policía ya no entraba. Las mafias tenían un buen sistema de alarma con infiltrados en la policía. Cuando la policía incursionaba para buscar evidencia de actividad criminal, solo encontraban drogados y desahuciados que reclamaban ayuda del gobierno. Si había muertos, nunca se encontraban los cuerpos. Las noticias que se leían en los diarios eran de los periodistas que habían logrado hablar con sobrevivientes de la experiencia: los que habían renunciado a esa vida destructiva o escapado a tiempo. Los capos de las mafias vivían sin preocupaciones al otro lado de la ciudad.

—No va a salir con vida —dijo la morena brasilera—. *Deus* nos perdone a todos.

Capítulo 23:

Misiones imposibles

Se había pasado varias noches sin dormir. Juan Luis seguía apareciendo en sus pensamientos. Romina presentía que él estaba en peligro. Si tan solo estuviera en Málaga, otra sería la historia y Romina estaría más tranquila. En el invierno de Madrid, borracho en la calle, no iba a sobrevivir, especialmente si tenía otra bronquitis. Los centros de desahuciados estaban repletos, el paro era brutal.

Esa semana, ella se la pasó hablando con sus colegas más jóvenes acerca de la crisis económica. Todos estaban preocupados: los que estudiaban, porque tenían que terminar la universidad con un presupuesto irrisorio y luego encontrar un trabajo; los más experimentados, porque podían perder el trabajo y su hogar. El sector de la construcción estaba detenido y la empresa podía parar en cualquier momento.

Romina había recuperado su lugar en la mesa de discusiones y planificación. Era, en definitiva, una de las más capaces y de los pocos que quedaban con experiencia. No solo contribuía en arquitectura, sino que tenía un buen entendimiento del negocio. Si tan solo pudiera controlar su temperamento, tendría su puesto asegurado por varios meses más. Un desliz y terminaba en la calle, no había lugar para revolucionarios anticorporativos. Cuando Medina la llamó a una reunión de emergencia para revisar los últimos números, Romina respiró profundo y decidió contribuir sin aspavientos. «Sé objetiva, Romina. Nada de apasionamientos innecesarios», se instruyó a sí misma.

Los números estaban en rojo. Aparte del proyecto de Las Palmeras, que había asegurado su financiamiento, los nuevos proyectos estaban parados. Los que habían logrado financiamiento antes del 2008 ya habían culminado. Las inmobiliarias tenían dificultades para vender los departamentos y renegociaban los préstamos con los bancos. Las asesorías menores no daban para cubrir los costos de personal, de renta y otros gastos administrativos. El déficit crecía a un ritmo acelerado.

—Si no hacemos algo, el banco nos va a cerrar el crédito corriente. No vamos a poder pagar los sueldos del siguiente trimestre. Nos dan un mes para que acordemos un plan de acción —dijo Medina.

Las soluciones no eran fáciles y había pocas ideas sobre la mesa.

—No queda más que hacer reducciones en la sede de Madrid, ya las sucursales regionales han cerrado o bajado significativamente el número de personal —dijo Berta, resignada.

—El problema es que entramos en un círculo vicioso: reducimos personal y luego no tenemos los recursos para generar más trabajo y volvemos a reducir personal. La motivación se cae al suelo con cada recorte —argumentó Romina—. Yo propongo un recorte de sueldo para todos y un sistema de trabajo flexible. Recibimos un básico y un variable. Si hay trabajo, recibimos el variable.

—No va a funcionar. Todos tienen que estar de acuerdo en aceptar un recorte de salario, y es una modalidad de trabajo que nunca hemos probado. Yo prefiero solo afectar a un porcentaje de la gente. Los que se quedan se sienten más que afortunados y ponen el hombro —dijo Medina—. Me preocupa que los que trabajen a tiempo parcial empiecen a buscarse otro empleo fijo y nos dejen colgados una vez que la economía despegue.

—Por supuesto que hay riesgos y necesitamos el compromiso de cada uno… —defendió Romina.

Medina parecía poco convencido con la propuesta, quería hacer lo que se suele hacer en estos casos: despedir a la gente. «No hay por qué inventar la rueda en este caso», había dicho.

El asesor económico dio el resumen del progreso de la economía. El gobierno no tenía mayor flexibilidad para estimular el crecimiento y la falta de confianza aniquilaba la inversión privada. La construcción, que había sostenido la economía por muchos años, ahora estaba muerta. Había una sobreoferta de departamentos en el país. La tasa de desempleo era preocupante; particularmente grave en el segmento joven.

—Necesitamos ampliar los servicios. Si no podemos construir, entonces tenemos que mantener. Ampliemos nuestros servicios de mantenimiento. Si la gente no compra departamentos nuevos, se tiene que quedar en los viejos y reparar o extender. Hay techos que mantener, paredes que pintar, áticos que utilizar —propuso Romina—. Yo creo que podemos hacerlo.

—Romina, no somos una empresa de bricolaje —la cortó el jefe de mala manera—. Berta y Elsa, por favor, dejen en mi oficina la propuesta de reducción de personal y de gastos al final de la semana.

Sin embargo, Berta y Elsa no se levantaron de la mesa y lo miraron por un segundo.

—Puede funcionar —dijo Berta, y Elsa asintió.

—Miren, señoras, aquí se hace lo que yo digo, ¿por qué no ponen el nombre de las tres al principio del listado de despidos? —dijo Medina, malhumorado—. ¡Qué incordio eres, Romina!

Romina no entendía. Había hablado de la manera más neutral posible, sin enojarse, sin llamar diabólico al jefe por sus acciones capitalistas destructivas. Había propuesto medidas razonables. Fue en vano. Pensó que en el mundo empresarial regía la ley del mínimo esfuerzo. ¿Para qué trabajar en un sistema nuevo que requiere planeamiento, creatividad, coordinación, si se puede firmar una carta de despido, cuya plantilla se imprimía al clic de una tecla?

¿Por qué preocuparse por los demás si el futuro propio estaba asegurado? Medina era el capo de esa empresa y nadie le podía achacar el fracaso del negocio en el medio de una crisis global sin precedentes. La Gran Recesión, desencadenada por el colapso de la burbuja inmobiliaria en Estados Unidos y otros países, y por la crisis de los bonos hipotecarios *subprime*, estaba afectando a la economía mundial. Se argumentaba que solo la Gran Depresión de los treinta había sido peor en severidad.

Medina había hecho millones en los tiempos del financiamiento fácil. Si la empresa cerraba, unos años de austeridad personal no le iban a perturbar el sueño. Eran los jóvenes los que más sufrirían con la recesión.

Romina se levantó rendida y les pidió a Berta y Elsa que se olvidaran del asunto, que no quería de ninguna manera poner en riesgo el puesto de ellas. No obstante, ambas dijeron algo que era obvio: que el trabajo de ellas no estaba asegurado, que los de recursos humanos y de administración eran los roles menos necesarios y que, si iban a hacer un reporte objetivo, tenían que poner sus nombres en la lista.

—¿Por qué no nos damos una noche para pensar? —dijo Romina.

*

Romina dio vueltas en la cama pensando en las soluciones planteadas. Solo se necesitaba organización, planeamiento y buena disposición. Se levantó varias veces para escribir ideas que le venían a la mente. Ella conocía bien a los muchachos del área abierta, sabía que podía convencerlos de aceptar reglas nuevas. El problema era Medina y el directorio, una sarta de trajes antiguos y cómodos que se creían omnipotentes porque podían dictar a quién despedir y a quién no. Empezó a sentir la hoguera de la rabia en su pecho y se contuvo, se dijo que si no se calmaba, iba a terminar devorada por las llamas de su propia ira sin hacer nada.

A la mañana siguiente, las tres mujeres se reunieron para conversar. Elsa no estaba tan animada, pero Berta estaba convencida de que las ideas de Romina eran buenas y que, si se motivaba a la gente de la oficina, se podía salir adelante. Se dividieron el trabajo. Elsa prepararía la propuesta para introducir un contrato de trabajo flexible y de ingresos variables. Prepararía un contrato modelo. Si alguien no firmaba, entonces no iba a funcionar. Romina redactaría un plan de negocios para ampliar los servicios de expansión, mantenimiento y decoración. Berta prepararía las proyecciones de ingresos y gastos para los siguientes seis meses.

—Necesitamos algo más —dijo Romina mientras Elsa y Berta la miraban con expectativa—. Un orador motivacional, alguien que nos ayude a convencer a todos de que esta es la mejor salida para la empresa.

Se pusieron a trabajar de inmediato, ya encontrarían a alguien que fuera el emblema de la campaña y que promoviera la cooperación. Tenían solo una semana para poner las ideas en papel y producir un plan concreto y realista.

—¿Y la lista de despidos? —preguntó Elsa—. ¿La preparamos igual?

—Elsa, no hay nada que preparar —declaró Berta—. La lista de despidos es la planilla completa del personal. Que Medina decida quién se va y quién se queda.

Las noches fueron largas. Para evitar sospechas, las mujeres se reunieron en la casa de Romina con sus computadores portátiles y le pusieron al proyecto ahínco, razón y sensibilidad. Nadie quiere ver a un colega despedido, a unos padres sin un cheque al final del mes, a un joven sin una mesada.

El jueves en la noche, pasadas las doce, las tres terminaron la propuesta, exhaustas. Necesitaban más tiempo y asesoría legal y comercial, aunque lo que habían preparado era suficientemente bueno como para ser considerado. Berta se comprometió a imprimir y encuadernar el reporte de cuatro secciones y dejarlo sobre la mesa de Medina al final del viernes. Era preferible que Medina tuviera el fin de semana para pensar, si no, tomaría el reporte y lo pasaría por la trituradora de papeles a la vista de Romina, Elsa y Berta. Había que dejarlo sobre la mesa y escapar.

—¿Cuatro secciones? —preguntó Elsa—. ¿No estábamos trabajando en tres partes? ¿Qué incluye la cuarta sección?

Romina había conseguido el apoyo de los que trabajaban con ella, salvo dos o tres que no querían inmiscuirse por el momento, y tenía un listado con firmas para incluir en apoyo de la iniciativa.

—Esto es muy peligroso. Básicamente les hemos anticipado que van a ser despedidos. Medina va a estallar, tú sabes cómo es él con su tema de confidencialidad —dijo Elsa, consternada.

—No te preocupes, Elsa, yo asumo responsabilidad absoluta. Además, no les he dicho que van a ser despedidos si no firman. Les he preguntado si estarían dispuestos a empezar una empresa nueva, bajo un sistema diferente basado en la cooperación y los ingresos flexibles, una oportunidad para trabajar realmente en equipo y proteger nuestros empleos durante la crisis económica, una empresa revolucionaria —exclamó Romina.

—Bueno, creo que ya hemos encontrado a nuestra oradora —concluyó Berta, tomando el listado de firmas que iba a insertar en el reporte—. Nos vemos mañana. ¡Que Dios nos bendiga!

*

El proyecto fue una gran distracción y motivación para Romina. Por fin podía cerrar los ojos con algo más que Juan Luis como centro de sus preocupaciones. Trabajar era bueno, tener un propósito era bueno. Quizá Juan Luis había sido solo un proyecto, algo en lo que canalizar su fuerza constructiva. Intentó ayudarlo, guiarlo y apoyarlo. Ahora encontraba otros recipientes para su amor y energía. Había fracasado con Juan Luis, pero no iba a fracasar con sus colegas, quienes dependían de ella más que nunca.

Después de dejarle la propuesta a Medina, a Romina le volvieron las dudas. Quizá insertar las firmas no había sido una gran idea. No era necesario a esas alturas incitar los ánimos. Elsa tenía razón, Medina podía reaccionar como un loco. Si bien proponer algo diferente no era un problema, azuzar a la oficina sin la autorización de Medina era muy arriesgado. La propuesta de despidos en la que todos estaban listados, ¡hasta el jefe!, era también un insulto a Medina. En otras palabras, le decían: «¿Quieres despedir gente? Entonces hazlo tú. No nos pidas que te justifiquemos, ¡cobarde!».

Romina sentía que se había excedido una vez más. Para aligerar el peso de sus cavilaciones, fue al Paraíso al día siguiente; una tarde ayudando a dibujar a las señoras y una taza de té no le vendrían mal.

Cuando llegó, las vio en el comedor conversando animadas y preparando tarjetas de Pascua. Las de San Valentín habían sido un éxito, aunque habían generado poco dinero. Cartones coloridos con conejos, huevos, canastos y flores adornaban la mesa. Las señoras la saludaron con cariño, ella era una nieta para todas.

Romina se distrajo escribiendo mensajes de buena fortuna en las tarjetas. La Pascua no tenía mucho significado para ella, pero el amor de las más devotas era evidente. «La Pascua nos reconcilia con Dios, con nuestra verdadera esencia», explicaba alguna. «Cuando el hombre se separa de su verdadera naturaleza, sufre, y mucho», comentaba otra.

Romina, en su pensamiento secular podía comprender poco de aquello. La imagen de Juan Luis le volvía al corazón. Mientras él bebiera, negara la verdad y viviera sin orden y sin trabajo, iba a sufrir, y mucho. Hasta que no retornara a ser lo que debía ser, iba a experimentar dolor y desolación. Escribió en una tarjeta la lección que ella misma había aprendido:

Solo la verdad os hará libres. —San Juan

Finalizada la tarde de trabajo, pintando palomas, arcoíris y flores, tomaron una taza de té con bizcochos. El olor a té inglés y el sabor de los bollos azucarados le endulzaron el corazón. Romina se despidió más serena, aunque seguía sufriendo por Juan Luis.

Buscó a la señora Parker para saludarla, pero ella había salido a comprar más cartones y cintas de color para decorar las tarjetas. Cuando decidió marcharse, Ignacio la atisbó a la salida y le preguntó por Juan Luis, si había escuchado algo de él. Romina apretó los labios e Ignacio entendió que ella sufría por él.

—Vamos, muchacha, siéntate aquí —dijo Ignacio, llamándola con un gesto cariñoso a que se sentara junto a él en la sala.

—No sé nada de él. No sé si está en la calle, en Madrid o en Málaga, si está enfermo o sano, si está muerto o vivo —admitió Romina, apesadumbrada.

—No exageres, que Juan Luis es un hombre inteligente y va a saber cómo salir del meollo en el que se encuentre —dijo Ignacio, animándola—. A veces hay que perderlo todo para encontrar una salida, perder la última gota de dignidad para salir luchando. El problema del ser humano es que leyendo de las penas y las experiencias de otros no se aprende. Los consejos de otros no siempre te llegan. Hay que sufrir en carne propia, hay que ver cómo tu ego hinchado y prepotente se quiebra con el fracaso. Te preguntarás qué bien le puede hacer a un hombre terminar en la calle, muerto de hambre. La necesidad mueve montañas. Aquí la tenía fácil, siempre recibiendo atenciones; un amigo le brindaba un colchón, tú lo apoyabas en todo... Vas a tener que dejarlo ir, Romina.

—Es que no puedo, no puedo con el dolor que siento dentro. Si alguien a quien amas está sufriendo, tú sufres con él y quieres salir en su ayuda, levantarlo del suelo —dijo Romina con aflicción, viéndose limitada por las circunstancias.

—Solo Juan Luis puede levantarse, Romina, tú ya no puedes ayudarlo. Entiende. Es él quien tiene que parar de beber, es él quien tiene que decir basta, aceptar su derrota y empezar de nuevo. Lo que le digas o lo que hagas es irrelevante. Él no ve lo que tú ves, por eso no puede entender lo que tú le dices. Él tiene que ver por sí mismo, darse cuenta de su pobreza, reconocer su miseria y desear con un sentimiento profundo y verdadero salir de su situación. Y luego no puede quedarse en palabras: tiene que actuar sin demora o excusas—dijo él.

Ignacio hablaba con sabiduría. Él mismo lo había perdido todo: sus negocios, su reputación, su mujer. Solo le había quedado una pila de libros. Entendió que con el amor no se juega y que había perdido lo que más quería por culpa de su egoísmo. Cuando decidió cambiar, ya era tarde, nunca pudo recuperar el amor de su mujer. Sin embargo, aprendió a vivir en paz, sabiendo que no lastimaría a nadie más. Terminó conformándose con otro tipo de amor, el fraterno.

Romina entendía con la razón, pero su compasión era más grande que su sabiduría.

—¿Cómo puedo dormir pensando que tiene frío, que se le pegan las tripas de hambre, que alguien podría estar golpeándolo?

—No pienses en lo peor. Quizá ya salió del pozo y está en Málaga, a salvo y seguro. Quizá ya encontró trabajo y está rodeado de gente que lo quiere —intentó tranquilizarla Ignacio.

—¿Y por qué no escribe, entonces? ¿Por qué no nos manda una maldita postal diciéndonos que se encuentra bien? —exclamó ella con rabia, convencida de que Juan Luis escribiría cuando recuperara la razón, que si no escribía era porque no estaba bien.

—Romina, a veces nos equivocamos con las personas. Creemos que son santos cuando son diablos, que son decentes cuando son delincuentes. Juan Luis no era una paloma y es posible que hayamos sido solo una distracción en su proceso —dijo Ignacio—. Cálmate, muchacha, déjalo ir. Él tiene que encontrar su camino y tú, el tuyo. Hay hombres que no valen la pena. En cambio hay otros que no te van a generar penas innecesarias, que son fuente de alegría, de amor. Ese amigo tuyo, Max, es un caballero. No pierdas tu juventud llorando amores que no fueron, encuentra el amor verdadero, el que no te raje el corazón con desencantos continuos, el que te pueda dar a ti lo que tú también puedes dar.

—¿Qué fue lo que te hizo cambiar, Ignacio? ¿Cuándo entendiste que era momento de cambiar? —preguntó Romina, un tanto más calma.

—Cuando reconocí mi miseria con humildad —admitió Ignacio.

Romina ahogó el llanto, le agradeció por sus palabras de consejo y se despidió. Partió del Paraíso.

*

Al llegar a su casa, vio el auto de Max estacionado en la calle. Max le había aceptado la oferta de ayuda y quería dejar sus cajas. Se disculpó por no haber coordinado antes, pero necesitaba espacio en su habitación con urgencia. La vecina de al lado estaba enferma y su niño se quedaría con él por unos días mientras ella veía a un curandero. Los doctores y las medicinas estaban fuera de su alcance. Quería despejar el lugar para que el niño tuviera más espacio para jugar. Max le habló con extraña indiferencia, aunque fue cortés. En el fondo, estaba muy agradecido por el gesto.

Cuando guardaban las cajas en el depósito, Romina le comentó acerca de la situación en la empresa y lo que había hecho con Berta y Elsa. Max notó su preocupación.

—Pues ¿sabes qué? —dijo Max súbitamente—. Tengo una idea. Aunque es riesgosa, no tienes mucho que perder. Al contrario, creo que puedes incrementar tus chances de salir ilesa de esto. Tú y las condenadas de Berta y Elsa, ¡quién lo habría imaginado!

Subieron al departamento de Romina para dejar otras cajas. Ella le ofreció algo de comer porque era casi la hora de cenar. Max se disculpó, que ya tenía planes; no dio más detalles. Romina le ofreció un café mientras hablaban sobre la estrategia que él tenía en mente.

—Tienes razón, no tenemos nada que perder —dijo Romina al final, y lo despidió en la puerta—. Gracias, Max, tú siempre ayudando.

Él se despidió. A medio camino del ascensor, se dio media vuelta.

—Si te interesa saber, lo he visto en la calle, aún sigue en Madrid. Lo vi en el centro, desde el coche, después de fotografiar un evento en un restaurante junto a la Plaza de Ildefonso, hace un par de semanas. Parecía estar bien —dijo Max, omitiendo los detalles de las muchachas sospechosas que estaban con él.

Esa noche Romina no podía dormir. Ignacio le decía que lo dejara ir; Max decía que Juan Luis se encontraba bien; su corazón insistía en que lo buscara. Romina no quiso torturarse más, tenía una dirección. A medianoche, tomó las llaves del auto y salió a buscarlo.

Dio vueltas con el coche por las calles aledañas a la plaza, pero era difícil identificar a Juan Luis entre tanta gente. Tenía que bajarse y mezclarse con la multitud. Le dio miedo, había mucho borracho y tal vez drogas. «¡Qué antros!», se dijo.

Era imposible hallarlo en tal oscuridad y con tanto tumulto. Decidió regresar a casa.

***

Cayetano se levantó con dolor de cabeza. Las mujeres cuchicheaban y no se movían de sus rincones. Cayetano exhaló un gruñido de histeria: Juan Luis se había escapado, las cintas estaban cortadas.

—¡Perra! —le gritó a la morena, arrastrándola del colchón—. ¡Lo ayudaste a escapar, perra!

La brasilera gritaba que ella no había sido, que la dejara en paz.

—¡Basta, Cayetano! —intervino la *madame*—. Mira a tu alrededor. ¿Lo atas y no piensas qué le dejas al lado?

Una olla de comida y unos cucharones yacían a corta distancia. Los frijoles estaban esparcidos por el suelo. Juan Luis parecía haberse arrastrado y alcanzado los utensilios. Se habría pasado la noche cortando las cintas.

—No es posible —dijo Cayetano—. Lo hubiera escuchado rasgando las cintas.

—¡Qué ibas a escuchar, si estabas mamado! —lo insultó Fabián.

—Me has costado el albergue, imbécil —le dijo la *madame*—. Más vale que lo encuentres antes de que se vaya a la policía con el cuento.

Capítulo 24:

Una batalla ganada, una perdida

El lunes Romina se levantó angustiada. Ese día o sucedía un milagro o eran despedidas. Sin embargo, nada pasó, ni el lunes ni el martes. Para su sorpresa, Medina ni mencionó el asunto; caminaba con aire indiferente como en un día ordinario de trabajo. Aunque ya nada era ordinario.

Romina, Elsa y Berta habían propuesto despedir a la oficina entera o, alternativamente, contemplar un plan revolucionario, pero no se había producido ninguna reacción. Estaban desconcertadas y preferían evitar a Medina en lo posible. Romina se achicaba detrás de uno de los internos, que era bastante grueso, Berta pasaba más tiempo en la cocina y Elsa se quedaba en su despacho con la puerta cerrada. ¿Por qué Medina no las enfrentaba, no las buscaba para amenazarlas siquiera? ¿Habría funcionado la estrategia de Max?

La tregua duró poco. Medina se acercó a Berta y, de mala manera, le dijo que organizara una reunión de directorio para el día siguiente, a las diez, para discutir el plan de acción de la empresa.

—Es un poco tarde para convocar a los directores para mañana, son más de las tres de la tarde —dijo Berta, extrañada.

—No te preocupes, son ellos los que han pedido la reunión. Están al tanto. Solo encárgate de enviar un recordatorio y de que la sala esté lista —dijo Medina, cortante—. Esta es la agenda. Quiero que hagas diez copias.

—Aquí dice que se va a discutir el plan de acción. ¿Y el plan de acción, para imprimirlo? —preguntó Berta.

—De eso me ocupo yo —le dijo Medina con pedantería.

Al parecer, el directorio había llamado a Medina para una reunión de emergencia ante las pérdidas de las últimas semanas. Berta husmeaba hablando con las secretarias de los directores. Se creía que la empresa estaba a punto de cerrar.

El martes en la noche, las tres mujeres se reunieron para tomar un trago. Romina no quiso decirles lo que había hecho Max. De seguro no había funcionado.

—No se acongojen. Hemos hecho lo que hemos podido. Siéntanse orgullosas por el intento, que es preferible luchar a ser cobarde —las animó Romina.

—No tengo la menor idea de lo que Medina va a presentar. «De eso me ocupo yo», —se mofó Berta del jefe—. Es un ridículo.

—¿Vas a tomar minutas? —preguntó Romina.

—Medina pidió a una de las secretarias de los directores que tome nota. No nos quiere cerca por nada del mundo —aseguró Berta.

—¿Qué voy a hacer sin trabajo? —dijo Elsa—. ¿Cómo vamos a pagar la hipoteca?

*

La noche fue larga para las tres. Demasiada incertidumbre, negra incertidumbre. Elsa apagó las luces del cuarto de sus mellizos con lágrimas en las mejillas. A medianoche, Berta se levantó para revisar sus cuentas de ahorro y las deudas de sus tarjetas de crédito. Romina dio vueltas en la cama: «Si tan solo tuviera a alguien con quien compartir mis angustias…».

Al día siguiente, ninguna de las tres podía concentrarse y, tomando lentos sorbos de café, esperaban juntas en la oficina de Elsa. No tenían idea de lo que estaba sucediendo en aquella reunión.

El directorio empezó de manera regular. Medina presentó el resumen financiero y las proyecciones de ingresos y egresos para los siguientes seis meses. El neto seguiría en rojo y aumentaría significativamente. Sobre la mesa, los directores tenían un plan de reducción de personal, subarrendamiento de espacio, corte de gastos generales y un nuevo presupuesto después de los recortes. La alternativa era cerrar la empresa. No había otra salida, en eso concordaban los directores. Se intercambiaron varios comentarios acerca de la crisis. No era cuestión de esperar seis meses. La crisis podía durar más y en seis meses estarían sentados una vez más en esa mesa, con un déficit más grande.

El presidente del directorio estaba mudo. No era posible saber si estaba afectado por la situación o no. O trataba de mantenerse en control o no le importaba. No decía nada, ni a favor de empujar la empresa por seis meses más ni daba el asunto por acabado. El presidente observaba, callado. Nadie preguntaba cuántas familias iban a ser afectadas, si era posible darles un plazo para que buscaran otros empleos, si era necesario implementar un presupuesto de emergencia para que el choque al personal no fuera tan traumático. No, nadie preguntaba. Los directores querían terminar con el tema lo antes posible.

Después de unos minutos en silencio, el presidente miró a Medina fijamente, como esperando a que reaccionara.

—Medina, entonces, no hay nada más que hacer que cerrar las puertas, empacar y marcharnos. ¿Esa es su recomendación definitiva? —inquirió con firmeza.

—No veo otra alternativa. Podríamos probar seis meses más con el plan de reducción que les presenté… —dijo Medina, pero el presidente ya lo había cortado.

—¿Sí? ¿Y qué me dice de este otro plan de acción? —preguntó el presidente, sacando copias de un plan alternativo, la propuesta que Romina, Elsa y Berta habían preparado—. Hay otra opción, aunque un poco más compleja.

Medina titubeó, perplejo. ¿Cómo era posible que Romina hubiera ido detrás de sus espaldas y enviado su plan aberrante al presidente del directorio?

—Debiste haber presentado esto, Medina, aunque no estés de acuerdo. Debiste habernos hecho saber tus objeciones, pero ocultar una propuesta deja mucho que desear de un hombre que se supone merece nuestra confianza.

—El plan no tiene ni pies ni cabeza —se defendió Medina.

—Eso nos queda a nosotros por decidir —dijo el presidente mientras los directores hojeaban el reporte murmurando, un tanto en desaprobación, un tanto sorprendidos por las ideas novedosas que el plan sugería—. Por favor, llame a la señorita Romina Freyre, quien nos va a explicar de qué se trata.

Medina no quería levantarse. Con el orgullo magullado, seguía argumentando:

—Puedo compartir mis objeciones de inmediato y plantear maneras de resolver los puntos débiles del plan. No hay necesidad de llamar a la señorita Freyre. De igual manera, las ideas de este reporte han surgido de conversaciones entre los dos. Es solo un borrador. Si me dan otra semana, podemos trabajar en las objeciones y refinar algunas de las ideas.

—Estas ideas suenan interesantes —decía uno.

—Me preocupa que hay que ponerle mucho trabajo —dijo otro.

—Medina, por favor, busque a la señorita Freyre —ordenó el presidente.

Medina estaba furioso. Caminó por la oficina buscando a Romina.

«Está con Elsa», alguien le indicó.

Cuando se avasalló en la oficina de Elsa, las tres se quedaron tiesas. Medina gritaba que habían ido muy lejos yendo a sus espaldas, que Romina ahora tenía la oportunidad de rectificarse diciendo que era un plan que no iba a resultar y que el dinero estaría mejor invertido en pagar paquetes de redundancia.

—Yo voy a decir lo que me parezca conveniente —dijo Romina en voz baja mientras se arreglaba el traje.

Las tres se pusieron en marcha.

—Solo Romina —ordenó Medina.

—Las tres estamos en esto, así que vamos juntas —elevó la voz Romina, quien se sentía más en control con Elsa y Berta resguardando sus flancos.

La reunión continuó con Romina explicando el plan de acción, que requería total cooperación para aceptar un salario más bajo, con una porción variable y condiciones flexibles de trabajo. Se debía firmar un nuevo contrato laboral. Elsa había verificado los aspectos legales. El negocio tenía que girar hacia el rubro de ampliación, mantenimiento y decoración porque ya nadie construía o compraba departamentos. Las tarifas tenían que bajar, era la única forma de competir en un mercado en el que cualquiera podía pintar una pared. Y el servicio debía ser integral y completo de forma de presentar una ventaja competitiva. Se ofrecerían desde decoradores hasta plomeros.

—Lo importante es que la gente no quiere perder su trabajo —explicó Romina—, por eso están dispuestos a apoyar el proyecto. Las firmas en la cuarta sección del reporte es corroboración del soporte inicial que hemos recibido.

Pasaron a revisar las cifras. El negocio podía mantenerse en pie y no se perdería el talento de la empresa. Si las cosas mejoraban en un año, se tenía un equipo listo y motivado para retomar el negocio.

—Y no perderíamos el trabajo —dijo Berta.

—Pero no ganaríamos nada de dinero —objetó Medina—. Estamos en el negocio de hacer dinero.

—Es solo por un tiempo. Además, nuestras proyecciones son bastante conservadoras. Es posible que la flexibilidad que le inyectemos al negocio signifique que descubramos otros segmentos de clientes. Por ejemplo, podemos tener contratos de servicio con empresas, centros comerciales, cines, gimnasios, centros de deportes, colegios, universidades... Cada edificación necesita mantenimiento.

—Necesitamos invertir en publicidad y en revisar los reglamentos —siguió argumentando Medina.

—Tenemos el personal suficiente para que se estudie el tema y se implementen los cambios necesarios. Con respecto al mercadeo, podemos lanzar una campaña persona a persona. Vamos y tocamos puertas. No tenemos que gastar en una campaña tradicional —abogaba Romina.

—Bueno, bueno —dijo, finalmente, el presidente mientras los demás directores seguían tomando notas—. Necesitamos discutir esto entre nosotros. Romina, Elsa y Berta, gracias por la presentación y por ponerle esfuerzo a esto. Es una buena propuesta.

Cuando las muchachas se levantaban, el presidente miró tenso a Medina, quien parecía estar inmóvil.

—Usted también, Medina —lo invitó a irse levantando el ceño.

Las mujeres dejaron la sala. Por lo menos las habían escuchado.

—¡Qué endiablada eres, Romina! ¿Mandarle el reporte al presidente del directorio? ¿Por qué no nos dijiste nada? —preguntó Berta, quien saltaba victoriosa.

—Yo no fui, cosas de Max. Él me dijo que no teníamos nada que perder y que a veces hay que ir directo al que toma las decisiones. Max sabía que Medina no iba a empujar la causa, por eso le escribió una carta profesional y sincera al presidente y le envió el reporte. Pensé que el mensaje terminaría en el basurero del correo. No pensé más acerca de aquello...

—¿Le viste la cara a Medina cuando el presidente lo invitó a marcharse también? Jamás me he reído tanto por dentro. «Usted también, Medina». Y el tipo blanco, humillado, levantándose del asiento —se reía Berta.

—¿Cuándo sabremos de la decisión final? —preguntó Elsa.

—No sé, una propuesta así tiene que ser aprobada por el banco, dado que la fuente de ingreso está cambiando y estamos en rojo. Puede demorar semanas —comentó Berta.

—Si esto no sale adelante, las tres vamos a ser las primeras en terminar en la calle —dijo Elsa, preocupada.

—Y, si sale adelante, Medina nos va a hacer la vida imposible para vernos fracasar —dijo Romina, consternada.

—No te preocupes, mientras tengas a la gente a tu favor, Medina no va a poder hacerte daño —argumentó Berta—. Tenemos que celebrar nuestra primera batalla ganada. Tenemos que buscar a Max y agradecerle. ¡Qué jugada!

La semana transcurrió sin noticias concretas. El directorio no había ni rechazado ni aprobado la propuesta. Querían ver qué pensaba el banco y necesitaban un poco más de tiempo para considerar los riesgos.

Romina recibió una nota del presidente, dirigida a las tres:

Les agradezco que hayan dedicado su energía y puesto sus mejores ideas en la preparación de este plan. Es refrescante saber que hay gente que piensa en el bien común en lugar del beneficio propio. Son tiempos difíciles y no les puedo prometer nada. Aunque solo tengo un voto en este asunto, me comprometo a que la propuesta sea seriamente considerada por los miembros del directorio y los representantes del banco.

Berta tenía razón: habían ganado la primera batalla y tenían que celebrar. Romina coordinaría con Max.

—Eso sí, Berta, nada de chistes con Max, ¿de acuerdo? —pidió Romina con seriedad—. Es un gran amigo y un colega.

*

Al final de la semana, se encontraron en el bar de la esquina para celebrar la primera victoria. Tenían que pensar también en los siguientes pasos. Si el plan era aceptado, había muchísimo que hacer, desde preparar contratos de servicio hasta entrenar al personal en reglas de mantenimiento, seguridad y otros asuntos legales. Romina se encargaría de llevar la campaña de publicidad y de hacer los primeros contactos. Tenía muchas ideas, sin embargo, quería contar con la guía de una persona más experimentada.

—No necesitas a nadie —dijo Max, apoyándola moralmente—. Tienes en tu cabeza todo lo que necesitas. Ten confianza. Ese plan que prepararon a las carreras tiene sustancia. Imagínense lo que pueden hacer las tres con más tiempo y con gente que apoye el proyecto.

—¡A brindar por una empresa nueva! —exclamó Berta con emoción—. Solo nos tenemos que deshacer de Medina, pero no se me ocurre nada apacible ni honrado.

—Lo podemos secuestrar y desaparecer como en esa película de Dolly Parton, ¿qué les parece? —se rio Romina.

—No me metan a mí en estos embrollos, señoritas —dijo Max, quien se paró para despedirse.

—Te vas temprano —dijo Romina, desilusionada—. Pensé que íbamos a discutir nuestros planes maquiavélicos con varias jarras de sangría.

—Tengo que trabajar esta noche, tengo una cena de cumpleaños —se disculpó Max.

—¡Qué pena! —dijo Berta, coqueteando—. Ahora que empezabas a gustarme...

—Vale, guapas. Avísenme si necesitan algo —se despidió Max.

Los ojos de Romina lo siguieron hasta la puerta.

—Ay, Romina, quién iba a pensar que has tenido a este hombre comiendo de tu mano y ahora eres tú la que lo mira de soslayo. Así no lo vas a reconquistar, muchacha —dijo Elsa—. Pensemos ahora en estrategias de reconquista que ya me aburrió hablar de Medina.

—Ese idiota no merece que pasemos nuestro fin de semana hablando de él. ¡Hablemos de Max! —convino Berta.

Romina se reía con las propuestas de Berta y Elsa, quienes insistían en raptar a Max. Ella sería la carcelera en el juego sadomasoquista…

—Están locas. Un juego de seducción…, ¡con Max! ¡Qué locura! —exclamó Romina—. Les aseguro que Max es un amigo. Hemos intentado estar juntos y no ha funcionado. Tengo que dejarlo ir.

—Lo que tienes que soltar es lo que sea que te está deteniendo con Max —aconsejó Elsa—. A veces, es la noción romántica del amor…

—Secuéstralo, Romina —insistía Berta.

Romina se despidió a la hora. La semana había sido bastante intensa y el hablar de amor la llenaba de nostalgia. Su cabeza se turnaba para pensar primero en el trabajo y luego en Juan Luis. Cuando se cansaba de un tema, pasaba al otro. Siempre preocupada, siempre vigilante. Si pudiese soltar a Juan Luis, estaría libre para volver a amar, pero se había quedado con tantas preguntas sin contestar... Era difícil dejar ir lo que nunca se había tenido.

En su departamento, se tiró sobre la cama, cansada. No tenía ganas de cenar. Buscó la foto de los dos en el cajón de la mesa de noche y la miró, obsesionada.

«¿Dónde estás, Juan Luis? ¿Por qué me dejaste así? Si tan solo me dijeras en mi cara que nunca me amaste y que nunca me amarás, otra sería la historia. Me dejaste con las ganas y la desilusión, con el odio y el amor por ti, con un sabor agridulce adictivo». Estaba en esos pensamientos cuando miró una vez más la foto y se sentó alerta sobre la cama. Con la foto era más fácil ir a buscarlo. Alguien podía reconocerlo y darle una pista sobre su paradero. Se puso su chaqueta y tomó las llaves del coche. «Esta vez voy a encontrarte».

*

Cerca al bulevar de bares y clubes, Romina aparcó el coche en una calle paralela. No había dónde estacionar en la avenida principal. Eran más de las dos de la mañana y el lugar bullía de gente. La mayoría ya estaba ebria, y Romina podía atestiguar que las transacciones de droga ocurrían igual en los callejones más oscuros como a la luz incandescente de los faroles. Nadie tenía ningún reparo. Vio incluso actividad de otra índole en la parte trasera de un auto.

Sintió miedo cuando unos hombres la comenzaron a llamar a silbidos. «¿Qué haces solita, muñeca?», le dijo uno. Ella se animó a caminar una cuadra más hacia el club más popular de la zona. Preguntaría a los hombres de seguridad. Si Juan Luis paraba por esos lugares, era posible que los que se mantuvieran sobrios lo hubieran visto.

Sacó la foto y se acercó a la puerta del local. Los que estaban en la cola se alborotaron, gritándole, entre insultos, que hiciera la fila. Los de la puerta no se daban abasto para mantener la multitud en orden. Romina decidió evitar problemas y hacer la cola. Cuando llegó a la puerta, sacó la foto y le preguntó a uno de los guardias si había visto al hombre de la foto. Los guardias la sacaron de la fila de inmediato; no tenían ni paciencia ni humor para sus investigaciones. «Muévete, guapa, si es que no vas a entrar», ordenó uno.

Caminó hacia los clubes de al lado, que tenían menos gente en la puerta. Los guardias no recordaban haberlo visto.

—Quizá ahora está con barba. ¿Puede visualizarlo con barba? —imploró Romina.

—Perdona, no sé y no quiero problemas, ya te dije que no lo he visto. Pregúntale a las nenas —dijo uno de los guardias, indicando con la mirada al grupo de prostitutas que fumaban en la esquina—. Vienen cada noche. Quizá es un cliente habitual.

Romina no sabía cómo tomar la sugerencia. ¿Juan Luis y prostitutas? Se armó de valor y se aproximó al grupo de mujeres, que la miraron con curiosidad, pues no estaba vestida para la ocasión. Su traje gris poco llamativo, sin maquillaje, el cabello en un moño desordenado, parecía más bien un agente de migración que una enamorada perdida. Cuando Romina les mostró la foto, pudo presentir que una de las mujeres lo había reconocido. Sin embargo, otra, la más voluptuosa, una de cabellos negros hasta la cintura, dijo que no. Romina insistió, pero la morocha de cabello largo lo negó de mala manera y discretamente movió al grupo hacia el otro lado de la calle.

Romina caminó por una cuadra más y desistió. Si alguien lo había visto, era posible que nunca se acordara; estaban todos mamados.

Caminó por la calle principal. Al menos las luces de las calles estaban prendidas y los locales estaban atiborrados de gente.

Cuando vio a un grupo de hombres que se le acercaba, cruzó la calle y fingió mezclarse con la gente. Alguien le ofreció un cigarrillo o quién sabe qué más. Romina no aceptó y sonrió nerviosamente. Cuando los hombres se distrajeron con otro grupo de muchachas, ella apresuró el paso. Tenía que girar en la esquina, caminar por una cuadra y tomar la calle paralela. Su auto no estaba lejos.

El miedo se hizo más abrumador. Las calles aledañas no tenían el mismo movimiento ni la misma iluminación. No quiso mirar hacia atrás, parecía seguirla alguien.

«Solo una cuadra más, solo una cuadra más», se repitió Romina; le temblaban las piernas. Pudo presentir que quienes la seguían aceleraban el paso. Atisbó su coche a unos metros, pero no pudo correr, estaba paralizada por dentro. Con movimientos mecánicos, alcanzó la puerta de su auto. Cuando quiso subirse, alguien le cerró la puerta de un golpe. Un hombre la jaló del cabello, inclinándole la nuca hacia atrás, y le gritó en el oído.

—¿Qué buscas, guapa? ¿Por qué andas detrás del pendejo de Juan Luis? ¿Eres policía? —le dijo un hombre mientras el otro revisaba su bolsa y sacaba su licencia de conducir.

—No veo placa ni arma, está limpia —dijo Fabián.

—No, no soy policía —pudo decir Romina, con el corazón acelerado.

—¿Eres la novia? ¿Qué te hizo el pendejo a ti? ¿Ah? —gritaba Cayetano.

—No, no soy la novia. Es que me ha robado, el pendejo. El pendejo me ha robado —atinó a decir Romina, quien quería estar del mismo lado que sus atacantes.

—¿Sí? ¿Y qué haces tan chula con él en la foto? ¿Qué, no eres la novia? —insistió Cayetano.

—No, no soy la novia —dijo nerviosa pensando que no se iban a tragar el cuento—. Me hizo creer que era mi novio y se escapó con mi dinero.

—¿Qué, tienes mucho dinero? —preguntó Cayetano—. Tienes buen auto. ¿Qué haces? ¿O eres hijita de papá?

—Es arquitecta —dijo Fabián, mostrándole el carné de identidad de su trabajo—. Debe de ganar buena plata.

—No, no gano tanto. Me pagan comisión por departamento vendido y hoy no vendemos nada. Tengo deudas con el banco. No puedo pagar ni la renta. Estoy prácticamente en la calle. —Romina sacaba fuerzas y mantenía sus nervios firmes para que la historia sonara convincente y realista—. El pendejo me robó lo poco que me quedaba.

—¡Ay, qué fanfarria! —Cayetano la agarró del cabello con una mano y del cuello con la otra—. Mira, guapa, no te quiero volver a ver por aquí. ¿Me entiendes? Y, si ves al pendejo de Juan Luis, le dices que Cayetano no se olvida de su cara y que tiene una deuda que cobrarse. ¿Me entiendes, Romina Freyre?

Cayetano la sacudió contra el coche y se fue dando de pitidos. Romina se subió al auto. Una vez que cerró el coche con el seguro, empezó a temblar. No podía poner la llave en el arrancador.

Al ver al grupo de hombres que la había seguido por la calle principal, se le cayó la llave al piso del auto. A tientas la encontró, justo cuando los hombres se acercaban. Logró poner la llave en el arrancador y partió como una condenada. Se había dado el susto de su vida. No paró en ninguna luz roja. Ahora tenía otra preocupación encima. Los delincuentes sabían su nombre, su dirección y dónde trabajaba, y sospechaban que tenía dinero.

Capítulo 25:
Un escape milagroso
y una aparición

Su escape fue un milagro humano. Después de los golpes de Cayetano, de las recriminaciones de Gipsy y de las discusiones acerca de su destino, Juan Luis cabeceaba, extenuado. La posición incómoda en el suelo, con los brazos atados hacia atrás y las piernas inmovilizadas, lo mantenían despierto. Quería dormir para que las energías del nuevo día lo ayudaran a sobrevivir. Sin embargo, el dolor de las costillas y la ansiedad le impedían conciliar el sueño.

Habría pasado un par de horas cuando sintió que alguien se levantaba. Pensó que usaría el lavabo; sin embargo, la figura se le acercó. Con el rostro en el suelo y en la oscuridad, no pudo discernir de quién se trataba.

Alguien le empezó a cortar las cintas con una chaveta. Juan Luis no entendía bien por qué lo ayudaba. Él era una amenaza para el establecimiento, podía delatarlos por venganza o por estupidez. Supuestamente, habían dejado a varias muchachas en el Portal de los Santos, ¿por qué no a él?

Se levantó mareado sosteniéndose las costillas. Sorprendido, miró a la *madame*, quien ahora le extendía una mano y le daba algo en la oscuridad.

—Vete, Juan Luis, lo más lejos posible —dijo ella, dándole veinte euros.

Aunque sentía el dolor infernal en su torso descuadrado, Juan Luis subió las escaleras lo más rápido que pudo. Sujetándose el cuerpo, corrió por unas cuadras y paró un taxi. Tenía que alejarse del albergue de prostitutas. A las veinte cuadras, le dijo al taxista que parara. El poco dinero que le quedaba tenía que aguantarle para irse lejos, muy lejos.

Tomó un autobús hacia la terminal de larga distancia. Adolorido en el asiento, pensó en la *madame* y en por qué lo había ayudado. La *madame*, quien prostituía mujeres mientras tuvieran un documento falso con el que justificar su edad, había mostrado un hilo de compasión. «Los corazones no terminan endurecidos sin remedio», pensó Juan Luis. En el fondo, no importa lo que hubieras hecho o te hubiera sucedido, siempre se podía tener fe en el corazón humano.

Quizá la *madame* se vio reflejada en Sonia, en sus primeros días de prostituta. Pero ¿por qué iba a poner en juego su autoridad, el respeto y miedo que todos sentían por ella para ayudar a Juan Luis? ¿Sería porque él, a su vez, había ayudado a una mocosa a escapar?

Sin embargo, a la *madame* nadie la había ayudado. ¿Cuántas noches habría pasado aterrorizada mientras hombres hacían lo que querían con ella, posiblemente a la vista de algún familiar? El rencor y el odio tenían que poder más; no obstante, la *madame* se compadeció y le extendió una mano a Juan Luis en un gesto humanitario extraordinario.

Fue por esa misma fuerza que Juan Luis salió al rescate de Sonia. Podía presentir que algo no andaba bien, que la muchacha no quería prostituirse, y se compadeció. Fue detrás de ella sin pensar en las consecuencias. Tampoco sabía exactamente lo que iba a hacer. ¿Y si el hombre tenía una navaja? Cayetano le daría de palos si se enteraba que había intervenido o evitado que una de las muchachas concluyera su negocio. No obstante, algo le decía con fuerza que actuara. Sonia no quería estar ahí, Juan Luis podía sentirlo al verla caminar con inseguridad. Y cuando la alcanzó, vio en sus ojos la mirada de una niña horrorizada y perdida.

Una vida joven en la calle, contra su voluntad, prostituyéndose por necesidad y por un lugar donde dormir, no era nada nuevo, pero Juan Luis tenía la oportunidad de hacer algo. Por ello, y sin dudar, la subió al taxi y le dio todo el dinero que tenía encima. Quizá en el hogar de desamparados la podrían ayudar. El dinero le podía servir para sobrevivir mientras alguien le encontraba un lugar donde vivir o la regresaban a su país. Comprendió que era solo una niña que no sabía qué hacía, que había huido de casa porque los que tenían la obligación de cuidarla la habían abandonado.

Juan Luis pensó en Matías. Su madre le había rogado que lo cuidara, que fuera su guía, porque su salud ya no le daba para proteger a un adolescente. Su madre, confiada en que Juan Luis era un profesional con trabajo y estabilidad, le pidió que lo albergara en Madrid para que empezara sus estudios universitarios después de terminar el colegio. Juan Luis reconoció que su hermano necesitaba más que un techo, que el mundo para los jóvenes era un lugar inhóspito y peligroso. ¿Terminaría el colegio? ¿Huiría de casa por un desacuerdo con la madre o excitado por malas influencias? ¿Terminaría en drogas?

Una vez más, se bajó a medio camino. No sabía qué hacía, no estaba listo para partir. Cruzó la calle y tomó el autobús de vuelta. La bondad que le había nacido abruptamente del corazón para salvar el alma y el cuerpo de Sonia se desvanecía y volvía a ser Juan Luis, un vagabundo sin rumbo.

Tomó un autobús hacia el otro lado de la ciudad. Ya no podía deambular por los bares y clubes del centro. Cayetano lo podía atisbar en cualquier momento.

***

Habían pasado cinco días desde que dejó el albergue de prostitutas y, con el tiempo menos frío de marzo, pasaba las noches en la calle junto a la vieja biblioteca de su barrio. Alguien le había tirado un abrigo viejo y eso le bastaba para sobrevivir las noches, aunque la tos y su pecho indicaban que su salud se deterioraba. Con la vergüenza más profunda, puso un cartel junto a su puesto: «Tengo hambre, por favor, ayúdeme», y agachaba la mirada cuando alguien se acercaba a tirarle una moneda o restos de comida.

Hacía una semana que no bebía. Los primeros días fueron insufribles, con la migraña haciéndole un agujero en la sien. No quería comer, solo beber. Sus costillas estaban adoloridas y no podía caminar más, alguna estaría rota. Sus mejillas aún estaban amoratadas y sus labios sobresalían hinchados entre la barba que apenas cubría el rastro de aquella noche de locos. Quién sabe dónde hubiera terminado. Quería creer que lo del Portal era una mentira, que le habían echado el cuento para que el pavor lo hiciera más leal a la *madame*, pero algo le decía que lo que se contaba era verdad y que, si no hubiera sido por ese segundo caritativo de otro ser humano, habría terminado en medio de drogadictos, mafiosos o violadores.

Ahora se sentaba junto a una pared y no hacía nada, solo esperaba que el espíritu de héroe o la bondad le volviera a surgir y, milagrosamente, lo empujara a dar el siguiente paso. O quizá solo esperaba, inmóvil, a que sanaran sus costillas. Con cada inhalación y exhalación le dolía el alma. Aunque la migraña había menguado, seguía muriéndose de sed, no de agua fresca, sino de licor dulce y embriagador.

Varias veces se sintió tentado de entrar a un bar y pedir un vaso de aguardiente, lo más barato que la barra ofreciera. Sin embargo, una fuerza le decía que no bebiera más. Aunque el deseo lo acechaba, perturbador y amenazante, algo le decía que se contuviera. Se sentaba sin fuerzas, con la respiración pesada y una tos seca, y esperaba a que el tiempo pasara. Con el cuerpo y el espíritu rotos, no deseaba ir a ningún otro lado. Siempre se sintió en paz en esa plaza, bajo los cipreses. Los días de marzo eran buenos, se sentía menos frío; quizá lo peor había pasado.

Estaba sentado en el suelo, en blanco, sin mayor actividad corporal o mental, con los ojos cerrados, dormitando a media luz, entre el sol de la tarde y la oscuridad de la noche, cuando una mano enclenque le tiró una moneda. Juan Luis abrió los ojos. En lugar de ocultar la mirada con vergüenza, esta vez miró a su benefactor.

—¿Eres tú, mi niño? Esos son los ojos de mi niño —dijo la voz de una anciana que lo miró detenidamente como si reconociera a un ser querido, con dulzura—. No, no puede ser.

La anciana se fue caminando con un murmullo penoso. «Los ojos de mi niño… ¡Qué bueno que era mi niño Juan Luis!», creyó haber escuchado él.

Se le llenaron los ojos de lágrimas.

Esa noche lloró como nunca había llorado. Creía haber visto a la señora Carmen, la mujer que le había dado refugio cuando más lo necesitaba, cuando era un niño solitario e invisible. Las golosinas y la protección que ella le brindaba cuando se escapaba del hogar o del colegio fueron el sustento que lo mantuvo cuerdo durante un periodo de turbulencia familiar.

Cayó dormido entre sollozos de vergüenza y catarsis. Soñó con un campo, un río transparente y un cielo azul. Toda la gente que lo había amado o ayudado en algún momento estaba presente en esa visión surrealista: su amigo Martín, Clara, Manuel, Pepe, Rosa… La imagen de la *madame*, de la señora Carmen, de su madre, de Matías, de los ancianos del Paraíso y de Romina se mezclaron en una extraña danza. Juan Luis sintió en sueños el amor que todos le daban. Era una fiesta de milongas alegres, no de tangos amargos, y todos bailaban. Él bailaba con Romina, siempre Romina. Le besó los labios.

El amor verdadero existía.

Capítulo 26:
Trágate el orgullo

Romina había estado particularmente callada durante la semana. Tanto Berta como Elsa querían alentarla diciéndole que la situación en la empresa se iba a resolver de una manera u otra, pero ella tenía la mirada perdida. Berta identificó un moretón en su cuello. Romina, cubriéndose con el cabello, dijo que no era nada. Su pasión por el proyecto se desvanecía, ya no tenía ganas de luchar. Lo que había pasado el fin de semana le sacudió el espinazo. Juan Luis no solo era un mentiroso, sino que andaba con gente aberrante. Gracias a él, ella ahora pasaba las noches angustiada. Unos delincuentes sabían de su paradero, cómo se llamaba, en qué trabajaba... ¿Y si la buscaban para desquitarse en represalia y para enviar un mensaje a Juan Luis? ¿Se habrían creído la historia de que no tenía dinero? Posiblemente, no.

Romina estaba en medio de un torbellino de dudas y sentimientos entrecruzados. Encima, el miedo había dominado sus emociones en los últimos días. Eso tenía que terminar y para siempre, debía olvidarse de Juan Luis y de lo que había sufrido por él. Todos tenían razón, no valía la pena. Ella tenía que empezar de nuevo. Las malas experiencias también se olvidan y era tiempo de pasar la hoja.

Decidió hacer lo que había pospuesto por varias semanas. Había fantaseado que, si esperaba, Juan Luis podría reaparecer como un hombre cambiado y ambos podrían terminar la sentencia. Había pensado en pedir una extensión del plazo hasta que pudiera encontrar a Juan Luis o incluso dejar la sentencia abierta. Sin embargo, pensó en su trabajo y en las dificultades legales o comerciales que le podría generar una sentencia civil sin cumplir. Era momento de finalizar la historia; pagaría la multa. Sería un símbolo del final: podría olvidarse de Juan Luis y empezar de nuevo.

A media tarde, Romina salió al banco a retirar dos mil euros. Tenía que pagar mil por ella y mil por Juan Luis. Él, de alguna forma, era un ladrón, porque dejar su deuda impaga era como robarle a ella. A Romina ya no le importaba, su pérdida financiera era minúscula comparada con los daños emocionales. Recordó que, al inicio del proceso, aunque había estado dispuesta a pagar su parte de la multa, no había querido pagar lo que le correspondía a Juan Luis, por orgullo. ¡Cuánto sufrimiento se hubiera ahorrado si hubiera adoptado una posición más práctica! Ahora pagaba igual y sus pérdidas eran infinitas.

Se llenó de valor y fue a las oficinas de la magistratura. Enterraría el asunto.

En el mostrador, el oficial de turno le dijo que la sentencia estaba levantada y que no hacía falta pagar la deuda. Romina lo interrogó. El oficial no conocía los detalles:

—No tengo la menor idea de qué pasó y no tengo tiempo para indagar. La sentencia está levantada, no hay necesidad de pagar los dos mil euros, aunque se aceptan donaciones para el fondo público de asistencia legal —dijo el hombre con impaciencia—. Le voy a pedir que se retire, mire la cantidad de gente que hay en esta sala esperando su turno.

—¿Me podría dar una copia del archivo? —preguntó Romina.

—Son diez euros y necesita un documento de identidad. Pague su solicitud en la caja y vaya al mostrador tres.

Romina obtuvo una fotocopia y salió de las oficinas, perpleja. Hojeó los documentos. No pudo identificar quién había pagado la multa. Cuando revisaba el documento, el viento le voló las hojas y Romina atinó a juntarlas antes de que se perdieran en el aire. Se dirigió rápidamente a su auto y se marchó al banco, quería depositar el dinero cuanto antes. Pero no llegó a tiempo, ya estaba cerrado.

En su departamento, aparcó en la calle y se apresuró a salir del auto. Andar con tanto dinero encima en esos tiempos era insensato; en especial, cuando había delincuentes que sospechaban que era adinerada y sabían dónde vivía.

Ahora prefería aparcar el coche en la calle a dejarlo en su estacionamiento. Desde lo sucedido con Cayetano, estaba tomando precauciones. Cambiaba sus rutas y llevaba algo de dinero por si la asaltaban; era preferible tener algo para satisfacer el apetito de un ladrón que dejarlo frustrado. Llevaba lo mínimo de identificación. Había leído que los delincuentes esperaban a que se abriera la puerta del garaje y que, antes de que se cerrara, se metían en las casas para robar, y luego se marchaban con el botín en el mismo auto que les había permitido la entrada libre. Se estaba volviendo paranoide.

Eran más de las siete y la calle ya estaba oscura. No vio al portero. Si el señor Lucho estuviera a la vista, Romina estaría más tranquila. Subió lo más rápido posible a su departamento. Durante la semana, se había quedado con la impresión de que alguien la observaba y seguía. Tenía miedo de que los delincuentes estuvieran estudiando sus rutinas para robarle.

Una vez en su piso, cerró la puerta con todas las trabas y exhaló aliviada. Creía haber visto una sombra detrás de ella. Más serena, se sentó a leer el archivo con curiosidad. ¿Quién había pagado la deuda? Leyó el reporte de la señora Parker que mostraba las veinte entradas e informaba de la falta de cinco semanas de servicio. Nadie había pagado la deuda. ¿Sería un error?

Leyó las observaciones finales del magistrado que había levantado la sentencia. Buscó entre los papeles y encontró una carta. La leyó con detenimiento y se le humedecieron los ojos. Por fin comprendía.

Se sirvió una copa de vino y suspiró. Todo había terminado. Aunque no era el final que ella hubiera querido, era al menos un desenlace agridulce. Cenó y se sentó a releer la carta. Era verdaderamente bella. Dormitó por unos segundos. Algo le vino abruptamente a la memoria y se levantó sobresaltada. ¡Había dejado el dinero en la guantera del auto!

«Si lo metí en la cartera cuando fui al banco...», se pedía explicaciones a sí misma. «¿En qué momento lo puse otra vez en la guantera?». Con la fijación en el informe y en el misterio de la sentencia levantada, debió de haberlo hecho sin darse cuenta. Siempre guardaba cosas de valor en la guantera cuando manejaba. Y estaba tan asustada cuando aparcó en su casa, que corrió sin pensar. «Ay, mujer, tienes que ir a buscar el dinero... a estas horas».

Eran más de las diez y el portero ya se había marchado. No le quedaba más que ir a buscar el paquete o pasarse la noche en vela pensando que alguien le podía robar el auto con los dos mil euros dentro. Se puso el abrigo sobre el pijama y bajó a la calle. Había tomado una pesada linterna de metal que le podía servir de arma en el peor de los casos. Era solo media cuadra.

Si alguien la había estado observando, de seguro había terminado el turno de noche, porque la calle estaba desierta. Se relajó un poco cuando sacó el sobre de la guantera y lo puso en su saco. Cerró el auto.

Cuando se volteó, una sombra la esperaba al acecho. Romina, sobresaltada, le dio con la linterna en el mentón, lo empujó como pudo y le tiró la llave del auto.

—¡Llévate el auto! ¡No me hagas nada! —gritó y corrió a su edificio.

—Detente, por favor —dijo una voz.

Se quedó paralizada. No sabía si voltearse y enfrentarlo o seguir huyendo.

—Si has venido a robarme, llévate el auto —repitió Romina sin temor—. Sé con qué gente andas y quién eres en realidad. Eres un delincuente, un ladrón, un mentiroso y un farsante.

—Romina, por favor, escúchame. No he venido a robarte, he venido a pedirte perdón. Y, cuando termine, me voy a Málaga para volver a empezar —dijo Juan Luis con sinceridad.

Romina se detuvo sin saber qué hacer; su mundo se alteraba una vez más. Juan Luis estaba irreconocible, era piel y hueso, con una barba abultada y un aspecto nauseabundo.

—¿Y no puedes tocar el timbre como una persona normal? —preguntó ella, más tranquila.

—Perdona, no pensé que te asustarías así. Traté tantas veces de acercarme... No encontraba las palabras. Me voy mañana y es mi última noche en Madrid. Tenía que verte. Siento que te hayas asustado. He dado varias vueltas hasta que me armé de valor para buscarte y para, finalmente, marcharme.

—¿No estás borracho, no quieres dinero, no quieres nada de mí? —insistió Romina, enojada, sabiendo que su herida volvía a abrirse.

—Solo quiero pedirte perdón por las cosas terribles que te he dicho y hecho —dijo Juan Luis de corazón.

—No soy la única a quien has herido, Juan Luis. Tu lista es bastante larga —replicó ella mientras su ira disminuía.

—Sí, lo sé, y enmendaré cuando pueda. —Juan Luis calló por un segundo—. Pero quería verte una vez más. No sé cómo he podido tratar a una amiga tan querida como lo hice. Lo siento, Romina, perdóname.

Ella se quedó callada, pensando. Siempre había sido una amiga para Juan Luis, una amiga querida. Él la miró una vez más.

—Espero que algún día me puedas perdonar —le dijo él y, con paso lento, se dio media vuelta.

—¡Espera! —pidió Romina, recordando el informe de la magistratura—. Tengo algo que es tuyo.

Subieron al departamento en silencio, sin mirarse, con un distanciamiento doloroso. Juan Luis la esperó junto a la puerta.

—La sentencia está levantada. Ya no debemos nada. La señora Parker mandó el reporte con nuestra asistencia incompleta. El magistrado nos has perdonado igual. Lo conmovió esta carta que firmó cada uno de los residentes agradeciendo nuestra bondad, nuestro trabajo, nuestro entusiasmo... —Romina le alcanzó el documento—. Es tu carta también, Juan Luis. Llévatela y léela cada vez que te den ganas de postrarte en una cama con una botella de alcohol. Puedes hacer una diferencia en la vida de los demás, acuérdate de ello. Cuando empieces a pensar en tus miserias, solo piensa que tienes la capacidad de reducir la miseria de alguien más.

—Gracias, Romina —dijo Juan Luis mientras se conmovía leyendo la carta—. Yo nunca me olvidaré del Paraíso ni de lo que vivimos los dos.

Era hora de despedirse y Juan Luis aún seguía junto a la puerta.

—Jamás me olvidaré de ti —dijo él.

—Espera... —musitó Romina, mirándolo con intensidad. Con el pecho acelerado, agregó—: Date una ducha y viaja mañana como un hombre nuevo dispuesto a luchar. Quédate esta noche. ¿Dónde vas a dormir, si no?

Juan Luis vaciló, no quería ser una carga para Romina, pero tampoco podía desprenderse de su mirada.

—Ya has hecho bastante por mí —le dijo Juan Luis, agradecido sinceramente por el gesto.

—Quédate por esta noche. Pero dime la verdad. Si vas a volver a empezar y encarar la vida como es, tienes que siempre estar al lado de la verdad. ¿Por qué te echaron del trabajo? ¿Fue el trago? ¿Te botaron por borracho? —interrogó Romina.

—Fue por robo, Romina —admitió él tajantemente—. No pienso mentir más. Me despidieron por ser un ladrón. Robé y no tengo excusa. Es una historia bastante larga, te la cuento por carta.

—¿Y quién es Cayetano? ¿Por qué andas con delincuentes? —interrogó Romina desconfiada, porque todavía no sabía con quién trataba en realidad.

—¿Cómo sabes de Cayetano? —preguntó él, extrañado y un tanto angustiado—. No te acerques a ese degenerado, Romina.

—Es un poco tarde para los consejos. Ya sabe cómo me llamo, dónde vivo... —murmuró ella, preocupada—. Es también una historia larga.

—¿Fuiste a buscarme? —preguntó Juan Luis, aún más extrañado. No entendía cómo y cuándo Cayetano podía haberse enterado de Romina, o cómo Romina podía saber de Cayetano.

—Hice una tontería y fui a buscarte con una foto. Me topé con Cayetano por accidente, nada más. ¿Quién es Cayetano? —inquirió Romina.

—Me asaltaron y estaba desesperado. Terminé una noche en un albergue de prostitutas. Cayetano era uno de los alcahuetes. Viví con ellos por unas semanas y me metí en problemas por ayudar a una de las muchachas. Me tienes que creer, en esta soy inocente —dijo Juan Luis—. Si estás en peligro por mi culpa, no voy a poder perdonarme, Romina. ¡Voy a buscar a ese maldito y enfrentarlo!

—Juan Luis, si no han venido por mí aún, no lo van a hacer nunca. Me alivia saber que eras tú el que ha estado dando vueltas por la zona. Creí que me iba a volver loca —le dijo ella.

Ambos se quedaron callados y se miraron fijamente.

—Mañana serás un hombre nuevo, Juan Luis, tienes que dejar el pasado y empezar otra vez. Primero tienes que dejar la bebida. Entiende que si no dejas tu droga, siempre vas a terminar bajo su poder. Y ya sabes a dónde te conduce, siempre cuesta abajo.

—Te juro que voy a cambiar, Romina. Hace más de dos semanas que no bebo y voy a pedir ayuda. Voy a Málaga a cuidar de mi hermano y de mi madre, que es lo que siempre he debido hacer. Ella me dará un techo y alimento. La ayudaré con la pensión. Voy a barrer calles, recoger basura, limpiar baños..., hacer lo que me pidan, ya sea por un mango, hasta que alguien vuelva a confiar en mí.

Romina sonrió levemente. No quería desanimarlo; sin embargo, el desafío que tenía entre sus manos era inmenso. Romina le alcanzó una toalla y le pidió la ropa, la pondría en la lavadora y en la secadora. Juan Luis podría irse a casa y presentarse a su madre como un hombre dispuesto a cambiar.

—Tienes que decirle la verdad a tu madre, Juan Luis. Ya no escondas quién eres. Tu madre va a entender y va a poder ayudarte. Si mientes, no has entendido nada. Tienes que dejar de mentirte a ti mismo.

—Sí, lo sé —dijo él.

Juan Luis tomó una ducha después de tanto tiempo que no pudo contener las lágrimas. El ruido del agua, al menos, cubría su llanto. Él no quería que Romina escuchara su dolor, se sentía poca cosa. Una ducha se convertía en el placer más grande del mundo. El agua caliente, una bendición. El olor al jabón, la crema del champú, el vapor calentándole el cuerpo, ¡qué divina existencia! Jamás olvidaría ese momento, la culminación de un periodo patético y penoso en su vida. Se restregó la piel seca, la mugre de las uñas y las manchas hediondas bajo una lluvia sublime. Lloró como lloró en la plaza de su barrio cuando la anciana le tiró una moneda.

Tanto Romina como los residentes del Paraíso habían reconocido la bondad en sus ojos, como lo había hecho la señora de su barrio veinte años atrás. Aún tenía bondad en el corazón y eso tenía que ser suficiente para enfrentarse al mundo. Las palabras de los residentes del Paraíso lo armarían de coraje. Ya no se escondería de las dificultades. No, no tenía que olvidar nunca lo que era perderlo todo: el trabajo, la razón, la dignidad, el respeto y el cariño de los que lo querían, y el amor de una mujer, porque sabía que a Romina la tenía que dejar ir. El camino que le esperaba era tortuoso y ya le había hecho bastante daño. Una mujer fuerte y bondadosa como ella se merecía un hombre de verdad, y él no podía ofrecerle nada más que una promesa. Tenía miedo de fracasar.

Romina sabía que la ducha sería larga, así que le preparó algo de comer. Estaría muerto de hambre.

Después del baño y de afeitarse, Juan Luis se sentía ligero y hasta limpio por dentro. Se sentó a la mesa, pero no podía comer; el estómago se le había cerrado. Solo había necesitado pedazos de pan para aguantar los días.

—Tienes que comer, Juan Luis. Vale, come algo. Es solo una tortilla de huevos y un trozo de pan.

—Gracias, Romina. No sé cómo voy a pagarte lo que has hecho por mí desde el comienzo. Si te hubiera escuchado, no nos encontraríamos así, contigo rescatándome una vez más y yo partiendo en estas penosas circunstancias —dijo él.

—Ya encontrarás la manera de retribuir el bien que te han brindado alguna vez —aseguró Romina—. Es la una de la mañana. Te voy a preparar el sofá de la sala. Duerme bien, que te espera un viaje largo. Si quieres, te dejo en la estación mañana —ofreció ella.

—¿No confías en que de verdad me voy a casa a ocuparme de mi familia y a empezar de nuevo? —le dijo él, dudando de sí mismo.

—Claro que sí, Juan. Las penas uno las sufre por algo. Vamos, a dormir —le dijo ella con ternura—. Por favor, no te vayas sin despedirte, que quiero verte una vez más.

Juan Luis quiso abrazarla. No se animó. La distancia entre los dos era muy grande. Él, finalmente, iba a marcharse.

Romina apagó la luz y él se acomodó en el diván.

—Romina... —llamó él en la oscuridad—, ¿por qué fuiste a buscarme?

Ella se detuvo por un momento y murmuró cuando cerraba la puerta de su habitación:

—Por amor, Juan Luis.

Él se quedó callado e inmóvil. Aunque la revelación le había tocado el corazón profundamente, no tenía nada que ofrecerle, tan solo palabras de las que él mismo dudaba. Él tenía que marcharse, dejar su pasado atrás y empezar de nuevo.

La hora pasó y ninguno podía dormir. Juan Luis pensaba en ella y en su gran día, el día en que comenzaría de nuevo. Estaba lleno de temor. El deseo por el alcohol siempre estaría con él, abrumándolo, apabullándolo, tentándolo a tomar la salida fácil, mostrándole un atajo para evitar los problemas. Tenía que poder. Lo haría por su hermano, por su madre, por los que tenían fe en él. Lo haría por Romina, su dulce protectora. Lo que sentía por ella era poderoso pero extraño.

Aunque quería recuperar su respeto y cariño, aún no estaba listo. Romina no era una mujer como cualquiera, era general y soldado, fuerte y delicada a la vez, un ser apasionado y generoso, una mujer que tenía tanto para dar que él, a su lado, se hacía pequeño. Él no era nada.

Romina tampoco podía dormir pensando que no lo vería más, quizá nunca más. A solo unos metros el uno del otro, sintió el olor de su piel, su respiración, sus movimientos casuales. ¿Estaría dormido? Era su primera noche en un albergue seguro y caliente después de meses. ¿Soñaría con ella? Porque ella soñaba con él. Estaba dispuesta a olvidarlo, pero no esa noche. Deseaba levantarse y buscarlo, abrazarlo, besarlo. No deseaba hacer el amor, solo quería abrazarlo como se abraza al marido que parte a la guerra, con profundo amor, diciéndole que se cuide, que no se desaliente en los momentos difíciles, que ella siempre estará con él, pensando en él, rezando por él.

Quería besarlo, solo besarlo. El dulce sabor de sus labios... Ella soñó despierta con sus besos, con su boca y la suya acercándose, y con los labios húmedos acariciándole suavemente el cuello, las mejillas, los párpados. «Tu boca, Juan Luis, jamás podré olvidarme de tu boca, qué obsesión son tus labios», se dijo Romina y pensó en el cuerpo desnudo de Juan Luis debajo de las sábanas, en sus muslos y caderas, en su pecho, en sus hombros y en su cuello. «Solo esta noche, mañana te dejo ir», murmuró medio despierta mientras su imaginación se mezclaba con el sueño y terminaban desnudos haciéndose el amor, en un recorrido imparable de manos tibias y roces húmedos...

*

A la mañana siguiente, Romina se levantó temprano. Sacó la ropa de la secadora y la dobló. La dejó sobre una silla. Preparó dos sándwiches de jamón y queso y llenó una botella con agua. Buscó la foto de los dos y la escondió en una servilleta debajo de los panes, para que él no se olvidara de ella.

Juan Luis se despertó. Miró a Romina como si hubieran pasado la noche juntos. Sus ojos café le recorrieron el cuerpo y se detuvieron lentamente a la altura de su boca. Romina pudo sentir la intensidad de su mirada. Quizá lo que había soñado no había sido un sueño. Romina quiso musitar algo, entreabrió la boca para decirle que lo amaba con locura... Sin embargo, él partiría para nunca volver y ella se había prometido dejarlo ir.

Juan Luis se vistió mientras Romina ordenaba la cocina. En el reflejo de las latas, pudo ver su cuerpo, piel y hueso, y el contorno de su espalda, de sus piernas, de sus nalgas.

Ella preparó café y abrió un paquete de bollos dulces. Quería que la mañana se hiciese larga, que los minutos fueran horas.

—Te preparé algo de comer para el viaje, Juan Luis —dijo ella, dándole el paquete de sándwiches—. Ven a desayunar algo.

Juan Luis la miraba con una intensidad entrañable. Aunque su rostro estaba más descansado, aún se veía el gris de las malas noches bajo sus ojos. Se sentó a tomar desayuno. El aroma del café, de los pasteles de crema y de la ropa limpia culminaban una de las mejores noches de su vida, aunque también una de las más tristes.

—Soñé contigo, Romina —le confesó Juan Luis después de varios minutos de silencio.

Ella no quiso indagar, era mejor que se quedara la historia en suspenso, así podía pensar que ambos habían soñado lo mismo.

Cuando él estuvo listo para partir, se miraron con profundo deseo. Romina no podía dejarlo ir.

—Espera un momento, tengo algo para ti —dijo ella mientras él se ponía el saco.

Romina revisó su abrigo y buscó el sobre con el dinero.

—Son dos mil euros. Es el dinero de la multa que nunca pagué —dijo Romina con seriedad.

—Romina, no, no puedo aceptarlo. Ese dinero es tuyo. No voy a poder pagarte en mucho tiempo —dijo él.

—No quiero que me pagues. Este dinero estaba destinado a levantar nuestra sentencia y, con la sentencia levantada, ya no tiene destino. Usa el dinero para comprarte un traje, un computador, no sé, paga un curso que te ayude a salir adelante —dijo ella, convencida.

Juan Luis titubeó, no quería aceptarlo.

—Si eres un hombre nuevo —insistió Romina—, entonces tienes que aceptar este dinero y sacarle provecho. Si no lo aceptas, te irás con orgullo y no habrás entendido nada. ¿No ves que para empezar de nuevo tienes que tragarte el orgullo? Reconoce tu miseria con valentía y humildad. Y no enfrentes el mundo a solas, sino busca a los que te aman y pide ayuda cuando te hace falta. Hoy necesitas ayuda con tu ebriedad. No le mientas a tu madre, ella sabe de lo que te estoy hablando, y te perdonará porque fuiste con la verdad. Pídele ayuda, que no compre vino, que te chequee el aliento, que te ponga en toque de queda. No te sientas avergonzado si tu madre hoy te tiene que tratar como a un adolescente. Ella va a preferir eso en lugar de tratar con un muerto.

—Romina, no puedo, es tu dinero —dijo Juan Luis.

—Toma el dinero y cuida de cada centavo, que cada céntimo sirva para dar un paso adelante; compra un libro, un par de zapatos nuevos... Si realmente eres un hombre nuevo, vas a tomar este dinero y lo vas a utilizar con el corazón y con prudencia. Cada vez que te venga la vergüenza, trágate el orgullo que solo te va a conducir a un vaso de licor.

—¿Cómo voy a pagarte, Romina? —Juan Luis no pudo contener las lágrimas delante de ella—. No soy nada, Romina, no soy nada. ¿Cómo puedes confiar tanto en mí, si ni siquiera yo confío en mí mismo? Tengo tanto miedo de fracasar en mi intento. Tengo miedo de levantarme y no poder ponerme la corbata para ir al trabajo porque estoy mareado, que mi jefe no confíe en mí porque mi aliento me delata, que mi único deseo sea pudrirme en un bar con una botella de alcohol. Tengo miedo, Romina, tengo miedo.

Ella lo abrazó. Él no paraba de llorar. Lloraba como el ladrón que, dándose cuenta de lo que había hecho, devolvía lo robado y perdía perdón. Lloraba como el hombre que estaba destrozado por dentro.

—Tienes que salir a pelear cada día —le dijo ella—. Unos días serán buenos y otros no. Busca ayuda, Juan Luis, no luches solo. Y, si caes, vuélvete a levantar. No me debes el dinero a mí. No tienes que rendirme cuentas, ni siquiera escribirme, ni nada. Ocúpate de ti mismo. Una vez que hayas utilizado cada centavo con responsabilidad, junta la misma cifra y dáselo a alguien que lo necesite. No acumules más, ofrécelo en cuanto hayas juntado dos mil euros y luego vuelves a empezar.

Juan Luis se sujetó a Romina, desconsolado, apretándola con fuerza. No quería dejarla ir. Apoyó su rostro húmedo junto al de ella. Le olió el cabello negro y le acarició el rostro con el suyo. No pudo contenerse más. Le buscó la boca y le besó el labio superior delicadamente; luego, el labio inferior. Apretó sus labios contra los de ella y se volvieron a abrazar. Era hora de partir.

Capítulo 27:

Volver a empezar

El directorio y el banco habían aprobado los planes de Romina. Su antiguo jefe, Medina, se ocuparía del negocio tradicional de construcción y Romina ampliaría los servicios de expansión, mantenimiento y decoración. Elsa y Berta servirían a ambos rubros en las áreas de recursos humanos y administración. Elsa llamó a cada uno de los empleados que habían sido despedidos en enero y los invitó a inscribirse como personal contingente, que se usaría cuando se tuviera exceso de trabajo. Si estaban disponibles, se les daría trabajo provisional, y podrían volver a la planilla fija si el negocio prosperaba. Las tres mujeres, en especial Romina, volcaron sus fuerzas a construir una empresa nueva.

Juan Luis y Romina no quedaron en escribirse. Cuando se despidieron, se dijeron adiós sin saber si algún día el destino los volvería a reunir. Ella sabía que el desafío de Juan Luis era colosal y prefería ponerle fin a la historia. Era hora de ocuparse de sí misma. Le bastaba saber que él había decidido enderezar su vida. Si empezaba a recibir noticias que mantuvieran la ilusión, viviría bajo la constante amenaza de la decepción. Si Juan Luis tenía una recaída, ella sufriría con él.

Era mejor terminar la historia así, con ese beso endiablado que él le dio antes de partir. Se acordaría siempre de sus ojos y de su boca, y le desearía el bien. El amor por él, poco a poco, iría menguando, y quedaría en su memoria solo la imagen dulce de ese amor embrujado.

Sin embargo, unos meses después de la partida de Juan Luis, Romina recibió una carta. Miró el sobre blanco con el sello de Málaga y se le apretó el corazón. No quería saber. Suspiró con resignación y la abrió.

Málaga, 3 de mayo de 2011

Mi querida Romina:

Sé que acordamos no escribir, pero necesitaba contarte la verdad. Tú me hiciste comprender que, hasta que no me viera por lo que realmente soy, nunca iba a cambiar. He escrito esta carta con el corazón.

Hice cosas de las que me avergüenzo y que, en lugar de enmendar, dejé en el fondo de mi conciencia. Las quise olvidar adormeciendo mis sentidos. Hoy me he visto por lo que soy en realidad y lo he aceptado con dolor. Esta es mi verdad.

Nunca terminé la universidad y eso siempre me ha llenado de humillación. Te dije que no terminé por culpa del aburrimiento, como si yo estuviera por encima de las actividades comunes y corrientes, predestinado a algo más importante. La verdad es que no terminé por impaciente, porque siempre he querido las cosas de inmediato. No terminé por falta de esfuerzo, porque siempre he querido las cosas fáciles. No terminé los estudios por inconsistente, por indisciplinado. Sentarme a estudiar por cuatro años era mucho pedir. Siempre encontraba excusas: que no era para mí, que estar al aire libre era lo mío, que no valía la pena.

He debido esforzarme y completar la meta. No lo hice porque cada vez que las cosas se me ponían difíciles, las hacía a un lado. He debido quedarme en esa silla, en esa clase, en ese libro, hasta que lograra dominar mi impaciencia y mi aburrimiento. No lo hice. Me distraía con cualquier cosa, con el trago o con alguna mala compañía.

También fracasé por falta de confianza en mí mismo. En el fondo, creía que iba a fracasar en la vida, que estaba destinado a ser un perro callejero como mi padre, quien se fue de casa un día de amargura y nunca se dignó a volver, quien ha hecho de todo y no ha completado nada, quien empezó una familia y la dejó a medias. No te voy a decir que estoy traumado por el abandono de mi padre, no terminé los estudios por falta de esfuerzo y punto, pero siempre me he visto como un perro callejero.

Mi segunda gran verdad: robé. Te dije que era una historia larga. En realidad no hay mucho que contar: fui un ladrón, y escapé la condena de una celda solo por un tiro de suerte. Lo demás son detalles; aquí van porque necesito que conozcas la verdad.

Después de mi fracaso en la universidad y de dar vueltas en varios trabajos, tomé un empleo de asistente contable en una agencia bursátil. Llevaba la relación de operaciones de compra y venta, cargaba los libros contables y preparaba los estados de cartera de clientes. Hacía tareas administrativas, abría y cerraba cuentas, cuadraba cajas y bancos. Como era usual en mí, encontré aquello muy aburrido e inconsecuente.

A la primera oportunidad que tuve, pasé a ser asistente de trading. *Leíamos los reportes económicos y de empresas y, después de decidir qué acciones comprar y cuáles vender, llamábamos a los clientes y sugeríamos estrategias de inversión. Y me fue muy bien. En poco tiempo pasé formalmente al equipo de* trading. *Por fin había encontrado algo que me daba satisfacción instantánea. Podía ver el resultado de cada inversión de inmediato y, con las ganancias de los clientes, que se inflaban locamente durante los años* boom *del mercado de valores, se hinchaba mi ego.*

Cuando decidí invertir mi propio dinero en la bolsa, ya era muy tarde; compré a precios muy altos. Con el estallido de la crisis en el 2008, empecé a perder lo que había invertido, que eran todos los ahorros que tenía. Empecé a desesperarme. Pensé que, si invertía más dinero a esos niveles bajos, podía ir compensando las pérdidas, pero no tenía ni un céntimo. Así que vendí unas acciones de un cliente que nunca movía dinero, ni ponía ni sacaba. Jamás revisaba su portafolio. Pensé que ni siquiera se iba a dar cuenta de la reducción en su cartera, porque asumiría que era la consecuencia de la caída en los precios.

La idea era devolver el dinero en cuanto recuperara lo mío. Porque yo iba a devolver el dinero, al menos eso era lo que yo me decía. Pero los mercados siguieron cayendo. Con cada descenso, me desesperaba más y bebía más. En contabilidad se percataron de que algo no cuadraba con las cuentas y empezaron a investigar. Como yo me conocía los procesos y sistemas de pies a cabeza, había cubierto bien mis rastros. Sin embargo, terminaron descubriéndome. No presentaron cargos porque les iba a costar más dinero demandarme que echarme. Solo me congelaron la cuenta. Perdí mis ahorros, mi trabajo y mi dignidad. No perdí la libertad por un milagro.

En realidad, sospecharon de mí por mi estado de angustia. Andaba nervioso, descuidé mi trabajo, tomaba cada vez más. Perdí el control del asunto sin poder hacer nada. Solo veía cómo bajaban los precios día tras día.

Jamás había robado antes, me tienes que creer. Me desesperé. Lo que más me hundía era ver que fracasaba. Se suponía que era bueno para ese negocio, que eso era lo que sabía hacer: comprar y vender acciones, ganar dinero. Me di cuenta de que había vivido una fantasía, tuve una racha de buena suerte al principio. Cualquiera hubiera hecho dinero durante esos años espectaculares. Me sentí un imbécil. La crisis no solo golpeaba mi bolsillo, también me estaba destruyendo. Por eso tenía que recuperar el dinero. No lo hice por avaricia, solo quería proteger lo que yo creía que era.

Sin embargo, ya no era nadie. Volvía a fracasar. Primero fue la universidad, incompleta, y luego el trabajo. El muchacho que no termina la universidad por inconsistente encuentra, al fin, algo en lo que cree que puede brillar, pero vuelve a fracasar. Y fracasa feo, con la marca de ladrón para siempre.

Me mentía a mí mismo diciendo que en el fondo no había sido mi culpa, que en circunstancias más razonables yo jamás habría actuado así. Repetía lo que muchos decían, que la crisis del 2008 solo era superada en adversidad por la depresión de los treinta. Más excusas. Hoy sé que actué mal. Si hubiera tenido que alimentar a una familia, acaso me lo perdonaría... Fue por mi ego, que se inflaba y desinflaba como un globo de aire con los movimientos de la bolsa.

Después de esto, sin un centavo en el bolsillo, me encontraste donde me encontraste; yo pretendía ser otra víctima del paro. En realidad, no tenía ninguna intención de buscar trabajo, porque mi orgullo estaba magullado, mi identidad en crisis. Pensaba que iba a volver a fracasar. No estaba preocupado pensando que mis futuros empleadores podían descubrir la verdad, al fin y al cabo, nadie había presentado cargos. Simplemente, no quería enfrentarme con la realidad de que no tenía ningún talento especial.

Contigo y con el Paraíso empecé a conocer otro aspecto de mí mismo: que no necesitaba un don extraordinario para ser feliz o hacer felices a los demás, que podía brillar de esa manera, dando de mí. Empecé a tener esperanzas de que iba a encontrar un nuevo camino. Le puse, como nunca, esfuerzo y consistencia a la búsqueda de trabajo hasta que llegó esa oportunidad maravillosa. Tú ya sabes el resto.

Cuando no me dieron el trabajo, el mundo se me cayó encima. Ya no era un tema de ego o de identidad, ya no había nada dentro de mí que proteger, todo estaba muerto.

Y te dije e hice las cosas más horrorosas que un hombre le puede decir a una mujer, a ti que solo me habías ayudado, acompañado y querido durante ese tortuoso trayecto. Me comporté como un desgraciado. Lo que más vergüenza me da de los errores que he cometido es haberte ofendido como lo hice. Con la universidad, solo era una pila de libros que rechazaba; con el trabajo, solo le robaba a un empleador; contigo, maltraté a un ser querido, herí tu corazón y ofendí tu cuerpo. Perdóname una vez más, Romina. No tengo excusa.

Y, ahora, la gran verdad, la más grande de todas. Sí, bebo, y mucho, más de la cuenta, cuando me siento un fracasado o brillante, inútil o genio, feliz o infeliz. Bebo. Y eso me aturde, no me deja pensar claro; me distrae por un momento hasta el siguiente sorbo; me alivia la carga que tenga tan solo hasta el siguiente vaso; me calienta el cuerpo y luego me deja helado.

No tengo que ser un perro callejero si no quiero. Que esté programado para ello o no, es irrelevante: yo no quiero ser un perro callejero. Me di cuenta de ello muy tarde, cuando me quedé en la calle y viví literalmente como un perro muerto de hambre, loco por el alcohol, exponiendo mi vida al frío, a los criminales... Me rompieron las costillas y el corazón, y después de deambular como un chucho pulgoso que cualquier persona decente rehuía, caí moribundo a sufrir las consecuencias de mis actos. Y vi lo que la gente veía: miedo, disgusto, asco, aunque también pena y compasión. Yo no tengo que terminar como mi padre. Yo soy dueño de mi destino.

El día que una anciana me tiró una moneda y me miró con misericordia, lloré mucho. Me levanté porque recordé que había bondad en mí.

Sé que tengo mucho por recorrer. He dado el primer paso: dejar de excusarme y de mentirme a mí mismo. Voy a asumir mis responsabilidades de ser humano, con esfuerzo, consistencia, disciplina, honestidad y amor, y tragándome el orgullo equivocado, como me enseñaste a hacer. Porque redescubrí el amor. Releo la carta del Paraíso con frecuencia para no olvidarme de aquello. Muchos en mi vida me han dado amor y vieron en mí lo bueno, haciéndome sentir que valía algo y que tenía mucho para dar. Es esta promesa de amor la que hoy me mantiene en pie y me va a acompañar en este tiempo difícil en el que vuelvo a empezar.

Nadie me ha amado como tú. Miro tu foto y recuerdo que me diste amor, infinito amor, que me cuidaste, llevaste a la clínica, me protegiste, me diste de comer, me acompañaste, me lavaste el traje, me hiciste reír, me dijiste mis verdades, me alentaste, me aconsejaste, me buscaste, me diste dinero, me deseaste bien. Y por ello siempre te estaré agradecido y espero poder devolverte el amor recibido.

Tu amigo por siempre,

Juan Luis

Capítulo 28:

Rendición de cuentas

Romina se levantó contenta. Habían firmado un contrato de servicios de dos años con unos de sus mejores clientes y sentía que el esfuerzo, al fin, producía fruto.

Los primeros meses fueron difíciles y la cantidad de horas que Romina, Elsa y Berta invirtieron para empujar la iniciativa fue descomunal. La presión por asegurarse el primer cliente y cubrir los gastos mínimos, a la vista y expectativa de todos, especialmente de Medina, fue insufrible. No obstante, estaban decididas a lograrlo y a demostrar que, si se cooperaba y se motivaba a la gente, se podía alcanzar la meta.

Después vino lo más difícil. Una vez que se había logrado asentar el fundamento del negocio y demostrar que se podía, las expectativas aumentaron. Se esperaba un negocio no solo en equilibrio, sino rentable y voluminoso. El ahínco del principio languideció después de un tiempo de energía y de esfuerzo, como es natural en cada ciclo productivo. Romina sacó más fuerzas y convenció a la gente de que iban por buen camino.

La idea de golpear puertas, una a una, dio resultado. Los clientes deseaban un trato personal y recibían con buena disposición la oferta de servicios de Romina, quien brindaba un paquete completo: desde el cuidado de la estructura del edificio —que incluía mantenimientos mayores y menores— hasta decoración interna.

Romina también había lanzado un nuevo servicio al que llamó Espacios Pequeños. «Si la gente iba a vivir en una caja de zapatos, que por lo menos le sacaran provecho», decía ella. Modificaban las estructuras internas para crear más espacio y lugares de almacenamiento. Cada rincón debía utilizarse. Los muebles tenían que ser funcionales y flexibles. Se crecía sobre las paredes con estantes, ganchos y hasta colgantes del techo. Para que una maraña de objetos no desbordara el lugar, Romina ofrecía un servicio tipo *feng shui* que trabajaba con lo útil y necesario, con una selección modesta de objetos decorativos. Llamó a este servicio Armonía del Espacio.

Lo que más satisfacía a Romina era poder ofrecer a sus clientes un área verde, aunque fuera una maceta junto a la ventana. El afortunado que tuviera un balcón o acceso a una terraza en el techo era invitado a ver los diseños para agregar follaje, color y muebles para la relajación. Romina decía que los hogares no podían estar completos sin contacto con la naturaleza.

Medina no había podido asegurar ningún proyecto de construcción nuevo y supervisaba, sin mayor interés, antiguos proyectos. Las áreas eran complementarias; sin embargo, con la actitud poco cooperativa de Medina, poco se había alcanzado en conjunto. Estaba perdiendo el respeto de los empleados y, viendo los logros de Romina, Elsa y Berta, y no pudiendo hacer nada para disminuirlos o incrementar los suyos, no tuvo más remedio que renunciar.

Romina pidió al directorio que se contratara a un reemplazo. Como ella había logrado la confianza del directorio, sugirió a Max como socio. El presidente del directorio no tuvo ningún reparo, lo conocía bien y recordaba que había sido Max quien había enviado esa carta fortuita que había salvado la empresa. Max se unió al esfuerzo, empujando el negocio tradicional.

Había pasado un año desde el inicio del proyecto y las cifras empezaron a crecer. Se habían firmado varios contratos que significaban ingresos estables por varios meses. La economía del país, al menos, se había estabilizado. Con una nómina de personal motivado y leal, y con proyectos que servían a la comunidad, Romina había logrado lo que siempre había buscado: sentir verdadera satisfacción con lo que hacía. El trabajo no solamente estaba bien hecho, sino que era de utilidad y servicio. Las casas de sus clientes eran hogares, lugares de refugio, santuarios para descansar al final del día, nidos de parejas y espacios comunitarios.

Esa mañana, Romina se levantó contenta. Su vida por fin tenía una dirección clara y ya no sentía enfado por los agravios del mundo. Aunque no había encontrado al compañero de su vida, su trabajo la tenía ocupada y había entendido que el amor está en todos lados: cuando se ayuda a un anciano, cuando se cuida a un niño o cuando se aconseja a un amigo. Por ello, seguía visitando al Paraíso y daba una mano de vez en cuando. Aunque el negocio de tarjetas de la señora Flores continuaba sin mucho éxito, era una fuente de satisfacción para las ancianas, siempre reunidas charlando, tomando el té, dibujando y compartiendo frases de sabiduría personal. Los caballeros organizaban el *quiz* del mes y eso también los mantenía ocupados en cordial camaradería.

La señora Parker le había pedido a Romina que rehiciera los planos del jardín sin la construcción de las canaletas de agua, ya que había que reducir el presupuesto un poco más. La residencia había juntado algo de dinero y estaban listos, al fin, para construir un espacio invitador donde los residentes podrían pasar sus días al sol, compartiendo una jarra de limonada o una taza de té, con los bizcochos que la señora Flores había prometido hornear, «sin quemaduras ni accidentes», como ella aclaraba siempre. Finalmente, los ancianos tendrían un espacio al aire libre donde flores y macetas de colores les alegrarían el alma y donde podrían invitar a amigos y a familiares a pasar una tarde de conversación apacible.

Romina había reemplazado las canaletas por una fuente pequeña de agua con bombeador solar y se le había ocurrido decorar la pared de ladrillos con un mural usando restos de azulejos rotos que su empresa ya no utilizaba.

Dejó los azulejos y otros materiales en el Paraíso y le dijo a la señora Parker que estaba disponible para ayudar.

—No te preocupes, que todavía nos falta un dinerillo. Siempre que queremos empezar, sale una cuenta más. Ayer cambiamos los focos defectuosos —contó la señora Parker, riéndose—. ¡Más de cincuenta, Romina! Los pobres residentes vivían a oscuras.

—Puedo ayudar los fines de semana con la construcción —ofreció ella.

—No, no, no... Sé lo cargada que estás con el trabajo. Usa tus fines de semana para relajarte. Una vez que demos mantenimiento al ascensor, nos ocuparemos del jardín. ¿Y cómo vas con Max? Hace tiempo que no me cuentas cómo va tu vida amorosa —dijo la señora Parker con bastante curiosidad.

—Nada, solo somos amigos y colegas. Ahora tenemos una sociedad profesional que cuidar y andamos más serios que generales en batalla. ¡Porque es una batalla, señora Parker, cada día es una batalla! Que se nos cierra un contrato, que se nos raja una pared, que no hay caja para comprar materiales. Pero hemos dado pasos enormes. Estamos, por fin, bien encaminados.

Lo que no estaba encaminado era su corazón. La relación con Max se mantenía en un área neutral, aunque no dejaban de sentir profundo respeto mutuo. El profesionalismo de ambos y la cantidad de trabajo entre sus manos significaba que había poca ocasión para traspasar la línea de lo cordial y familiar. ¿Para qué arriesgarlo, si se veían día a día en una sociedad armoniosa y efectiva?

Elsa seguía diciendo que representaban el matrimonio perfecto después de veinte años de convivencia, donde el sexo ya no tenía lugar, pero donde el valor del respeto y la buena compañía eran suficientes. Berta intervenía diciendo que no se podía vivir de respeto solamente, que la pasión tenía un lugar en nuestros cuerpos.

Romina no decía nada. Si alguna vez se volvía a enamorar, buscaría el punto medio entre Juan Luis y Max. «Si tan solo pudieras mezclar lo uno con lo otro», pensaba, aunque sabía bien que las personas no eran muebles o espacios que se podían elegir o modificar al gusto personal: el amor se cultivaba, con paciencia. Había que cuidarlo «como a un jardín», recordaba las palabras de las señoras del Paraíso. Sin un buen mantenimiento, sol o riego, se deteriora y languidece. Con el tiempo, se acumulan los yuyos y la mala hierba. El amor termina siendo un lugar desagradable, ni un refugio ni un hogar, y queremos abandonarlo cuanto antes.

Hacía tiempo que no había escuchado de Juan Luis. Se decía que así era mejor porque las cartas de él eran tan erráticas como su contenido, y eso la preocupaba. No saber si se había mantenido sobrio entre noticias la angustiaba. Su primera carta fue muy prometedora; sin embargo, como ella decía, siempre se empieza con energía, es continuar cuesta arriba lo que representa el desafío. Su segunda carta fue menos alentadora, y luego vino un periodo de silencio absoluto. Él escribía

—Romina pensaba— porque se sentía en obligación, como un endeudado que le rinde cuentas a su benefactor.

A Romina se le había pasado la euforia del amor y solo quería que Juan Luis estuviese bien, recuperado y encaminado. Ahora lo veía por lo que era: un ser humano con una bondad infinita, pero preso de sus debilidades. Aunque seguía amándolo, su pasión se había pausado.

Cuando las cartas prosiguieron, Juan Luis le contó que había recaído y que había vuelto a empezar. Luego la comunicación se suspendió una vez más. Hacía dos meses que él no escribía y Romina pensó que, al fin, se había olvidado de ella o que había fracasado en su intento de recuperarse. No quiso pensar más, se llenaba de dolor cuando imaginaba que aún sufría.

***

Romina, Elsa y Berta decidieron abrir unas botellas de cava para festejar un año del proyecto en pie.

La oficina era una fiesta y, aunque tenían una tercera parte del espacio que solían tener, todos —incluidos los permanentes, temporales y enlistados voluntarios— estaban reunidos con sombreros y globos, escarcha y cintas doradas. Berta había comprado una torta inmensa y se esperaba que tanto Romina como Max dijeran unas palabras.

Él tomó la palabra primero y se dirigió a los presentes.

—Me uní a ustedes hace seis meses, y el día que pisé la oficina me di cuenta de que era un lugar diferente. Ya nadie murmuraba acerca de la siguiente ronda de despidos o se lamentaba porque no había proyectos en la mesa. Nadie se quejaba de la crisis. Estaban trabajando, absorbidos en lo que fuera, con dedicación. Algunos me saludaron, reconociendo una cara familiar, pero los demás estaban tan metidos en lo suyo que ni se percataron de mi regreso. Hacían llamadas por teléfono ofreciendo servicios, revisaban contratos, cooperaban entre ellos. Lo que yo hice fue muy poco comparado con lo que Romina, Berta y Elsa ya habían logrado. Encontré una empresa en pie. Desde ese día, y con bastante dificultad, empezamos a empujar el negocio tradicional. Hoy estamos a flote y les anuncio formalmente que empezamos un proyecto nuevo con la inmobiliaria BECA.

Los empleados aplaudieron y vitorearon con alegría. Una nueva construcción implicaría usar a fondo las capacidades de la empresa y mayor rentabilidad.

—La razón por la que el banco nos apoya es porque ve a un equipo de trabajo motivado y eficiente. Les adelanto que se me ha hecho saber que, finalmente, están preparados a escuchar las sugerencias de Romina con respecto a la necesidad de introducir jardines y espacios externos. Los invito a brindar por Romina, quien ha empujado esta empresa como nadie lo ha hecho en los cincuenta años que llevamos construyendo pisos. ¡Por Romina!

Brindaron y aplaudieron a Max, quien miró a Romina con admiración. Berta le alcanzó una copa.

—¡Salud, Max, por el éxito y por el amor! —le dijo Berta, un poco pirada.

—No me aplaudan solo a mí, que aquí ha habido tres mosqueteras en esta aventura colosal. ¡Berta y Elsa, vengan aquí! —dijo Romina. Las mujeres se acomodaron a su lado—. Hemos trabajado durísimo, cada uno de nosotros. Sin nuestra lista de personal contingente, no hubiéramos podido darnos abasto con los nuevos contratos. Hemos aceptado un corte de salario y condiciones de trabajo inciertas y, a pesar de ello, le hemos puesto más ganas que en los días ordinarios cuando los tiempos eran buenos y nuestras bonificaciones eran generosas. Hemos aguantado meses sin un ingreso adecuado y hemos vigilado nuestros gastos.

—¡Esta cava es evidencia de ello! —chacoteó alguno.

—Hemos evitado el conflicto —continuó Romina con una sonrisa—, queriendo empujar la empresa antes que nuestras agendas personales. Hemos compartido largas horas de trabajo con buena disposición. Hemos llevado a casa el cansancio del día sin un futuro seguro. —Romina hizo una pausa y agregó—: Porque han tenido fe en el proyecto y porque le han puesto ganas y esfuerzo, ¡brindemos por ustedes, los que hicieron posible esto!

La alegría era contagiosa. Cuando terminaron de brindar, se pasaron pedazos de pastel y más cava. Ese viernes, como nunca, saldrían temprano del trabajo y llegarían a sus casas sabiendo que el esfuerzo de un año había dado fruto y que ahora podían dormir con la seguridad de que las hipotecas serían pagadas, de que se podían planear unas pequeñas vacaciones en familia y de que las bodas ya no tenían que postergarse.

—Por ti, Romina —le dijo Max, alzando una copa sobriamente. Se acercó a ella y la besó en la mejilla.

—Por ti, Max —le devolvió el beso Romina en la otra mejilla—. Qué bendición fue tenerte de vuelta. Sin tu presencia, yo creo que hubiera sucumbido bajo las influencias nocivas de Medina. Tú fuiste un aliado, un asesor, un confidente de penas.

—Romina, no fue para tanto —respondió Max, mirándola fijamente—. Tú has sido una inspiración para todos, para mí...

La música estaba al máximo volumen y no podían escucharse con claridad. Romina se distrajo con un estudiante que estaba a punto de terminar la carrera y le agradecía por lo mucho que le había enseñado. Max se distrajo con otro pedazo de pastel. Berta se le acercó con otra botella de cava y le topó la copa.

—Felicidades, Max, por el proyecto nuevo —dijo ella con sus ojos celestes penetrantes, sin tono de mofa, y lo besó en la mejilla.

***

Romina se sintió en paz. Aclaraba el invierno y los primeros días de marzo le calentaban el cuerpo. Su departamento reflejaba su nueva dirección en la vida, ordenada y simple. Las macetas en el balcón ya daban flor. Su ropa, impecable, colgada en el armario. Su cocina se había convertido en un lugar para retomar fuerzas y degustar los sabores infinitos de la vida.

Estaba disfrutando de la tranquilidad de una mañana cuando notó un sobre rojo bajo la puerta. En el interior había una pequeña tarjeta de San Valentín y una carta.

Málaga, 14 de febrero de 2012

Mi querida Romina:

Lamento que haya pasado tanto tiempo sin noticias mías, pero he tenido unos meses muy difíciles. Mi madre falleció en diciembre, Matías y yo pasamos un periodo bastante triste, especialmente alrededor de Navidad y de fin de año.

Tenías razón, mi madre era una mujer muy bondadosa. Desde el principio, me recibió con los brazos abiertos y me perdonó las mentiras, el que los haya abandonado por tanto tiempo. Me brindó toda la ayuda posible, desde no comprar ni una botella de sidra hasta acompañarme a eventos sociales, de chaperona. Fue mi madre quien habló con el padre Agustín para que me diera un trabajo cualquiera por unas monedas a la semana. Gracias a ella, alguien volvió a confiar en mí, y poco a poco he asumido más responsabilidades.

¡Cómo siento no haber venido antes a ver a mi madre! Ha estado enferma por largo tiempo. No quiso decirme nada cuando fue a Madrid. Solo me pidió que me ocupara de Matías. Ella presentía que le quedaba poco tiempo. Debí haber sospechado que algo andaba mal. El último año ha sido muy doloroso para ella, y también para mí al verla sufrir así.

Ha sido una bendición pasar este tiempo con mi madre. La he ayudado en lo que he podido con la pensión y la he acompañado en los tratamientos médicos más penosos. Pude decirle adiós.

Después de su muerte, me he mantenido fuerte y no he bebido. El trabajo en la iglesia ha marchado bien. He limpiado, cocinado, reparado la iglesia y asistido al padre en lo que me pidiera. Hoy, con su confianza ganada, me ha hecho administrador del centro social que maneja la Iglesia. Aunque no gano mucho, es un salario a fin de cuentas.

Matías está más repuesto y está haciendo planes para ir a la universidad en septiembre. Ahora me está ayudando a mí con un negocio paralelo. No sabe qué estudiar, quizá Administración de Empresas.

He empezado de nuevo a juntar los dos mil euros. Tuve que usar el dinero para pagar el funeral de mi madre y comprar un traje nuevo para el entierro. Lamento que se haya usado en temas familiares. No me he olvidado de mi promesa.

Te cuento que hoy inauguramos un torneo de fútbol para los muchachos del centro social. Las preparaciones me hicieron acordar de las actividades que tú y yo organizábamos para el Paraíso. Espero que nuestros amigos ancianos se encuentren bien. Releo la carta de vez en cuando para renovar mi espíritu. Por favor, hazles llegar mi cariño.

Me despido y espero que mi próxima comunicación traiga noticias más alegres.

Feliz día de San Valentín. Sé que no eres mi novia, igual te envío un beso.

Tu amigo por siempre,

Juan Luis

P.D.: Continúo yendo a mis reuniones semanales de AA, 251 días sin una gota de alcohol.

Romina se alegró de que él estuviera bien y que siguiera comprometido con su propósito. Pero ¿qué significaba lo último? Había sin lugar a dudas otra rendición de cuentas, pero ¿por qué enviarle una tarjeta de San Valentín y un beso? ¿Qué tipo de beso? «Sé que no eres mi novia, igual te mando un beso». ¿Qué significaba aquello? Y su firma al final de la carta: «Tu amigo por siempre, Juan Luis».

«Ay, Romina, deja de darle vueltas al asunto», se dijo a sí misma. «Juan Luis siempre será ese gran amigo con el que viviste circunstancias excepcionales y con el que siempre habrá un vínculo emocional muy fuerte». Ambos se habían visto el alma.

Romina se alegró de que su ausencia no se haya debido a un relapso con la bebida. Aunque la muerte de su madre era dolorosa, salía adelante sin la ayuda del alcohol y ese era el cambio más importante: que no sucumbiera al trago cada vez que la vida se tornara amarga. Cuando cumpliera un año en Alcohólicos Anónimos, sus chances de recaída disminuirían, aunque la batalla de Juan Luis tenía que continuar, para siempre.

Romina le escribió de inmediato, quería mandarle condolencias por la muerte de su madre, felicitarlo por los avances laborales y animarlo para que continuara firme en su programa. Cuando se despedía, se dio cuenta de que ya era marzo y que San Valentín había pasado más de un mes atrás. Lo saludó de igual manera: «Feliz día de San Valentín atrasado, un beso para ti también».

Capítulo 29:
A media luz

Los meses pasaron sin mayores novedades. Juan Luis progresaba bien como administrador en el centro social y estaba cerca de cumplir un año de sobriedad. Le contaba a Romina, en su último correo, que supervisaba a un grupo de muchachos que abusaban del alcohol y estaban en riesgo de caer en drogas. Eso lo satisfacía tanto que había decidido hacer un curso en Asistencia Social. Quería trabajar con gente joven y sabía que la actividad física era la ruta para mantenerlos al margen de las drogas y de la delincuencia. Creía haber encontrado su vocación: trabajo social y mucha actividad al aire libre. Su negocio paralelo también iba bien. Matías había decidido estudiar Administración.

Sus cartas se habían pausado de nuevo. La última correspondencia había sido tan solo un saludo cordial, sin mayor contenido sobre lo que hacía o sentía. Su nueva vida habría prevalecido, estaría olvidándose del Paraíso y de su íntima amiga. Lo que más confundía a Romina era cómo firmaba: «Te envío un beso». Ella firmaba de la misma manera, si no significaba nada. Le deseaba el bien, hiciera lo que hiciera, aunque se hubiera enamorado de otra persona, aunque su vida fuera tan fantástica hoy que no tuviera necesidad de mantener la relación con ella.

Quizá era mejor así. Sus vidas se habían unido en circunstancias inusuales. Habiendo vivido experiencias profundas, les quedaba el vínculo que une a los amigos íntimos de por vida, aunque no se vieran nunca más. Romina estaba segura de que le llegaría la tarjeta de Navidad y del cumpleaños, quizá hasta una invitación a su boda o al bautizo de su primer hijo. Luego quedaría solo la tarjeta de Navidad, que hasta las fechas de cumpleaños de los mejores amigos se olvidan. Cuando llegan Navidad y Año Nuevo se recuerda a los más queridos, a quienes se envía, año tras año, deseos de buena salud y de un futuro dichoso. Eso eran Romina y Juan Luis. Recordarse una vez al año con cariño bastaba para ella y sabía en su corazón que para él era igual.

Romina se alistó para salir. La señora Parker la había invitado a la inauguración del nuevo jardín del Paraíso. A las cinco de la tarde se serviría café, té, una selección de dulces, pasteles de cocción casera y cava para brindar. Por fin el jardín estaba listo. A pesar de las continuas marchas hacia delante y hacia atrás, reparando esto y aquello, juntando dinero y volviéndolo a usar, la señora Parker lo había conseguido.

Romina salió antes de la hora acordada para darle una mano a la señora Parker en lo que pudiera, ya fuera en la cocina o recibiendo a los huéspedes, quienes, aseguraba la señora Parker, serían muchos porque ahora el Paraíso, gracias a las actividades que se organizaban con frecuencia, estaba integrado a la comunidad. El barrio entero quería ver el jardín que había tardado casi dos años en estar listo.

Antes de salir, Romina buscó entre sus cosas y sacó una pequeña caja de madera. Luego le envió un mensaje de texto a Max: «No pases por mí. Estoy yendo más temprano para ayudar a la señora Parker. Te veo en el Paraíso». Él también frecuentaba el lugar, dando una mano en lo que podía, y había ofrecido tomar las fotos del evento de inauguración.

Al llegar al Paraíso, Romina se apresuró a ir al jardín, se moría de curiosidad por saber cómo lucía, si la construcción reflejaba su visión. El lugar estaba silencioso, los residentes se estarían vistiendo con sus mejores trajes. La sala principal se veía amplia y luminosa con las puertas de vidrio que se abrían hacia el jardín. El espacio parecía extenderse gracias al patio de baldosas. El lugar había sido adornado con mesitas de metal verde limón y macetas de terracota con lilas. El terrenal había sido cubierto con caminitos de la misma losa que llevaban a los rincones del jardín en elegantes curvas, rodeadas de flores y arbustos.

La pared grisácea del fondo estaba decorada con mayólicas de colores, pero el trabajo aún no estaba terminado. Al pie de la pared, varios baldes de plástico contenían los pedazos de azulejos que habían sido ordenados por color en degradé, desde el azul oscuro hasta el rojo incandescente, con matices de verdes y amarillos en el medio. Aunque el mural de figuras geométricas requería un poco más de trabajo, el avance era magnífico.

En el centro del empedrado se erguía una pequeña fuente. Los pájaros revoloteaban en el agua. A los lados de la fuente yacían las dos bancas de cemento, que habían sido blanqueadas y ahora brillaban como mármol. Los manzanos estaban en flor. Romina dejó la caja de madera en el suelo debajo de una de las bancas. Se ocuparía de ello luego.

Al final del patio, en el último rincón, la pequeña caseta jardinera había sido reparada y pintada de color verde turquesa, con las ventanas y la puerta en azul marino. Quiso verla por dentro. Estantes, potes, palas y otras herramientas adornaban el espacio. El lugar era fantástico, era como una ermita para la contemplación.

Cuando regresó al sol, vio al hombre que trabajaba en el mural, quien había vuelto con un balde de agua y ahora mezclaba el cemento. Una vez líquido, pegó varios azulejos, alisando la pasta y removiendo el sobrante con un trapo húmedo; era una actividad que requería gran paciencia. Romina estaba segura de que el pobre obrero maldecía al creador de tal laborioso diseño. Caminó despacio hacia el mural y se sonrió.

—Puedo darte una mano si quieres; es mi diseño, al fin y al cabo —le dijo ella mientras se deleitaba mirándole el perfil.

Juan Luis se volteó y no pudo contener la emoción. Dejó el balde de cemento en el suelo y se acercó. Quiso abrazarla, pero se contuvo; estaba lleno de cemento.

—Se suponía que era yo el que te diera la sorpresa. No debías de llegar a esta hora... Quería que vieras el jardín terminado... Lamentablemente, no he logrado acabar a tiempo —dijo él, nervioso—. Tu diseño de mayólicas es extraordinario, pero, diablos, ¡cuánto trabajo es seguir estas figuras tuyas! Además, no estoy cambiado... Quería darte una sorpresa.

—¡Y sí que me la has dado! Creí ver una aparición. Pensé que estabas en Málaga, entrenando muchachos, casado y con hijos, esperaba que tu próxima correspondencia fuera una tarjeta de Navidad, que te olvidaras hasta de mi cumpleaños —le dijo ella, también inquieta.

—¿Hijos? No, Romina, ¿con qué tiempo? Y espero que tú tampoco los hayas tenido, las últimas noticias recibidas eran que te mantenías soltera —respondió él un poco en broma, con la voz entrecortada.

—Veo que la señora Parker te ha mantenido bien informado. ¡Qué bribones, mantener esto en secreto! —Ella hizo una pausa y respiro hondo, contemplando el lugar—: Es bellísimo, Juan Luis.

—Quisiera abrazarte, pero no quiero ensuciarte el vestido —dijo él.

—Vamos, por qué no te cambias y me pones al tanto de tus noticias. Nadie va a notar que falta la mitad de las mayólicas —dijo ella, sonriente.

Los residentes empezaron a aparecer, trajeados y perfumados. La señora Parker arreglaba los dulces y los termos de té y de café en el comedor principal. Romina la fue a buscar sin demora.

—¿Desde cuándo están planeando esto? Qué escondidito que se lo tenían. Me han dado tal sorpresa... —le dijo Romina mientras la ayudaba con las bandejas y acomodaba las copas para el brindis.

—¡Ay, Romina, me moría por decirte! Cuando supe que Juan Luis venía a Madrid a hacernos el jardín, te juro que quise llamarte de inmediato, pero él me hizo prometer que no diría nada. Quería terminar el jardín para ti, bueno, para los residentes del hogar, principalmente, pero en su corazón también era un regalo para ti. Es tu diseño y el proyecto por el que ambos han trabajado tanto.

—¿Vino exclusivamente a hacer el jardín? ¿Cuándo escribió? ¿Cuándo llegó? ¿Cómo así se sube a un autobús para construir un jardín? —preguntaba Romina, extrañada y acelerada.

—Me escribió un par de meses atrás. Me dijo que quería hacer una donación al Paraíso, pero que el dinero tenía que ser utilizado, estrictamente, para el jardín, para que los residentes tengan un lugar donde sentarse al sol y tomar aire fresco. Que era su manera de agradecer lo que habíamos hecho por él, y porque nos lo merecíamos. Quedamos en que el Paraíso reuniría mil y él, dos mil. Ofreció poner la mano de obra. Reservé mil euros que no toqué por varios meses hasta que él estuvo listo. Vino hace un par de semanas, tan solo con un bolso, y ha estado durmiendo en el piso de la habitación de Ignacio. Se ha levantado cada mañana para limpiar el jardín, levantar baldosas viejas, plantar arbustos... Tan solo tumbar los ladrillos de la sala demoró un par de días. Tanto Ignacio como los demás señores han ayudado. Pero como te imaginarás, el cuerpo no les da para levantar sacos de cemento o martillar paredes. Esto es el resultado del trabajo formidable de Juan Luis día tras día —explicó conmovida la señora Parker—. Mi contribución y la de las señoras del hogar ha sido ordenar los azulejos por colores y ¡mantenerte lejos del Paraíso!

—La sala ahora brilla con la luz del sol, y el jardín es maravilloso, tan lleno de color y vida... —dijo Romina, admirada—. ¡Qué increíble que haya puesto el dinero!

—No quise aceptar al principio. Sé que a Juan Luis el dinero le hace falta y para nosotros siempre hay cosas que arreglar. Me terminó convenciendo de que los residentes, en lugar de grifos nuevos, necesitaban un poco de felicidad y que el jardín los iba a alegrar. No terminamos con el mural. ¡Bendito diseño tuyo!

Los huéspedes empezaron a llegar y Romina se dispuso a servir copas de cava. Max se apareció muy elegante, con su cámara colgada del cuello y muy bien acompañado. Berta lo tomaba de un brazo. Romina sonrió y los saludó con la mano a la distancia mientras acomodaba a un grupo de ancianos en una de las mesitas del patio.

Romina también saludó a Ignacio y se sentó por un momento a charlar con la señora Doris y la señora Flores, quienes lucían magníficas con sus peinados de peluquería.

Cuando Romina lo vio arreglado con un traje azul oscuro, pausó la conversación y lo miró con intensidad. Siempre tan guapo, tan encantador... Juan Luis estaba cambiado, su andar era sosegado, sus ojos más serenos. Se mantenía al margen, modesto pero galante como siempre, sonriéndole a las señoras con esa mirada tan viva suya. Las ancianas le daban vueltas para charlar, que les contara de su vida allá en Málaga, que si tenía novia, que cómo andaba el tiempo, que si había bailado tango últimamente, que se acordaban de aquella tarde que las había hecho bailar como perinolas…

La señora Parker llamó a Romina y a Juan Luis. Les había preparado una bandeja con tazas de café y dulces.

—Ya han hecho bastante. De los huéspedes me ocupo yo. Vayan a tomarse una taza de café en el patio, que para eso está. Seguro que tienen bastante que contarse. Vayan, vayan —les ordenó con cariño—. No te preocupes por las señoras, Juan Luis, que saben que Romina hoy tiene prioridad.

Juan Luis y Romina se sentaron en la banca debajo de uno de los manzanos, con la bandeja entre los dos. Tomaron sorbos de café y compartieron un trozo de pastel. Era una tarde fresca de verano y ya se ocultaba el sol.

—Este lugar es espectacular, Juan Luis, qué trabajo que has hecho. Te voy a confesar que creo que es mejor que el bosquejo, excepto el mural. Yo creo que te tienes que quedar hasta reflejar el diseño a la perfección.

—¿Sabes cuántos trozos de azulejo blanco, gris y celeste he pegado para hacer esas nubes? Porque son nubes, ¿verdad? Dime que mi instinto artístico no está equivocado porque las dichosas nubes me han costado sudor y sangre —imploró él.

—Sí, son nubes. ¡Qué más da! Con tal que le pongas color a esa pared, yo estoy de acuerdo con tu interpretación artística —se rio ella. Al rato se ensombreció un poco:— ¿Por qué me dejaste de escribir?

—Quería darte una sorpresa. Cada vez que estaba cerca de reunir los dos mil euros, algún imprevisto me surgía: el computador de Matías, las goteras en el techo, los altibajos de mi negocio. Quería mantener las cosas en suspenso y venir a Madrid con mi vida ordenada, por eso no escribía. El tiempo volvió a estirarse y recordé lo que me dijiste, que no esperara a ahorrar mucho dinero, que siempre habría una excusa, una necesidad más urgente. En cuanto tuve dos mil euros en mis manos me vine a Madrid, en un acto espontáneo, sin pensarlo y sin terminar de ordenar mis cosas. Sabía que, si alguien no se comprometía a terminar este jardín, jamás se haría, porque lo urgente siempre urge más, ¿no? La misma señora Parker demoró en juntar lo suyo, siempre pagando algún gasto extra.

—A veces hay que invertir en nuestra felicidad, en lo que vale la pena, ¿verdad?, aunque haya cosas que parezcan apremiantes. Yo también he aprendido a dar prioridad a lo que es importante: a la salud, a comer bien, a leer un buen libro, a los amigos. Ya no corro como loca de un lado para el otro tratando de terminar mi larga lista de obligaciones, ahora tengo urgencias más importantes y urgencias menos importantes —dijo ella, serena—. ¿Cuándo te vas?

—Me voy el lunes. He estado aquí más de la cuenta y tanto Matías como el padre Agustín me esperan… —murmuró él cuando la señora Parker los interrumpió, llamándolos detrás del vidrio, porque iba a decir unas palabras.

Romina se sintió decepcionada. Su viaje, su descomunal trabajo, la sorpresa del jardín… Y luego se subía a un autobús y desaparecía una vez más. Suspiró con resignación. Era la historia de siempre, los vaivenes de Juan Luis. Se abrazaron como dos buenos amigos y caminaron pausadamente para unirse con la gente que abarrotaba el lugar. Ya había oscurecido y los faroles iluminaban el jardín con un tinte dorado, a media luz.

Mientras la señora Parker hablaba del esfuerzo que los residentes y la comunidad habían puesto en el proyecto, Juan Luis se apoyó en el umbral de la puerta y acercó a Romina hacia él con suavidad. Ella pudo sentir la fragancia varonil de su piel. Si Juan Luis tan solo supiera cuántas noches había soñado con él, con esa piel... El sentimiento le renacía en el cuerpo, como la primera vez que se había enamorado de él, aunque también sentía rabia. Una vez más le removía el corazón y la dejaba en vela.

—Como saben, este proyecto nació un día de otoño, ya tiempo atrás, en los corazones de Juan Luis y de Romina, quienes hoy nos llenan de alegría con su presencia —hablaba la señora Parker—. Romina, con su talento artístico, diseñó un lugar exquisito; Juan Luis, con la dedicación y el esfuerzo de una tropa, lo erigió a la perfección. Gracias a ellos, hoy contamos con un lugar donde podemos tomar el té bajo la luz del sol o a la sombra de los árboles, y un espacio para la relajación bajo el perfume de lilas…

A Romina se le habían acelerado los latidos, ya no escuchaba lo que la señora Parker decía. Los brazos de Juan Luis la rodearon con ternura y sintió su perfil tocando el suyo.

—Perdóname, Romina, desde el fondo de mi corazón, perdóname —susurró él.

Ella se quedó callada por un momento. Luego le respondió con dolor.

—Te perdoné el día que me contaste la verdad de tu pasado y decidiste cambiar —pudo musitarle—. No tienes ninguna deuda conmigo, nada que agradecerme. Eres libre, como siempre lo has sido.

Ella se separó abruptamente mientras la gente aplaudía el final del discurso de la señora Parker. Alguien puso un disco de tangos, invitando a los presentes a bailar. La gente alentaba a la primera pareja que se había lanzado a la pista. Las señoras llamaban a Juan Luis para que bailara. Él se alejó de la multitud con Romina. Caminaron hacia un lugar más solitario, junto a la caseta del jardín, a la luz de un farol. Él la detuvo y le habló con firmeza.

—¿Crees que quiero abrazarte porque estoy de penitencia? ¿Que he venido desde Málaga a pedirte perdón de rodillas porque me siento culpable? ¿Que solo estoy pagando mi deuda?

—No, no creo que hayas venido solo a pedirme perdón a mí —dijo ella, orgullosa—. El jardín es parte de tu proceso de renovación: «¡Eh, mírame!, soy un hombre nuevo y este es el fruto final de mi metamorfosis».

—Romina, ¿de qué hablas? —dijo él con suavidad, tratando de que las palabras no fueran a dispararse y terminaran lastimándolos—. Quiero abrazarte porque quiero abrazarte; porque te he extrañado. Porque el día que me fui, el olor de tu cabello se quedó impregnado en mí. He soñado con ese perfume tantas noches... Quiero abrazarte, Romina, porque eres tú. El día que lloré como llora un hombre roto, me di cuenta de que te amaba. Pero era un hombre desesperado. He estado podrido por dentro largo tiempo. ¿Cómo podía darte amor si no entendía lo que era el amor?

—Quizá es amor fraterno lo que sientes por mí, como lo que se siente por una hermana, por un amigo —dijo ella, considerando las circunstancias de tantos desencuentros, de tantas cartas enigmáticas.

—¿Eso es lo que crees? El día que bailé tango contigo y me besaste, me quedé inmóvil. Jamás había imaginado que me veías como a un hombre. Para ti yo era el pobre de Juan Luis, borracho y desempleado, tal y como me habías visto en aquella corte. Pensé que los tragos se te habían subido a la cabeza, nada más, y no supe qué hacer. Te fuiste corriendo. ¿Qué podía decir o hacer luego, después de lo que pasó?

—¿Por qué no me buscaste antes? Me dejaste un año esperando cartas, haciendo que mis emociones hicieran estragos. Con cada carta se abría mi corazón, con cada espacio en blanco se cerraba.

—¿Y tú crees que yo no sufría pensando que algo podía pasar con Max, o que alguien nuevo podía aparecer en tu vida? Le preguntaba discretamente a la señora Parker si sabía de ti, si sabía con quién andabas —le dijo él bajando el tono de voz—. No estaba listo, Romina, no tenía nada que darte. He tenido que luchar mucho y tampoco quería ilusionarme. Cada día era una nueva batalla. He logrado, finalmente, un año de sobriedad. Y ahora te puedo decir a la cara que estoy listo, que he tenido el valor de estar sobrio, de conseguir un trabajo, de saber lo que es cuidar a otro ser humano, ahora tengo el valor para decirte que te quiero.

Juan Luis pausó por un momento y la miró con amor:

—Ahora sé que el amor es cuidar del otro, es no decepcionarlo con mentiras o continuas caídas. Es mantener un trabajo, es dar lo mejor de uno. Un borracho no puede dar amor, solo se da compasión a sí mismo; reduce sus penas generando penas a su alrededor. Hoy puedo decirte que estoy listo para amarte.

—Me ofreces el tipo de amor que es pensado, como el que se da por agradecimiento. Como dices en tu carta, me quieres devolver el amor recibido. ¡No me debes nada, ya te lo he dicho! No quiero tener un amor como aquellos esposos desapasionados que aprenden a convivir respetuosamente después de muchos años de penosa tolerancia. No es que tenga nada contra el amor maduro y comprometido… —se detuvo Romina con un poco de vergüenza—, pero cuando te veo, Juan Luis, se me dilata el corazón, me quedo prendada de tu boca, solo quiero tocarte.

—¿Y tú crees que yo no te quiero así? ¿Que solo voy a tolerarte, que voy a estar contigo por agradecimiento? ¿No entiendes que te amo?

—¿Y por eso te marchas? ¿Quieres que te espere por siempre? Me hablas de amor y quieres que me siente en este jardín, ahí en esa banca, a esperar tus cartas, tus noticias, contemplando el amor que pudo o no pudo ser, preguntándome si estás sobrio o ebrio, si piensas en mí o no, si soy tu amiga querida o tu novia, si firmas con un beso o tan solo con tu nombre. ¡Quiero que paren las cartas, Juan Luis! Déjame ir, que he puesto mi vida en orden y soy feliz.

—Romina, no me marcho para siempre. He encontrado un piso en Madrid y me mudo con mi hermano en un mes. ¡Un mes, Romina! También quería darte esa sorpresa, pero el día se me ha enredado... El brindis nos interrumpió y tú no me diste tiempo para hablarte. Mi hermano empieza la universidad en septiembre. He empezado un pequeño negocio comprando y vendiendo productos orgánicos para la jardinería. Hasta quiero abrir un vivero. Estamos cerrando la venta de la casa de mi madre y vuelvo pronto, con algo de dinero para empezar. Debí haberte escrito contándotelo todo. Debí haberte escrito diciendo que te amaba y que te extrañaba, pero no estaba listo. No me digas que ya no me quieres... No me digas que no sientes lo mismo que yo —dijo él, afligido, mirándola con desesperación—. Debí haberte escrito...

—No quiero que me escribas, Juan Luis, solo quiero despertar contigo y saber que estás bien, quiero ayudarte y que tú me ayudes a mí, quiero compartir contigo el día y que... en la noche... —dijo ella, rendida.

Juan Luis la observó intensamente y se acercó susurrándole y besándole el oído, rozando su barba a medio crecer contra su rostro, buscándole la boca. Le habló con la humedad de sus labios pegados a los suyos.

—Ay, Romina, si supieras cuánto he soñado con hacerte el amor... —La tomó por la cintura—. ¿Quieres hacer el amor?

Romina podía escuchar el tango, tenue, *A media luz,* mientras Juan Luis, apretándola contra su cuerpo, la llevó al interior del cobertizo. Se besaron con las ganas de un año. Él le acarició los senos como el abstemio que, finalmente, degustaba un dulce elixir. La volvió a besar y acariciar, humedeciendo sus rostro, sus cabellos, su cuello…

Capítulo 30:

Una carta al magistrado

Madrid, 25 de febrero de 2011

Magistrado del Distrito Moncloa-Aravaca
Plaza Moncloa, Madrid
Referencia: Caso 104231 (Romina Freyre & Juan Luis Arias)

Estimados Señores del Magistrado:

Por medio de la presente, les hago llegar mi informe concerniente al caso Freyre & Arias, como representante oficial de la Residencia de Personas de la Tercera Edad del Barrio de Valdezarza y como supervisora asignada al caso. Como podrán ver, el informe cubre solo veinte entradas semanales, desde el 31 de julio hasta el 18 de diciembre del 2010.

Entiendo que los servicios sociales a los que estaban obligados la señora Freyre y el señor Arias, y que debían prestar en conjunto, eran por un periodo de veinticinco semanas con un tiempo obligatorio de una hora semanal. Lamentablemente, el señor Arias ha tenido que marcharse a atender asuntos familiares y no se han completado las veinticinco semanas de servicio requeridas.

Sin embargo, quería hacerles saber que, aunque los señores Freyre y Arias no han cumplido con la totalidad de las entradas semanales requeridas, me doy más que satisfecha con los servicios prestados.

Tanto Romina como Juan Luis no solo nos han brindado un servicio social, ayudándonos con las tareas regulares de la residencia, sino que nos han dado su amistad, su compañía y su cariño.

Su contribución ha excedido mis expectativas. Con su iniciativa y apoyo, hemos promovido y dirigido actividades para la obtención de fondos en beneficio del hogar. Los residentes, entusiasmados con las actividades, han renovado sus energías y sus espíritus. Si la residencia era un centro donde los ancianos pasaban sus días sentados frente al televisor, hoy es un centro de eventos sociales integrado a la comunidad.

Las actividades emprendidas por Romina y Juan Luis han tenido el apoyo y colaboración de los residentes, quienes han asistido hasta donde sus limitaciones físicas lo permitían. Han cocinado, empaquetado, caminado, distribuido volantes, vendido bizcochos, organizado un mercado de pulgas y hasta han bailado.

El legado de Romina y de Juan Luis ha sido extenso. Después de su partida, los residentes han asumido el compromiso de continuar con las actividades. Hoy las señoras manejan un pequeño negocio de tarjetas hechas a mano para ocasiones especiales. Los señores se encargan de organizar un quiz *mensual invitando a participar a la comunidad. Y hay más planes sobre la mesa. Como resultado, hoy los residentes son más activos física y mentalmente. Gracias a Romina y a Juan Luis, los residentes son más felices.*

No solo la calidad y el esmero del trabajo de Romina y Juan Luis han sido remarcables, sino que la cantidad de horas que han puesto cada semana ha sido extraordinaria. La organización de ciertos eventos ha demandado horas de atención y dedicación. Doy testimonio de que las horas, los servicios y la ayuda brindados por Romina y Juan Luis exceden lo que requería la sentencia.

El fin último de la sanción era que Romina y Juan Luis aprendieran a trabajar en conjunto como dos ciudadanos responsables y generosos dispuestos a construir en esta sociedad, no a destruir. Doy fe de que el trabajo de los dos ha sido armonioso y que, a pesar de sus diferencias, han aprendido a respetarse y a apreciar la individualidad de cada uno. Ambos han sido de gran ayuda y compañía mutua, y estoy más que segura de que están listos para ser agentes de cambio social positivo.

Por estas razones, les solicito que den por concluida la sentencia, es más que justo.

Adjunto las firmas y comentarios de los residentes que dan fe de lo que aquí se ha declarado.

Atentamente,

Señora Ann Parker
Administradora

Comentarios y firmas de los residentes:

Desde que dibujo y pinto los sábados en la tarde, me siento más contenta. Aunque mi destreza no es buena, me encanta ver la pila de tarjetas terminadas después de una tarde de trabajo. —Señora Doris

Hoy me encargo de buscar preguntas para el quiz *mensual en el área de deportes. Tenemos a un responsable por área. Como a mí me gusta el fútbol, me encargo de pensar en preguntas acerca de futbolistas y partidos de antaño. Los jóvenes están perdidos. —Roberto*

La Tarde de Tango me llenó de emoción, no había bailado en años. —Marta

Los desayunos con Romina y Juan Luis siempre fueron agradables, no porque fueran guapos, sino porque nos regalaban una sonrisa. —María Fernanda Linares

Después de caminar tantas cuadras repartiendo volantes, me dolía todo el cuerpo. Hoy me he propuesto caminar así sea por veinte minutos diarios, y las rodillas ya no me tiemblan. —Señor Villanueva

Lo primero que noté con la llegada de Romina y de Juan Luis fue el jardín, ¡qué limpio y ordenado estaba! Las semillas que sembraron empezaron a echar flor. —Cecilia

Sé que la señora Parker no quiere que cocine sin la supervisión adecuada, pero cuando me lo permite, hoy me entretengo haciendo dulces y bizcochos, que todos degustamos al son de un bolero. —Señora Flores

Hoy veo menos televisión que antes y converso más con los señores. Tenemos mucho que organizar cada mes. —Señor Ramírez

Romina y Juan Luis son como dos hijos para mí. He gozado de su compañía en cada momento. —Ignacio

Jamás pensé que podíamos hacer tanto. Recuerdo haber empaquetado cientos de bizcochos sin cansarme, y ¡hasta les he puesto un lazo! —Señor Barrios

Romina y Juan Luis han sido una inspiración para todos. Que Dios los bendiga. —Padre Antonio

Me costó deshacerme de esos trastos y cosas viejas, pero, una vez vendidos, me sentí más ligera. El mercado de pulgas fue un éxito. —Lucy

Desde la Tarde de Tango, paso más tiempo con la música. Siempre hay alguien que pone un disco a media tarde. Hay algunos que hasta se animan a bailar. —Mariano

Gracias a Romina y a Juan Luis por la ayuda en la cocina. —Aureliano

Yo disfruté enormemente de la Quizatón. Familias completas, chicos y grandes, daban vueltas en ardua competencia. Yo chequeaba que nadie hiciera trampa. —Señor López

Toda la semana pienso en frases bonitas para escribir en las tarjetas. Por suerte, Romina nos viene a ver y nos da una mano transcribiendo nuestra sabiduría en los cartones. —Silvia de Santos

El Paraíso ha cambiado y me alegra haber sido parte de ello. Aunque no pueda hacer mucho, me alegra poder estar ahí, alentando a los que pueden dar un poquito más. —Elena

Cuando Romina y Juan Luis llegaron, recuerdo que ni se dirigían la palabra. Con el tiempo, pude ver amor en sus ojos... —Ann Parker

Juan Luis paró de leer. Los comentarios y agradecimientos continuaban. La carta siempre sería una fuente de inspiración, era el testimonio de lo que él podía ser y hacer. Había aprendido, finalmente, a quedarse con sus sentimientos y pensamientos incómodos y turbulentos, como cuando uno se queda quieto y entumecido en una tarde de invierno. La primavera siempre volvía.

Estaba dispuesto a escribir una carta más larga —para sí mismo, en su corazón—, desde ahora hasta la eternidad, con más gestos de generosidad y amor, dados y recibidos. El futuro lo llenaba de esperanza. En un mes regresaría y empezaría una vida nueva con su hermano y Romina.

Era hora de preparar el equipaje, saldría en la madrugada del día siguiente. Ignacio le prometió que se ocuparía de que todos colocaran unas piezas de azulejo cada día. En un mes, el mural estaría terminado. Revisó que no hubiera utensilios regados por el jardín y guardó unos baldes en la caseta. Se le conmocionó el cuerpo al recordar la noche anterior y se detuvo pensando en cada movimiento, cada roce, cada compresión contra la pared.

Estaba encelado en esos pensamientos cuando notó una pequeña caja de madera debajo de una de las bancas. Dentro de la caja, vio las tórtolas de yeso y una nota de Romina para la señora Parker. Las estaba retornando para buscarles un lugar permanente en el nuevo jardín:

> *Después de buscarles un hogar por tanto tiempo, me di cuenta de que siempre pertenecerán a este jardín, como mi corazón y el de Juan Luis siempre volverán al Paraíso. Gracias por enseñarnos lo que es el amor.*

Juan Luis se sonrió, él también estaría por siempre agradecido. Regresó a la caseta jardinera a buscar unos clavos y un martillo, y utilizó la caja para hacerles una casita. La colocó a un lado de la puerta del cobertizo, en lo alto. Le hizo un techo a dos aguas. Con la brizna que había en la caja, hizo el nido y acomodó a las palomas en su nueva morada. Las miró con afecto. Sintiéndose afortunado, se marchó. Volvería en un mes a construir su propio hogar.

F I N

Printed in Poland
by Amazon Fulfillment
Poland Sp. z o.o., Wrocław

61002777R00179